불륜

ADULTÉRIO
by Paulo Coelho

http://paulocoelhoblog.com/

이 도서의 국립중앙도서관 출판시도서목록(CIP)은
서지정보유통지원시스템 홈페이지(http://seoji.nl.go.kr)와
국가자료공동목록시스템(http://www.nl.go.kr/kolisnet)에서 이용하실 수 있습니다.
(CIP제어번호: CIP2014018784)

불륜

A d u l t é r i o

파울로 코엘료 장편소설

민은영 옮김

문학동네

오, 죄 없이 잉태하신 성모마리아여.
당신께 의탁하는 우리를 위해 빌어주소서. 아멘.

깊은 데로 가서 그물을 내려 고기를 잡으라.

누가복음 5장 4절

매일 아침, 소위 '새날'이 밝아 눈을 뜰 때면, 나는 침대에 누운 채 다시 눈을 감고 싶어진다. 일어나고 싶지 않다. 하지만 그럴 순 없다.

내게는 멋진 남편이 있다. 날 열렬히 사랑하는 사람이고, 대형 투자기금의 소유주로서 경제지 〈빌랑〉이 발표하는 '가장 부유한 스위스인 300인'에—비록 본인은 끔찍이 싫어하지만—매년 이름을 올리는 사람이다.

내게는 (내 친구들의 표현을 빌리자면) '내 삶의 이유'인 아이들도 둘 있다. 나는 매일 아침 일찍 일어나 아이들에게 아침을 먹이고 학교에 데려다주어야 한다. 아이들이 걸어서 오 분 거리에 있는 학교에서 하루를 보내는 덕에 나는 직장에 다니며 내 시간을 가질 수 있다. 학교가 끝나면 남편과 내가 귀가할 때까지 필리핀인 보모가 아이들을 보살핀다.

나는 내 일을 즐긴다. 나는 명망 있는 신문사의 인정받는 기자다. 우리 신문은 내 가족이 살고 있는 제네바의 거의 모든 신문 가판대에서 찾아볼 수 있다.

우리 가족은 일 년에 한 번은 다 함께 휴가여행을 간다. 대개는 멋진 해변이 있는 오지의 낙원으로 가는데, 그런 곳의 '이국적인' 도시에는 아주 가난한 사람들이 살고 있어서 우리의 부유함과 특권을 더욱 부각시켜주고 인생이 우리에게 베푼 축복에 감사하게 만든다.

아, 아직 내 소개를 안 했군. 여러분을 만나게 되어 반가운 나의 이름은 린다. 나이는 서른하나, 키는 173센티미터, 몸무게는 68킬로그램이며 (남편의 무한한 아량 덕분에) 돈으로 살 수 있는 가장 좋은 옷을 입는 여자다. 나는 남자들에게는 욕망을, 여자들에게는 질시를 불러일으킨다.

그런데도 나는 매일 아침, 모두가 꿈꾸지만 오직 소수에게만 허락되는 이런 이상적인 세상에서 눈을 뜨며 다시 시작될 하루가 끔찍하리라는 것을 안다. 올해 초까지만 해도, 내가 분에 넘치게 많은 것을 가졌다는 가책을 느낀 적은 있었지만, 대체로 아무런 의문도 품지 않고 잘 살아가고 있었다. 그런데 어느 날—봄이었던 것으로 기억한다. 정원에 막 꽃들이 피기 시작하던 때였으니까—가족들을 위해 아침식사를 차리고 있는데 문득 의문이 들었다. '고작 이게 다야?'

그런 의문은 품지 않았어야 했다. 그건 모두 그 전날 인터뷰했던 한 작가 탓이었다. 인터뷰 중간에 그는 이렇게 말했다.

"행복해지는 것엔 아무런 관심이 없습니다. 그보다는 삶을 열정적으로 살고 싶어요. 위험한 일이지요. 다음에 어떤 일이 벌어질지 절대로 알 수가 없으니까요."

그때는 이렇게 생각했다. '불쌍한 사람. 만족이란 걸 맛본 적이 없는 거야. 분명 슬픔과 회한에 젖어 삶을 마치게 되겠지.'

다음날, 나는 내가 결코 위험을 무릅쓰지 않는 사람임을 깨달았다.

나는 앞으로 내게 어떤 일이 벌어질지 안다. 전날과 조금도 다를 바 없는 또 하루가 있겠지. 열정? 음, 난 내 남편을 사랑한다. 그 말은 순전히 돈이나 아이들이나 남들의 시선 때문에 누군가와 함께 살고 있는 게 아니니 우울해할 이유가 없다는 뜻이다.

전 세계에서 가장 안전한 나라에 살고 있고, 딱히 이렇다 할 문제도 없는 나는 좋은 아내이자 좋은 엄마이기도 하다. 엄격한 프로테스탄트로 성장했고 내 아이들에게도 내가 받은 교육을 물려줄 생각이다. 모든 것이 얼마나 쉽게 무너져버릴 수 있는지 알기 때문에 잘못된 발걸음은 내딛지도 않는다. 해야 하는 일은 신경을 가능한 한 조금만 쓰면서 효율적으로 해낸다. 좀더 젊었을 때는 여느 사람들과 마찬가지로 응답 없는 사랑의 아픔도 겪었다.

하지만 결혼한 이후 시간이 멈춰버렸다.

다시 말해, 그 비참한 작가를 만나 내 질문에 대한 대답을 듣기 전까지는. 대체, 매일 똑같이 흘러가는 일상과 권태가 뭐가 문제라는 거지?

솔직히, 아무 문제 없다. 다만……

다만, 완전히 방심하고 있는 사이 모든 것이 한순간에 바뀌어버릴지도 모른다는 은밀한 두려움이 있을 뿐.

그 밝고 아름다운 아침에 그런 불길한 생각을 떠올린 순간부터 나는 두려워지기 시작했다. 남편이 죽는다면 나는 혼자 세상에 맞설 수 있을까? 할 수 있을 거야, 나는 혼잣말을 했다. 남편이 남기게 될 유산이면 몇 세대를 부양하고도 남을 테니까. 그런데 내가 죽는다면 아이들은 누가 돌봐주지? 물론, 사랑하는 남편이 있지. 하지만 그이는 분명 재혼할 거야. 부유하고 매력적이고 지적인 사람이니까. 내 아이들은 보살핌을 제대로 받게 될까?

그때 내가 맨 처음 한 일은 생각나는 모든 질문에 답해보는 것이었다. 하지만 질문에 대답을 하면 할수록 더 많은 질문이 떠올랐다. 내가 늙으면 남편은 애인을 갖게 될까? 지난 삼 년간 내가 섹스에 별 흥미를 보이지 않았던 것 때문에 남편은 내게 다른 남자가 있다고 생각하지 않을까?

우리 부부는 질투 때문에 다투는 일이 전혀 없었고, 예전에는 그래서 정말 좋다고 생각했다. 하지만 그 봄날 아침 이후로 나는 의심이 들기 시작했다. 질투가 없다는 건 양쪽 다 서로를 사랑하는 마음이 없다는 뜻이 아닐까.

나는 더이상 그 문제에 대해 생각하지 않으려 무진 애를 썼다.

일주일 내내, 회사를 나오면 론 가街에 있는 고급 매장으로 가 무언가를 사곤 했다. 정말로 사고 싶은 물건이 있는 건 아니었다. 하지만 뭐랄까, 적어도 무언가를 바꾼다는 느낌, 일테면 어떤 신형 가전제품처럼 내게 필요한 줄도 몰랐던 어떤 것을 발견하고 있다는 기분이 들었다. 물론 가전제품의 세계에 새로운 것이란 거의 없으며, 있더라도 극히 드물다는 사실을 모르는 것은 아니었지만. 날마다 선물 공세를 해서 아이들을 망치고 싶지는 않았기 때문에 장난감 매장은 피했다. 남성용품 매장 역시 들어가지 않았다. 갑자기 후해진 내 행동에 남편이 의심을 품을지도 모르니까.

집에 돌아와 가정이라는 매혹적인 영역에 들어서면 처음 몇 시간 동안은 모든 것이 한없이 멋지게 느껴졌다. 하지만 모두 잠들고 나면, 서서히 악몽이 시작되곤 했다.

열정이란 단지 젊은 사람들만의 전유물이 아닐까. 내 나이엔 아마도 열정이 없는 게 정상일 것이다. 하지만 내가 두려운 건 그 때문이 아니다.

그로부터 몇 달이 지난 오늘, 나는 모든 것이 변해버릴 것만 같은 두려움과 평생 모든 것이 지금과 똑같을지도 모른다는 두려움 사이에 갇혀 있다. 어떤 이들은 말한다. 여름이 다가오면 사람들은 이상한 생각들을 하게 된다고. 점점 더 많은 시간을 야외에서 보내다보니 자신이 얼마나 작은지, 세상이 얼마나 큰지 인식하게 된다고. 지평선은 구름과 집의 담장 너머로 훌쩍 물러나 있는 것처럼 보인다고.

어쩌면 맞는 말인지도 모른다. 하지만 내가 더이상 잠을 이룰 수 없는 건 계절 탓이 아니다. 밤이 찾아와 아무도 보는 사람이 없을 때면 나는 모든 것이 두렵다. 삶, 죽음, 사랑 혹은 사랑의 결핍. 새로운 모든 것이 단숨에 습관이 되어버린다는 사실. 죽는 날까지 끊임없이 반복될 판에 박힌 일상에 내 인생 최고의 시절을 낭비하고 있다는 느낌. 그리고 아무리 흥미진진하고 흥분되는 것일지라도, 미지의 것을 대면해야 한다고 생각할 때 찾아드는 순전한 공포까지.

자연히, 나는 다른 사람들의 고통에서 위안을 구한다.

티브이를 켜고 뉴스를 본다. 각종 사고들, 자연재해로 집을 잃은 사람들, 난민들에 대한 보도가 끝없이 흘러나온다. 지금 이 순간 지구상에는 병든 사람이 얼마나 많을까? 얼마나 많은 사람이 불의와 배신을 겪으며 침묵하거나 소리치고 있을까? 가난한 사람은 얼마나 많으며, 일자리를 잃은 사람, 감옥에 갇힌 사람의 수는 또 얼마나 많을까?

채널을 돌린다. 드라마나 영화를 보면서 몇 분 또는 몇 시간 동안 모든 것을 잊는다. 남편이 잠에서 깨어 "무슨 일 있어, 여보?" 하고 물을까봐 겁이 난다. 나는 아무 일도 없다고 말해야 할 테니까. 더 나쁜 경우는, 지난달에 몇 번 그랬던 것처럼, 함께 잠자리에 든 남편이 내 허벅지에 갖다댄 손을 천천히 위로 쓸어올리며 날 만지기 시작하는 상황이다. 전에도 자주 그랬듯이 오르가슴을 가장할 수는 있지만, 흥분으로 젖는 건 '결심'한다고 되는 일이 아니다. 나는 너무 피곤해서 그렇다고 말해야 할 것이고, 기분이 상했다는 걸 단 한순간도 인정하지 않는 남편은 내게 입을 맞춘 뒤 돌아누워 태블릿 컴퓨터로 최신 뉴스를 보며 내일을 기약할 것이다. 그리고 내일이 오면, 나는 요행히도 남편이 피곤하기를, 아주 많이 피곤하기를 바랄 것이다.

하지만 항상 그런 식은 아니다. 가끔은 내가 먼저 다가가야 하는 때가 있다. 내가 연달아 거부하다보면 그이는 결국 밖에서 애인을 찾으려 할지도 모르는데, 난 정말이지 남편을 잃고 싶지 않다. 미리 자위를 좀 해두면 내 몸이 준비되고 그러면 모든 것이 다시 정상으로 돌아온다.

'정상으로 돌아온다'는 말은 우리가 서로에게 여전히 신비로 남아 있던 날들과 이제 더이상 그 무엇도 똑같지 않다는 뜻이다.

결혼생활 십 년 후에도 같은 불꽃을 그대로 유지한다는 것은 내겐 완전히 비정상으로 느껴진다. 나는 오르가슴을 가장할 때마다 조금씩 죽어간다. 조금씩이라고? 아니, 그보다는 좀더 빨리 죽고 있는 것 같다.

친구들이 자기 남편은 어쩌면 그렇게 섹스에 대한 관심이 한결같은지 모르겠다며 거짓말을 하듯 나도 우리 부부가 자주 사랑을 나눈다고 거짓말을 하면, 친구들은 내게 얼마나 운이 좋으냐고 말한다. 결혼생활에서 섹스는 처음 오 년 동안만 재미있을 뿐이라고, 그후에는 약간의 '상상'이 필요하다고 말한다. 내 위에 이웃집 남자가 올라와, 내 남편이라면 감히 시도도 못할 짓들을 하는 상상. 내가 이웃집 남자와 남편과 동시에 성관계를 하는 상상. 가능한 모든 변태 행위, 모든 금지된 게임을 하는 상상.

오늘, 아이들을 학교에 데려다주기 위해 집을 나서며 이웃집 남자를 유심히 쳐다보았다. 그와 섹스를 하는 상상은 한 번도 해 본 적이 없다. 차라리 함께 일하는 젊은 기자, 항상 고통과 고독에 시달리는 것처럼 보이는 그 남자와의 섹스를 상상하는 편이 나을 것이다. 나는 그가 누군가를 유혹하려고 하는 모습을 본 적이 없는데, 바로 그것이 그의 크나큰 매력이다. 우리 회사 여직원이라면 누구나 한번쯤 "저 애처로운 녀석은 누군가 돌봐줄 사람을 만나야 해"라는 식의 말을 한 적이 있다. 나는 그가 그런 사실을 알고 있다고, 그리고 더이상은 바라지 않으면서 그저 욕망의 대상이 되는 것에 만족하고 있다고 생각한다. 어쩌면 그 사람도 나처럼, 한 발짝만 내디디면 직업, 가족, 과거, 미래의 삶 등 모든 것을 망칠지도 모른다는 끔찍한 두려움에 시달리는지도 모른다.

어쨌거나 오늘 아침 나는 이웃집 남자를 쳐다보며 울고 싶은 심정이었다. 그는 차를 닦고 있었고 나는 생각했다. '저길 봐. 나와 내 남편과 똑같은 사람이 또 있네. 언젠가 우리도 저러고 있을 거야. 아이들은 자라 다른 도시로, 심지어 다른 나라로 가버리겠지. 그때쯤 우리는 은퇴해 차나 닦으며 소일하고 있을 거야. 다른 사람에게 세차를 시킬 돈이 충분히 있는데도 말이야. 어떤 나이가 지나면 저렇게 엉뚱한 일들을 하게 되어 있어. 시간을 때우기 위해서기도 하지만, 아직 신체 활동을 할 수 있을 정도로 건재하다는 사실, 그리고 아직도 돈의 가치를 인식한다는 사실, 그리고 때로는 궂은일도 해낼 수 있다는 사실을 남들에게 보여주기 위해서.'

깨끗한 차가 세상을 바꾸는 것도 아닌데 오늘 아침 이웃집 남자의 관심은 오직 그것뿐이었다. 그는 내게 아침인사를 하고 미소를 짓더니 다시 하던 일로 돌아갔다. 마치 로댕의 조각 작품에 윤이라도 내는 것처럼.

환승주차장에 차를 세워두고("대중교통을 이용합시다! 대기 오염을 줄입시다!") 항상 타는 버스에 올라, 회사에 갈 때마다 보이는 똑같은 풍경을 바라본다. 제네바는 내가 어렸을 때부터 지금까지 하나도 바뀌지 않은 것 같다. 웅장한 고택들이 아직도 그대로 남아, 1950년대에 '신건축'을 발견한 어떤 정신 나간 시장이 세운 건물들 사이에 끼어 있다.

여행을 떠나 있으면 나는 늘 이런 것들이 그립다. 취향이 멋지다고 애써 말하지 않는 도시. 유리와 철로 된 거대한 고층건물이 없고, 고속도로가 많지 않은 도시. 나무뿌리들이 인도의 콘크리트를 뚫고 나와 행인의 발을 걸고, 공원의 신비스러운 작은 나무 울타리 주변으로 '자연은 원래 그런 법'이라며 방치해둔 잡초가 무성하게 웃자라 있는 곳. 간단히 말해, 현대화되어 그 매력을 잃어버린 다른 모든 도시와는 완전히 다른 도시.

이곳에서 우리는 아직도 길에서 낯선 사람을 만나면 "안녕하세요" 하고 인사를 건네고, 생수 한 병을 사고 가게를 나설 때도, 비록 다시 올 생각이 없더라도 "또 봬요" 하고 인사한다. 온 세상 사람들이 스위스인은 매우 신중하고 내성적이라고 생각하지만 우리는 아직도 버스에서 만난 낯선 사람과 수다를 즐긴다.

세상 사람들의 생각은 얼마나 틀린지! 하지만 다른 사람들이 우리에 대해 그렇게 생각한다면 잘된 일이다. 왜냐면 알프스를 넘어온 이방인들이 경이로운 전자기기들과, 손님에게 자랑할 수 있도록 거실만 넓고 침실은 조그만 아파트들과, 화장을 지나치게 하는 여자들, 요란하게 지껄이며 주변 사람들을 괴롭히는 남자들, 반항적인 옷차림을 하고선 부모가 싫어할까봐 겁먹는 사춘기 아이들을 이곳에 풀어놓기 전까지 오륙백 년 정도는 더 우리 방식대로 살아갈 수 있을 것이기 때문이다.

모두들 우리가 생산하는 것은 치즈와 초콜릿과 젖소와 뻐꾸기 시계뿐이라고 믿게 하자. 모두들 제네바에는 길모퉁이마다 은행이 하나씩 있다고 믿게 하자. 우리는 그런 이미지를 바꿀 생각이 없다. 우리는 이방인 무리가 없어야 행복하다. 우리는 단단히 무장을 하고 살아가지만(군복무는 의무이고, 스위스 남자라면 누구나 집에 소총을 하나씩 가지고 있다), 누가 다른 사람을 쏘았다는 얘기는 거의 들어본 적이 없다.

우리는 수백 년 동안 변함없이 살아왔다는 데 기쁨을 느낀다. 온 유럽이 무의미한 전쟁에 아들들을 내보낼 때 우리는 중립을 지켰다는 사실을 자랑스럽게 생각한다. 19세기 말부터 이어져온 카페들과 도시 곳곳에서 산책하는 나이든 할머니들을 비롯해 제네바의 다소 매력 없는 외양에 대해 굳이 설명할 필요가 없어서 다행이라고 생각한다.

그러나 '우리는 모두 행복하다'고 말한다면 그건 완전한 진실이 아닐 것이다. 다른 사람들은 행복하다. 도대체 뭐가 문제인지 자문하며 출근하고 있는 나를 제외하고는.

신문사에서 흥미로운 기삿거리를 찾아내려 애를 쓰며 보내는 또 하루. 일상적인 교통사고나 (흉기는 좀처럼 쓰이는 법이 없는) 강도사건, (저녁식사 요리를 오븐에 너무 오래 두는 바람에 연기가 새어나오는 것을 보고 놀란 이웃들의 신고를 받고, 고도로 훈련된 소방관들을 태운 소방차 십여 대가 출동해 오래된 아파트를 물바다로 만드는 경우와 같은) 화재사건 등이 대부분이지만.

집에 돌아오면 요리의 즐거움이 있고, 잘 차린 식탁에 둘러앉아 앞에 놓인 음식을 주신 하느님께 감사를 올리는 가족이 있다. 식사가 끝나면 각자 볼일을 보며 또 하루의 저녁을 보낸다. 아빠는 아이들 숙제를 도와주고, 엄마는 부엌을 치우고 집안을 정돈한 뒤 다음날 아침에 올 가정부를 위해 돈을 꺼내놓는다.

이렇게 지낸 몇 달 동안 때로는 정말로 기분이 좋아져서, 내 인생이 완벽하게 의미가 있다고, 지구에 사는 인간의 역할이 바로 이런 거라고 믿은 적도 있었다. 그럴 때면 아이들에게 엄마는 평온해 보인다. 아빠는 다정하고 세심하며 집은 환히 빛난다. 우리는 이 거리에, 이 도시에, 이 칸톤(이곳에선 주를 그렇게 부른다)에 그리고 이 나라 전체에 행복의 본보기를 보여준다. 그런데 나는 샤워를 하다가 아무런 이유도 없이 갑자기 울음을 터뜨린다. 거기서는 울 수가 있다. 아무도 내 울음소리를 듣지 못하기에, 누구도 내가 가장 싫어하는 질문을 하지 않을 테니까. "괜찮은 거야?"

물론. 안 괜찮을 리가 없잖아? 내 인생에 무슨 문제라도 있어?

아무 문제 없지.

단지 두려움이 밀려드는 밤이 있을 뿐.

아무런 열의를 느낄 수 없는 낮과,

행복했던 과거의 모습들, 지나가버린 일들에 대한 회한과

감행하지 못한 모험에 대한 갈망과,

아이들에게 어떤 일이 일어날지 알 수 없다는 공포가 있을 뿐.

그러면 내 머리는 늘 똑같은 부정적인 생각을 반복하기 시작한다. 마치 악마가 방 한구석에서 나를 바라보다가 당장이라도 튀어나와, 나의 '행복'은 그저 지나가는 한때의 것에 불과하다

고, 지속되는 것은 아무것도 없다고 말할 것만 같다. 그래, 분명 나도 그건 알고 있지.

변하고 싶다. 변해야 한다. 오늘 나는 회사에서, 요구한 자료를 평소보다 늦게 가져왔다는 이유만으로 어떤 인턴사원에게 우스꽝스러울 만큼 깐깐하게 굴었다. 평소의 나는 그런 사람이 아닌데 갈수록 내 본모습과 괴리가 생기고 있다.

이 모든 것을 그때 그 작가와의 인터뷰 탓으로 돌리는 것은 어리석은 짓이다. 벌써 몇 달이나 지난 일이다. 그 작가가 한 일이라고는 언제라도 폭발해 주변에 죽음과 파괴의 씨앗을 뿌릴 화산의 뚜껑을 연 것뿐이다. 그 작가가 아니었더라도 어떤 영화나 책, 또는 어쩌다 대화를 나누게 된 사람이 그 역할을 했을 것이다. 아주 오랫동안 자기 내면에 가해지는 압박감이 커가는 줄도 모르고 살다가 어느 날 극히 사소한 사건으로 위기에 빠지고 마는 사람들이 있다.

그럴 때 그들은 말한다. "이젠 지긋지긋해. 더이상 이렇게 살지 않을 거야."

어떤 사람들은 자살을 한다. 어떤 사람들은 이혼을 한다. 아프리카의 가난한 지역으로 가 세상을 구하려고 애쓰는 사람들도 있다.

하지만 나는 나를 안다. 감정을 억누르는 것이 나의 유일한 반

웅일 테고, 그러다가 암에 걸려 내 속을 야금야금 먹히리라는 것을. 실제로 나는 많은 질병의 원인이 억눌린 감정이라고 믿는다.

새벽 두시, 잠에서 깬 나는 출근하려면 아침 일찍 일어나야 한다는 사실을 알면서도 천장을 응시하며 누워 있다. 잠 못 드는 밤은 언제나 싫다. 내게 무슨 일이 일어나고 있는지 궁리해보는 편이 나을 텐데, 나는 생각이 걷잡을 수 없이 뻗어나가도록 그냥 내버려둔다. 며칠 동안—다행히도 그리 오랫동안은 아니지만—나는 정신과에 가서 도움을 청해야 하는 건 아닐까 생각하고 있다. 그렇게 하지 못하는 것은 직장이나 남편 때문이 아니라 아이들 때문이다. 아이들은 나의 이런 상태를 전혀 이해할 수 없을 것이다.

모든 것이 좀더 강렬해진다. 나는 내 결혼생활을 돌이켜본다. 서로에 대해 전혀 질투하지 않는 우리 부부. 하지만 여자들에게는 육감이라는 게 있다. 어쩌면 남편은 이미 다른 사람을 만나고 있고 나는 무의식적으로 거기에 반응하고 있는 게 아닐까? 그렇지만 내게는 남편을 의심할 만한 이유가 조금도 없다.

정말 터무니없지 않은가? 내가, 세상 모든 남자 중에서 모든 면에서 완벽한 유일한 남자와 결혼했다는 말인가? 그는 술도 안 마시고 밤에 외출도 하지 않고 하루종일 친구들과 밖에서 노는 일도 없다. 가족은 그의 삶의 전부다.

꿈같은 일일 수도 있지만 한편으론 악몽일 수도 있다. 나 역시 똑같은 책임감을 보여야 하니까.

문득, 읽고 나면 자신감이 생길 거라고, 인생을 좀더 잘 살 수 있게 될 거라고 주장하는 모든 자기계발서 속의 '낙관주의'와 '희망'이 공허한 소리에 불과하다는 생각이 든다. 어쩌면 그런 말을 하는 사람들조차도 인생의 의미를 찾아 헤매고 있을 것이고, 그저 자극에 대한 반응을 관찰하기 위해 우리를 실험용 쥐로 이용하는지도 모른다는 생각이 든다.

중요한 것은 내가 그런 행복하고 완벽한 삶에 진절머리가 난다는 사실이다. 그리고 그것은 정신병의 징후라고밖에 설명이 안 된다.

그런 생각을 하며 나는 다시 잠이 든다. 어쩌면 내게 정말로 심각한 문제가 있는지도 모르겠다.

친구와 점심 약속을 했다.

친구가 제안한 장소는 내가 들어본 적 없는 일본 식당이다. 일본 음식을 무척이나 좋아하는 내가 모르는 곳이라니 좀 이상한 일이다. 친구는 그곳이 우리 회사에서 좀 멀기는 해도 아주 훌륭한 식당이라고 장담한다.

그곳에 가는 데 한참이 걸린다. 버스를 두 번 타고 내린 후, 길 가던 사람에게 물어 그 '훌륭한 식당'이 있다는 미술관을 찾아간다. 식당은 흉물스러워 보인다. 실내장식도 그렇고, 종이 식탁보에 변변한 전망도 없는 곳이다. 하지만 친구 말이 맞았다. 제네바에서 지금까지 맛본 그 어떤 음식보다도 훌륭하다.

"예전에는 항상 똑같은 식당에만 갔어. 괜찮긴 했는데 특별할

게 없는 곳이었지." 친구가 말한다. "그런데 일본 영사관에서 근무하는 내 친구가 여길 소개해줬어. 처음 왔을 때는 좀 섬뜩하더라고. 너도 그랬을지 모르지만. 여긴 주인이 직접 운영해서 그런지 음식이 완전히 달라."

나 역시 항상 몇 군데 똑같은 식당에만 간다는 걸 문득 깨닫는다. 나는 똑같은 식당에 가서 똑같은 음식을 주문하며 살아가고 있다. 그런 부분에서조차 나는 위험을 감수하지 않는다.

친구는 항우울제를 복용하고 있다. 하지만 친구와 그 얘기를 나누고 싶은 마음은 전혀 없다. 왜냐면 오늘 나는 내가 우울증으로 빠져들기 직전 단계에 있다는 결론을 내렸고, 그것은 내가 받아들이고 싶은 사실이 아니기 때문이다.

그런데 그런 얘기를 나누고 싶지 않다는 생각이 머릿속에 남아 있어서인지 결국 그 얘기를 가장 먼저 꺼내게 된다.

친구에게 요즘 기분이 어떤지 묻는다.

"훨씬 나아." 그녀가 말한다. "약을 먹어도 효과가 나타나려면 시간이 좀 걸리긴 해. 하지만 일단 약효가 나타나면 삶에 다시 의욕이 생기고 주변 사물에 색깔과 향기가 되돌아오는 것 같아."

달리 말하면, 사람의 고통이 제약업계에는 또하나의 수입원이 되고 있다는 뜻이다. 슬픔을 느끼십니까? 이 약을 드시면 문제가 해결됩니다.

아주 조심스럽게 나는 둘이서 공동으로 신문에 우울증 관련 기사를 내보면 어떻겠느냐고 묻는다.

"그럴 필요가 뭐 있겠어? 요즘 사람들은 인터넷에서 자기들 기분 상태에 대해 다 공유하는데 뭐."

무슨 얘기를 하는데?

"각종 약의 부작용 같은 거. 다른 사람의 증상에 대해서는 아무도 듣고 싶어하지 않아. 전염성이라도 있는 건지, 그런 얘기들을 듣고 나면 갑자기 전에 없던 증상을 느끼게 되거든."

그게 다야?

"아니, 명상 훈련 같은 얘기도 하는데 내겐 별 소용이 없는 것 같아. 나도 다 해봤는데, 결국은 내게 문제가 있다는 사실을 받아들이고 나니까 좋아지더라고."

하지만 자기 혼자만 그런 게 아니라는 사실을 알면 도움이 되지 않아? 우울증이 네게 미친 영향에 대해 이야기하면 다른 사람들에게도 좋지 않을까?

"아니, 전혀. 일단 지옥에서 빠져나오고 나면 지금 당장 저 아래의 삶이 어떤지 전혀 알고 싶지 않게 돼."

그런 상태를 벗어나는 데 왜 그렇게 오래 걸린 거야?

"내가 우울증에 빠질 수 있다는 걸 믿을 수 없었어. 그리고 내가 그런 얘기를 너나 다른 애들한테 꺼낼 때마다 다들 말도 안 되는 소리 하지 말라고 했잖아. 진짜 문제 있는 사람들은 우울한 기분조차 느낄 겨를이 없는 법이라면서."

맞다. 내가 그렇게 말했다.

나는 계속 파고든다. 기사로 쓰거나 블로그에 올리면 사람들이 그 병에 좀더 잘 대응하고 도움을 받을 수 있게 되지 않겠느냐고 묻는다. 물론 난 우울하지 않고 그게 어떤 느낌인지 모르니까, 거기에 대해 조금 말해줄 순 없겠느냐고도 해본다.

친구는 잠시 주저한다. 어쩌면 내 동기를 의심하는지도 모른다.

"그게, 덫에 걸린 느낌이랄까? 갇혀 있다는 건 알겠는데 도망칠 수가 없는……"

며칠 전 내 느낌이 딱 그랬다.

친구는 소위 '지옥'을 경험한 사람들이 대부분 공통적으로 느끼는 일련의 증상들을 열거하기 시작한다. 침대에서 나오기 싫은 느낌. 아주 단순한 일을 해내는 데도 초인적인 노력이 필요할 것 같은 느낌. 진정으로 고통받는 수많은 세상 사람들을 보며 자신은 그런 기분을 느낄 하등의 이유가 없다는 가책으로 마음이 갈가리 찢기는 느낌.

나는 내 앞의 훌륭한 음식에 집중해보려고 하지만, 이미 음식맛이 느껴지지 않는다. 친구는 말을 잇는다.

"무감각 상태랄까? 행복한 척, 슬픈 척, 오르가슴을 느끼는 척,

즐거운 척, 잠을 잘 잔 척, 살아 있는 척. 그러다보면 가상의 한계선에 다다르는 순간이 있는데, 그 한계선을 넘으면 다시는 돌아올 수 없으리라는 걸 깨닫게 돼. 그러면 더이상 불평을 안 하게 되지. 불평을 한다는 건 아직도 무언가를 대상으로 최소한 싸우고는 있다는 뜻이거든. 결국 불평도 없는 식물인간 같은 상태를 받아들이면서 다른 사람들에게는 마음을 감추려고 노력하게 돼. 그게 정말 힘든 일이야."

우울증의 원인이 뭐였어?

"특별한 원인은 없어. 그런데 왜 그렇게 질문이 많니? 너도 우울한 거야?"

그럴 리가 없잖아!

화제를 바꾸는 게 좋겠다.

우리는 며칠 후 내가 인터뷰하게 될 정치인에 대해 이야기한다. 고등학교 때 내 남자친구였던 사람이다. 나와 몇 번 키스도 했고 막 피어나는 내 가슴을 만지기도 했지만, 그는 아마 기억하지 못할 것이다.

친구는 무척 재미있어한다. 반면에 나는 아무것도 생각하지 않으려 하면서 기계적으로 반응하고 있다.

무감각. 나는 아직 그 단계엔 이르지 않았다. 나는 아직도 불평하는 단계에 있다. 하지만 머지않아—몇 달 혹은 며칠, 아니면 몇 시간 후일 수도 있는 언젠가—그렇게 모든 것에 흥미를 잃어버리는 날이 올 것이고, 그런 상태를 벗어나기는 매우 어려울 것이다.

내 영혼이 천천히 내 몸을 떠나 알 수 없는 장소, 더이상 나 자신과 한밤중의 공포를 견디지 않아도 되는 '안전한' 어딘가로 향하고 있다는 느낌이 든다. 음식은 맛있지만 실내장식은 흉한 일본 식당에 앉아서, 멈추고 싶지 않은—혹은 멈출 수 없는—영화 속 한 장면처럼 모든 것을 경험하고 있는 지금 이 순간이 마치 현실이 아닌 것만 같다.

잠에서 깨어 늘 하던 의식을 반복한다. 이를 닦고, 출근하기 위해 옷을 입고, 아이들 방으로 가서 아이들을 깨우고, 모두를 위해 아침식사를 준비하고, 미소 띤 얼굴로 인생이 얼마나 즐거운지 이야기한다. 매 순간, 몸짓 하나하나에 알 수 없는 무게가 느껴진다. 어쩌다 덫에 걸리고 말았는지 이해하지 못하는 갇힌 짐승처럼.

음식은 아무 맛이 없고, 반면에 내 미소는 아무도 의심하지 못하도록 조금 더 환해지며, 나는 울고 싶은 욕구를 안으로 삼킨다. 바깥의 햇살이 잿빛으로 보인다.

어제의 대화는 내게 아무런 위안이 되지 않았다. 나는 이제 분노의 단계를 지나 무감각을 향해 직행하고 있다는 생각이 든다.

눈치챈 사람은 없나?

물론 없다. 결국 나란 사람은 도움이 필요하다는 사실을 절대 인정하지 않을 사람이다.

그것이 나의 문제다. 화산이 폭발해버렸다. 다시 용암을 안으로 집어넣고, 나무를 심고, 풀을 베고, 양을 풀어놓아 풀을 뜯게 하는 것은 불가능하다.

어쩌다가 내게 이런 일이 일어났을까. 나는 항상 모든 사람의 기대를 저버리지 않으려고 노력하며 살아왔다. 하지만 일은 벌어졌고 나는 약을 먹는 것 외에는 아무것도 할 수가 없다. 어쩌면 오늘 나는 정신의학과 사회보장에 대한 기사를 쓸 핑계를 꾸며내—우리 신문사는 그런 유의 기사를 좋아하니까—좋은 정신과의사를 찾아 그 사람에게 도움을 청할지도 모르겠다. 직업윤리에 어긋나기는 하지만, 윤리적인 일만 하고 살 수는 없는 일이다.

내게는 머리를 가득 채우는—예를 들면 다이어트 같은—집착이 없다. 강박장애가 있다거나, 아침 여덟시에 출근해 오후 다섯시에 퇴근하면서 그사이 빨래와 다림질, 청소에 때로는 장보기까지 해주는 가정부의 흠을 찾느라 골몰하지도 않는다. 만능 엄마가 되려고 애를 쓰는 것으로 내 절망감을 해소할 수도 없다. 그러면 내 아이들이 영원히 날 원망할 테니까.

출근하려고 나서는데 이웃집 남자가 보인다. 세차를 하고 있다. 저 사람, 어제도 저러고 있지 않았나?

궁금증을 억누르지 못해 그 사람에게 다가가 이유를 묻는다.

"완벽하게 닦지를 못했어요." 이웃집 남자는 내게 아침인사를 하고 가족들이 잘 있는지 묻고 내 옷이 무척 예쁘다고 칭찬한 후 그렇게 대답한다.

나는 차를 바라본다. 아우디(제네바의 별명 중 하나가 '아우디 랜드'다). 내 눈엔 완벽해 보인다. 이웃집 남자는 내게 제대로 닦이지 않아 광택이 덜한 부분을 한두 군데 보여준다.

대화를 좀더 길게 끌던 나는 결국 사람들이 인생에서 찾는 게 뭐라고 생각하느냐는 질문을 하고 만다.

"아, 그런 거야 답하기 쉽죠. 고지서 대금을 치를 수 있는 것. 우리집이나 댁의 집 같은 주택을 사는 것. 나무가 가득한 정원을 갖는 것. 일요일 점심식사에 자식들이나 손주들이 와주는 것. 은퇴한 후 세계를 여행하는 것, 뭐 그런 것들이겠죠."

사람들이 인생에서 원하는 것이 그런 거라고? 정말? 이 세상이 무언가 심각하게 잘못되어 있다. 아시아나 중동 지역에서 벌어지고 있는 전쟁만이 문제는 아니다.

신문사로 가기 전에 고등학교 때 남자친구였던 야코프를 인터뷰해야 한다. 그것마저도 별로 신이 나지 않는다. 정말 나는 모든 것에 흥미를 잃고 있다.

알고 싶지도 않은 정부 정책에 대해 듣는다. 몇 가지 곤란한 질문을 던져보지만 그는 답변을 능란하게 회피한다. 그는 나보다 한 살 어리지만 다섯 살쯤은 더 많아 보인다. 그런 생각을 입 밖에 내지는 않는다.

졸업 후 각자의 길을 간 뒤로 내가 살아온 인생에 대해 그는 아직 아무것도 묻지 않았지만, 나는 물론 그를 다시 만나게 되어 반갑다. 그는 전적으로 자기 자신과 경력과 미래에 대한 이야기에 몰두해 있는데, 나는 바보처럼 과거를 응시하고 있다. 치아교정기를 끼고도 모든 여자아이의 부러움을 한몸에 받던 사춘기 소녀로 되돌아가기라도 한 것처럼. 잠시 후, 나는 더이상 그의 말을 듣지 않고 자동항법장치를 켠 조종사 같은 상태가 된다. 늘 같은 내용에 같은 공약이다. 세금을 줄이고, 범죄와 싸우고, 국경을 넘어와 스위스 사람들의 일자리를 빼앗는 프랑스 근로자들의 유입을 막아내겠다는. 해마다 주제는 같고 문제는 해결되지 않는다. 아무도 진정으로 신경쓰지 않기 때문이다.

대화가 이십 분을 넘어서자, 나의 이런 흥미 부족이 내 이상한 마음 상태의 결과가 아닐까 하는 의문이 들기 시작한다. 아니다. 정치인 인터뷰보다 따분한 일은 없다. 차라리 범죄사건 취재가 더 나았을 것이다. 살인자들이 훨씬 더 현실에 가까우니까.

이 나라 대표들은 세계 어떤 나라와 비교하더라도 손색없이 재미없고 무미건조하다. 아무도 그들의 사생활에 대해 알고 싶어하지 않는다. 추문의 소재가 되는 것은 단 두 가지다. 부패와 마약. 그런 사건은 엄청난 비중을 차지하며 대서특필된다. 흥미를 끌 만한 기사가 정말이지 아무것도 없기 때문이다.

그들이 정부를 두거나 사창가에 가거나 동성애자임을 밝힌들 누가 관심이나 있을까? 없다. 그들은 계속 유권자들이 맡긴 소임을 해나간다. 그들이 국가 예산을 낭비하지 않는 한, 우리는 모두 조용히 살아간다.

이 나라의 대통령은 매년 바뀐다. (맞다. 매년이다.) 대통령을 선출하는 것은 국민이 아니라, 국가원수 역할을 공동 수행하는 일곱 명의 장관으로 구성된 연방각의다. 박물관 옆을 지나갈 때마다 나는 또다른 국민투표 참여를 촉구하는 벽보들을 끊임없이 보게 된다.

스위스인은 결정하기를 좋아한다. 쓰레기봉투의 색깔(검은색이 1위를 차지했다), 무기 소지의 적법성(스위스는 일인당 소지 총기 수가 세계 최고다), 건축 가능한 회교 사원 첨탑의 수(네 개), 망명자 수용(여기에 대해서는 아직 결과를 알아보지 않았지만 아마 법안이 승인되어 이미 발효된 것 같다).

"의원님, 죄송하지만……"

이런 식으로 대화가 중단된 것이 벌써 두번째다. 그는 보좌관에게 다음 약속을 연기해달라고 정중하게 요청한다. 우리 신문은 스위스의 프랑스어 사용 지역에서 가장 유력한 언론매체이며, 이 인터뷰는 다가오는 선거에 결정적인 역할을 할 수도 있다.

그는 나를 납득시킨 척하고, 나는 그의 태도를 믿는 척한다.

그런 다음, 나는 자리에서 일어나 그에게 고맙다고 인사하며 필요한 내용은 다 들었다고 한다.

"달리 더 필요한 건 없고?"

물론 있다. 하지만 그게 무엇인지 내가 말할 수는 없다.

"일 끝나고 만나면 어떨까?"

나는 손가락에 낀 커다란 금반지가 "봐, 과거는 과거일 뿐이야"라고 외치고 있음을 그가 보았기를 바라며, 아이들을 데리러

학교에 가봐야 한다고 말한다.

"물론, 그래야지. 그럼 언제 점심이나 같이할까?"

나는 그러자고 한다. 나는 쉽사리 스스로를 속이며 나 자신에게 말한다. 혹시 알아? 나한테 정말로 중요한 할 얘기가 있는지도 모르잖아. 국가 기밀이라든가, 이 나라의 정치를 뒤바꾸고 우리 신문사 편집장이 날 달리 보게 만들 내용 같은 것.

그는 입구 쪽으로 다가가 문을 잠그더니 되돌아와 내게 키스를 한다. 나는 그의 키스에 답한다. 얼마 만이지? 어쩌면 한때 내가 사랑했는지도 모르는 야코프는 이제 교수와 결혼한 유부남이 되어 있다. 그리고 나 역시, 상당한 재산을 물려받았음에도 어마어마하게 일을 열심히 하는 남자와 결혼한 유부녀다.

그를 밀치며 우린 이제 더이상 어린애가 아니라고 말할까 생각한다. 하지만 이 느낌이 좋다. 나는 새로운 일본 식당을 발견했을 뿐 아니라 약간의 부정한 재미까지 즐기고 있는 것이다. 마침내 나는 규칙들을 어기게 되었지만 그래도 세상이 무너지진 않았다. 이렇게 행복한 기분을 느껴보기는 정말 오랜만이다.

점점 감정이 고조되면서 나는 좀더 과감하고 자유로워진다. 그러다가, 학창시절부터 꼭 한 번 해보고 싶었던 걸 한다.

무릎을 꿇고 그의 바지 지퍼를 내린 후 그의 성기를 내 입에 집어넣는다. 그는 내 머리카락을 움켜잡고 앞뒤로 움직이는 내 머리의 리듬을 조절한다. 일 분도 채 지나지 않아 그는 절정에 이른다.

"아, 정말 좋았어."

나는 아무 말도 하지 않는다. 하지만 사실, 나는 그보다 훨씬 더 좋았다. 그가 그렇게 빨리 끝내주어서.

죄를 짓고 나면 들킬지도 모른다는 두려움이 뒤따른다.

사무실로 돌아가는 길에 나는 칫솔과 치약을 산다. 약 반시간마다 화장실로 가 얼굴과 셔츠에 뭐가 묻지 않았는지 점검한다. 섬세한 자수가 놓인 내 베르사체 셔츠는 얼룩을 숨기기에 완벽하다. 나는 곁눈질로 동료들을 관찰하지만 아무도(최소한 그런 일에 촉수가 유별나게 발달한 여자들 중에서는 아무도) 알아차리지 못한다.

어떻게 그런 일이 벌어졌을까? 마치 다른 사람이 나를 장악해 에로틱함이라고는 찾아볼 수 없는 순전히 기계적인 상황으로 나를 몰아넣은 기분이다. 내가 독립적이고 자유롭고 주체적인 여자라는 것을 야코프에게 증명하고 싶었던가? 그런 행동을 한 것은 그에게 강한 인상을 남기기 위해서였을까? 아니면 내 친구가 말한 '지옥'에서 도망치기 위해서였을까?

모든 것이 예전과 똑같이 계속될 것이다. 나는 선택의 기로에 서 있지 않다. 나는 내가 어디를 향해 가는지 알고 있으며, 사는 동안 내 가족이 세차가 특별한 일이라 믿게 되는 일은 정말이지 없게 할 것이다. 진정으로 큰 변화는 시간과 더불어 나타난다. 그리고 내게 넘치도록 많은 것이 바로 시간이다.

최소한 내 바람은 그렇다.

행복하게도 슬프게도 보이지 않으려고 노력한다. 하지만 아이들은 단번에 알아차린다.

"엄마, 오늘 좀 이상해 보여요."

난 이렇게 말하고 싶다. 그래, 오늘 엄마가 해선 안 되는 일을 했어. 죄책감은 전혀 안 드는데 들킬까봐 겁이 좀 나네.

남편이 퇴근해 언제나처럼 내게 입을 맞춘 뒤, 오늘 하루 어떻게 보냈는지, 저녁 메뉴는 무엇인지 묻는다. 나는 평상시처럼 대답한다. 그가 일상의 흐름에서 별다른 변화를 못 느낀다면, 내가 오늘 어느 정치인에게 오럴섹스를 해주었을지 모른다는 의심을 품을 수는 없을 것이다.

짚고 넘어갈 점은, 그 일이 내게는 아무런 육체적 쾌락을 주지 않았다는 사실이다. 하지만 지금 나는 욕망으로 달아올라, 남자가 주는, 키스가 주는, 내 몸 위에 오른 다른 몸이 주는 통증과 쾌감을 간절히 원하고 있다.

* * *

잠자리에 들며 나는 나 자신이 엄청나게 흥분해 있음을 깨닫는다. 나는 어서 빨리 남편과 사랑을 나누고 싶다. 하지만 평정을 유지해야 한다. 내가 너무 열의를 보이면 남편은 수상한 낌새를 알아챌 것이다.

샤워를 하고 남편 옆에 누워 그가 손에 들고 들여다보던 태블릿 컴퓨터를 빼앗아 침대 옆 탁자에 놓는다. 가슴을 쓰다듬기 시작하자 그는 즉시 흥분에 이른다. 이렇게 사랑을 나눠보기는 정말로 오랜만이다. 내가 좀 심하게 신음 소리를 내자 남편은 아이들이 깨겠다며 소리를 낮추라고 한다. 하지만 난 그러고 싶지 않다고, 내 느낌을 표현하고 싶다고 말한다.

나는 여러 번 오르가슴에 이른다. 세상에, 정말이지 나는 이 남자를 사랑한다. 우리는 결국 땀에 흠뻑 젖어 녹초가 되었다. 나는 다시 한번 샤워를 하기로 한다. 남편이 뒤따라오더니 장난스럽게 샤워기 꼭지를 내 음핵에 갖다댄다. 나는 그만하라고, 지금 너무 피곤하고 우리 둘 다 잠을 자야 하는데 당신이 나를 다시 흥분시키고 말 거라고 한다.

서로의 몸을 닦아주며, 나는 언제 나이트클럽에 한번 가자고 제안한다. 무슨 수를 써서라도 내 일상에 변화를 주려는 또하나의 시도. 순간, 남편이 내게서 뭔가 달라진 낌새를 알아차렸다는 생각이 든다.

"내일?"

내일은 말고. 요가 수업이 있어.

"기왕 말이 나왔으니, 좀 직설적인 질문을 해도 될까?"

일순간 심장이 멎는다. 남편이 말을 잇는다.

"당신, 요가 수업에 가는 이유가 정확히 뭐지? 이렇게 차분하고 균형 잡힌 사람이, 자신이 뭘 원하는지 잘 아는 여자가 말이야. 시간낭비를 하고 있는 건 아냐?"

심장이 다시 뛴다. 나는 대답하지 않는다. 그저 미소를 지으며 그의 얼굴을 쓰다듬는다.

* * *

나는 침대에 쓰러져 눈을 감는다. 잠에 빠지기 전 생각한다. 십 년쯤 결혼생활을 하면 이런 위기는 찾아오게 되어 있는지도 몰라. 곧 지나갈 거야.

모든 사람이 매 순간 행복해야 한다고 생각하는 것은 아니다. 게다가 아무도 매 순간 행복할 수는 없다. 나는 삶의 현실을 감당하는 법을 배워야 한다.

우울증이여, 제발 다가오지 말아줘. 고약하게 굴지 말아줘. 거울을 들여다보며 "이런 무의미한 삶이라니"라고 중얼거릴 이유가 좀더 많은 사람을 찾아봐. 네가 좋든 말든 나는 널 어떻게 쫓아내는지 알아. 시간낭비 하지 마.

야코프 쾨니히와의 만남은 정확히 예상한 대로 흘러간다. 우리는 호숫가에 있는 비싼 식당 '라 페를 뒤 라크'에서 만난다. 예전에는 정말 훌륭한 식당이었는데 지금은 시의 소유가 되었다. 아직도 값은 비싸지만 음식은 형편없다. 얼마 전에 발견한 일본 식당으로 데려가 놀라게 해줄 수도 있었지만, 그는 그곳이 품위 없다고 생각하리라는 것을 나는 알고 있다. 어떤 사람들은 음식보다 실내장식을 더 중시한다.

그리고 이제 나는 내 결정이 옳았음을 확인한다. 그는 내게 자신이 와인 전문가임을 보여주려고 애쓴다. 그는 '부케 향'이나 '텍스처'에 대해, 그리고 잔을 흔들면 잔 안쪽을 따라 실개천처럼 흘러내리는 기름진 와인 방울을 뜻하는 '눈물'에 대해 이야기한다. 다시 말해, 그는 자신이 이제 더이상 어린 학생이 아님을, 상황에 맞는 몸가짐에 대해 배웠고 세상에 나와 성공했음을, 삶에 대해, 와인과 정치에 대해, 여자와 전 애인에 대해 알고 있음을 보여주고 있는 것이다.

허튼소리! 우리는 평생 와인을 마셔왔다. 좋은 와인과 나쁜 와인쯤은 구별할 수 있고, 중요한 건 그뿐이다. 하지만 남편을 만나기 전까지 내가 사귄, 스스로 '세련됐다'고 여기던 남자들은 하나같이 식당에서 와인을 고르는 것이 무슨 대단한 일이라도 되는 양 굴었다. 그들은 모두 똑같이 행동했다. 엄숙하게 코르크 냄새를 맡고, 상표를 읽고, 웨이터를 시켜 와인을 조금 따르게 한 후, 잔을 이리저리 흔들었다. 그러고는 불빛에 대보고, 냄새를 맡아보고, 입안에서 이리저리 굴려보고 삼킨 다음에야 마침내 괜찮다는 듯 고개를 끄덕였다.

그런 똑같은 장면을 수도 없이 목격한 후, 나는 어울리는 무리를 바꿔보기로 결심했다. 개중에는 사회성이 떨어지는 외골수 대학교수들도 있었다. 뻔하고 작위적인 와인 감정가들과 달리 그 괴짜들은 최소한 가면은 쓰지 않았으며 내게 잘 보이려고도 하지 않았다. 그들은 내가 이해하지 못하는 농담을 했다. 예컨대 '인텔' 같은 이름을 내가 당연히 알 거라고 생각하며 "모든 컴퓨터에 박혀 있는 이름이잖아요" 했다. 하지만 나는 그런 것을 한 번도 눈여겨본 적이 없었다.

그런 괴짜들 옆에 있으면 무식하고 평범한 여자가 된 기분이었다. 그들은 내 가슴이나 다리보다 인터넷 불법복제에 더 관심이 많았다. 결국 나는 안전한 와인 감정가들의 품으로 되돌아갔다. 그러다가 마침내 세련된 취향을 앞세워 내게 잘 보이려 들거나, 신비한 행성과 호빗족과 방문한 웹페이지의 흔적을 모조리 지우는 컴퓨터 프로그램 등을 입에 올리지 않는 남자를 찾아냈다. 나는 더이상 천치가 된 듯한 기분을 느끼지 않아도 되었다. 몇 달 동안 함께 어울려다니며 제네바를 둘러싸고 있는 호수 주변에서 최소한 백이십 개의 마을을 발견하고 난 뒤, 그가 내게 청혼을 했다.

나는 주저 없이 받아들였다.

나는 야코프에게 아는 나이트클럽이 있는지 묻는다. 오랫동안 제네바의 밤 문화(그저 상투어로서의 '밤 문화')와 담을 쌓고 살았지만, 조만간 밖에 나가 춤도 추고 술도 마실 작정이라고 말한다. 그의 눈이 빛난다.

"내겐 그럴 시간이 없어. 초대가 고맙긴 한데, 당신도 알다시피, 내가 유부남이라는 사실은 차치하고라도 기자랑 함께 있는 모습을 보이면 안 되거든. 그러면 사람들은 당신 기사가……"

편향적이라고 할 거야.

"그래, 편향적이라고 하겠지."

나는 이 작은 유혹의 게임을 좀더 밀고 나가기로 한다. 언제나 내게 즐거움을 주는 게임이다. 잃을 게 뭐가 있겠는가? 나는 모든 길과 샛길과 덫과 목표를 알고 있다.

그에게 자신에 대해 좀더 말해달라고 한다. 그의 사적인 삶에 대해. 기자로서가 아니라 여자로서, 옛 애인으로서 묻는 거라고 말한다.

나는 '여자'라는 말을 강조한다.

"내겐 사적인 삶이 없어." 그가 말한다. "불행히도 그런 삶을 꾸릴 수가 없어. 난 스스로를 자동인형으로 만드는 직업을 선택했지. 내 말은 뭐든 탐색과 질문과 보도의 대상이 돼."

전적으로 사실이라고는 할 수 없지만 진심인 것이 느껴지는 그의 태도가 날 무장해제시킨다. 그가 발밑의 지형을 파악하고 있을 뿐임을 나는 안다. 그는 자신이 어떤 곳에 들어서고 있으며 어디까지 나아가도 될 것인지 정확히 파악하고 싶은 것이다. 그가 넌지시 '결혼생활이 불행하다'는 것을 암시하더니 이내 자신이 얼마나 막강한 사람인지 설명하고 나선다. 어떤 나이에 이른 남자라면 누구나 와인 감정 단계를 지나고 하게 마련인 행동이다.

"지난 이 년 동안 몇 달 정도는 행복했고 몇 달 정도는 힘들었어. 대부분의 시간은 그저 그 자리에서 버티며 재선을 위해 사람들 비위를 맞추며 살았지. 예전에 내가 즐기던 건 모두 포기해야 했고. 예를 들면 너랑 춤추러도 못 가잖아. 몇 시간이고 음악을 듣는다거나 담배를 피운다거나 하는 일도. 어쨌든 다른 사람들이 옳지 않다고 생각하는 건 아무것도 할 수가 없어."

말도 안 되는 소리! 아무도 그의 사적인 삶에 관심이 없다.

"어쩌면 토성의 귀환 때문인지도 모르지. 토성은 이십구 년마다 우리가 태어난 순간과 똑같은 위치로 돌아온다고 해."

토성의 귀환?

그는 말을 너무 많이 했다는 생각이 들었는지 우리 둘 다 다시 일하러 가는 게 좋겠다는 뜻을 비친다.

잠깐만, 내겐 토성의 귀환이 이미 일어나버렸어. 그게 무슨 뜻인지 좀더 정확히 알아야겠어. 그는 내게 점성술에 대해 설명해준다. 토성은 이십구 년이 지나면 한 바퀴를 돌아 우리가 태어난 순간 있었던 하늘의 자리에 다시 돌아온다. 그전까지는 모든 것이 가능할 것처럼 보이고, 모든 꿈이 이루어지고, 우리를 가두는 모든 벽을 무너뜨릴 수 있다. 토성이 이 주기를 완성하고 나면 모든 낭만주의는 막을 내린다. 우리의 선택은 돌이킬 수 없고, 한번 정해진 방향을 바꾸기란 거의 불가능하다.

"나야 전문가는 물론 아니지. 하지만 내 인생의 다음 기회는 내 토성이 다시 되돌아오는 쉰여덟이나 되어야 온다는 뜻이야."

그런데 토성이 당신에게 이젠 더이상 다른 길을 택할 수 없다고 말하고 있다면, 당신은 왜 날 점심에 초대한 거지? 이제 우리의 대화는 거의 한 시간을 채우고 있다.

"당신, 행복해?" 그가 갑자기 묻는다.

뭐라고?

"당신 눈에 뭔가 있어. 훌륭한 남편에 좋은 직업을 가진 당신처럼 예쁜 여자에게 어울리지 않는 슬픔이 보여. 거울에 비친 내 눈을 보는 느낌이었어. 다시 한번 묻자. 당신, 행복해?"

내가 태어나고 자란 나라, 그리고 내가 내 아이들을 키우고 있는 이 나라에서는 '아무도' 그런 질문을 하지 않는다. 행복이란 정확히 계측되거나 국민투표를 통해 논의되거나 전문가들이 분석할 수 있는 것이 아니다. 어떤 차를 갖고 있는지도 묻지 않는 우리인데, 그렇게 개인적이고 정의하기 어려운 것에 대해서는 말할 것도 없다.

"대답할 필요는 없어. 네 침묵이 다 말해주니까."

아니다. 내 침묵이 다 말해주진 않는다. 나의 침묵은 대답이 아니다. 그저 내 놀라움과 당혹감의 표현일 뿐이다.

"나는 행복하지 않아." 그가 말한다. "남자라면 꿈꿀 만한 걸 다 가지고 있는데 난 행복하지가 않아."

뭐가 잘못된 거지? 깊은 절망감에 빠지게 하는 화학무기가 있고, 누군가 그것을 이용해 우리나라를 파괴하려는 건 아닐까? 왜 나와 대화를 나누는 사람들은 다들 똑같은 감정 상태인 걸까?

나는 아무 말도 하지 않았다. 하지만 고뇌에 빠진 영혼들은 서로를 알아보고 서로에게 다가가는 믿기 힘든 능력을 지녔다. 그리하여 두 사람의 비애가 서로 섞이는 것이다.

아까는 왜 그의 이런 점을 보지 못했을까? 왜 나는 그가 정치를 운운할 때의 얄팍함이나 와인을 시음할 때의 현학만을 본 것일까?

토성의 귀환. 충*의 위치에 놓인 토성. 불행. 야코프 쾨니히에게서 들으리라 생각지도 못했던 것들.

그러자 바로 그 순간—시계를 보니 한시 오십오분이다—나는 그와 다시 사랑에 빠진다. 아무도, 심지어 나의 기막히게 멋진 남편도 내게 행복한지 물은 적이 없다. 어쩌면 어린 시절에는 부모님이나 조부모님이 내게 그런 질문을 했었는지도 모른다. 하지만 그뒤로는 아무도 없었다.

"우리 다시 만날까?"

앞을 똑바로 응시한다. 이제 내 앞에 보이는 것은 사춘기에 만났던 남자친구가 아니라 내가 무심히 걸어들어가고 있는 심연,

---

* 어떤 행성이 지구에서 볼 때 태양과 정반대 위치에 오는 것을 말한다.

빠져나오고 싶은 마음이 조금도 없는 심연이다. 내 불면의 밤이 이제 더 견디기 힘들어지겠구나, 하는 생각이 스쳐간다. 이제는 내게 정말로 문제가 있기 때문에. 사랑에 빠져버렸다는 문제가.

내 마음속 적신호들이 깜빡이기 시작한다.

나는 나 자신에게 말한다. 이런 바보. 저 사람은 널 침대로 데려가길 원할 뿐이야. 네 행복에 관심 있는 게 아니라고.

그러다 거의 자멸하듯 나는 말한다. 좋아. 사춘기 시절 겨우 내 가슴 정도나 만졌던 남자와 잠자리를 하는 것이 어쩌면 내 결혼생활에 도움을 줄지도 모를 일이다. 바로 어제 아침에 그에게 오럴섹스를 해준 뒤 밤에 남편과 여러 번 오르가슴에 이르렀던 것처럼.

나는 화제를 다시 토성으로 되돌려보려 하지만, 그는 이미 계산서를 요구한 후 휴대전화에 대고 오 분 정도 늦을 것 같다고 말하는 중이다.

"여기 물하고 커피 주세요."

누구와 통화한 거냐고 물었더니 아내라고 대답한다. 그를 만나고 싶어하는 대형 제약회사의 중역이 있는데, 주의원 선거 막바지에 자금을 대줄 생각인 것 같다고. 선거가 코앞이다.

그가 유부남이라는 사실이 새삼 떠오른다. 그가 불행하다는 것도. 자신이 즐기는 일을 하나도 할 수 없다는 것도. 그와 그의 아내에 관한 소문, 결혼생활을 하고 있긴 하지만 무척 자유롭게 사는 사람들이라는 그 소문도. 나는 한시 오십오분에 날 아찔하게 했던 불꽃은 그만 잊어버리고, 그는 단지 나를 이용하려 할 뿐이라는 사실을 깨달아야 한다.

그래도 난 개의치 않는다. 모든 게 명확하기만 하다면. 나 역시 잠자리를 같이할 누군가를 찾아야 하니까.

* * *

우리는 식당 밖 보도에 잠시 멈춰 선다. 그는 마치 우리가 대단히 수상쩍은 커플인 양, 주위를 살핀다. 보는 사람이 없는지 확인한 후에야 담배에 불을 붙인다.

그래, 사람들이 볼까봐 두려워하는 게 바로 그거였군. 담배.

"당신도 분명 기억할 거야. 나는 우리 학년에서 가장 촉망받는 학생으로 통했어. 물론 그래서 그 말이 옳다는 것을 증명해야만 했지. 사랑과 인정을 받고 싶었으니까. 친구들과 밤에 놀러 나가는 걸 포기해가며 공부를 했고, 그래서 다른 사람들의 기대를 충족시킬 수 있었지. 우수한 성적으로 고등학교를 마쳤고. 그나저나 그때 우리가 그만 만나게 된 이유가 정확히 뭐였지?"

나 역시 잘 모르겠다. 그때는 다들 이 사람 저 사람 사귀느라 바빴고, 한 사람과 아주 오래가는 경우는 드물었다.

"대학을 졸업하고 형사사건 변호사가 된 후, 강도들과 무고한 사람들, 악당들과 선량한 사람들 틈에서 살았지. 한때라고 생각했던 일이 평생을 좌우하는 결정이 되고 말았어. 사람들을 돕고 싶었으니까. 고객 리스트는 해가 갈수록 늘어났지. 내 명성도 이 도시 전역에 자자해졌고. 아버지는 그런 일은 그만두고 친구분이 경영하는 법률회사에서 일하라고 하셨지만, 난 승소 판결이 날 때마다 느껴지는 짜릿함이 너무 좋아서 그럴 수 없었어. 그러다가 우연히 너무나 시대착오적인, 낡아빠진 법안을 발견한 거야. 이 도시의 시정에 큰 변화가 필요한 상황이었어."

모두 그의 공식적인 이력이다. 하지만 그의 입으로 직접 들으니 꽤 다른 느낌이다.

"그러다 어느 시점에 의원직 출마를 결심하게 되었어. 아버지가 내 결정에 반대하셔서 우린 거의 무일푼으로 선거운동을 했지. 하지만 사건을 의뢰했던 사람들이 나서서 지지해준 덕에, 근소한 차이긴 해도 어쨌든 당선은 됐어."

그는 담배를 등뒤에 감추고 다시 주위를 살펴본다. 아무도 보는 사람이 없자 그는 다시 한번 담배를 길게 빨아들인다. 과거를 돌아보는 그의 눈빛이 공허하다.

"정치에 막 발을 들여놓았을 땐 날마다 다섯 시간 정도밖에 못

잤는데도 항상 활기가 넘쳤어. 지금은 잤다 하면 열여덟 시간도 내리 잘 수 있을 것 같아. 초창기의 의욕은 다 사라졌어. 이제 남은 거라곤 늘 다른 사람들을 기쁘게 해줘야 한다는 의무감뿐이야. 특히 내 아내, 나의 밝은 미래를 위해 헌신해준 그 사람의 기대를 만족시켜줘야 해. 날 위해 그렇게 큰 희생을 해준 마리안을 실망시킬 순 없어."

이 남자가 불과 몇 분 전 내게 다시 한번 사귀어보자고 했던 그 남자가 정말 맞나? 아니면 그가 원하는 것이 바로 이건가? 같은 감정을 느끼는, 그저 자신을 잘 이해해주는 대화 상대?

내게는 놀라운 속도로 환상을 꾸며내는 자질이 있다. 나는 이미 알프스의 한 산장에서 실크 이불을 덮고 누워 있는 내 모습을 상상한다.

"그래서, 우리 언제 다시 만날 수 있지?"

그건 당신한테 달려 있지.

그는 이틀 뒤에 만나자고 제안한다. 요가 수업이 있다고 하자 그는 그냥 빠지라고 한다. 나는 지금까지 너무 많이 빠졌기 때문에 앞으로는 좀더 마음을 다잡고 다니기로 했다고 대답한다.

야코프는 체념을 한 듯하다. 마음을 바꿔볼까 하는 생각도 들지만, 너무 조급하게 보이거나 아무때나 만날 수 있는 사람처럼 처신해선 안 될 것 같다.

이전의 무감각이 두려움으로 바뀌면서 인생이 다시 재미있어지기 시작한다. 기회를 놓칠까봐 두려운 이 느낌, 정말이지 근사하다.

그에게 불가능하다고, 금요일로 약속을 정하는 편이 낫겠다고 말한다. 그는 그러자며 비서에게 전화를 해 일정표에 적어두라고 지시한다. 그는 담배를 다 피우고 나서 내게 작별인사를 한다. 나는 그에게 왜 내게 사생활에 대해 그리 많은 말을 한 건지 묻지 않고, 그는 내게 식당 안에서 했던 말에 대해 별다른 말을 덧붙이지 않는다.

나는 점심식사를 하는 동안 무언가 변했다고 믿고 싶다. 더이상 부실할 수 없을 것 같은 음식과, 마시는 척만 할 뿐 커피가 나올 때까지 손도 대지 않는 와인이 차려진 수많은 식사 모임 중 하나였다 해도. 와인 시음을 한다고 법석을 떨어도 결코 긴장을 풀 수 없는 그런 모임.

모든 사람을 기쁘게 해야 한다는 의무감. 토성의 귀환.

나는 혼자가 아니다.

사람들은 보통 기자라고 하면 유명인들을 인터뷰하고 근사한 장소에 초대받고 권력과 돈과 매혹적인 범죄의 세계에 접근하는 일을 떠올리겠지만, 실제로 이 직업이 그렇게 화려하지는 않다.

사실 우리는 대부분의 시간을 사무실 칸막이 뒤 책상 앞에 앉아 전화를 하며 보낸다. 사적인 공간은 간부들에게만 있는데, 그들은 가끔은 커튼을 닫을 수도 있는 유리 수족관에서 일한다. 커튼이 닫혀 있으면 우리는 물고기처럼 뻐끔거리는 상사의 입을 읽을 수 없지만, 그럴 때조차 그들은 밖에서 벌어지는 일을 다 알고 있다.

19만 5000명의 시민이 살고 있는 제네바의 기자는 세상에서 가장 지루한 직업이다. 나는 오늘의 이슈를 대강 살펴본다. 이미

다 아는 내용들이다. 유엔에서 열리고 있는 외국 고관들의 끝없는 회의, 금융거래 비밀유지원칙 폐지에 대한 이의 제기, 그 외에도 "비행기 탑승을 금지당한 병적 비만자" "시 외곽에서 늑대 출몰하여 양떼에 큰 피해" "생조르주에서 콜럼버스 이전 시대의 화석 발견" 등의 제목을 단 1면 기사들이 있다. 머리기사는 "보수 작업 후 한층 아름다운 모습으로 돌아온 유람선 제네바호."

상사가 부른다고 해서 갔더니 그 정치인과 점심식사를 했다는 얘기를 들었다며 특종은 건졌느냐고 묻는다. 말할 필요도 없이 우리가 함께 있는 모습을 누군가 본 것이다.

아니요. 공식적인 이력에 있는 내용 말고는 없었어요. 그 점심은 취재원에 접근하기 위한 목적이었다고 말한다. 취재원이 많은 기자일수록 보다 존중받게 되어 있다.

상사는 야코프 쾨니히가 다른 정치인의 부인과 바람을 피우고 있다는 정보를 믿을 만한 다른 취재원에게서 들었다고 말한다. 내 영혼의 어두운 구석, 애써 무시하는데도 우울이 자꾸만 문을 두드리는 그곳이 찌릿하다.

상사는 그에게 조금 더 접근할 수 있겠느냐고 묻는다. 그의 성생활에 딱히 관심이 있어서가 아니라, 쾨니히가 그 일로 협박을 당하고 있는 것 같다는 말을 그의 취재원에게서 들었다고 한다. 외국의 한 금속가공회사가 자국에서의 세금 문제를 무마하려고 재무장관에게 접근하려 하는데, 달리 방도가 없어 약간의 도움이 필요한 상황이라는 것이다.

상사가 설명한다. 우리의 목표는 야코프 쾨니히가 아니다. 다만 우리의 정치체계를 교란시키려는 자들을 고발하려는 것뿐이다.

"별로 어렵지 않을 거야. 그에게 우리가 자기편이라고 말해주기만 하면 될 테니."

스위스는 아직도 '말'이 구속력을 갖는 몇 안 되는 나라들 중 하나다. 다른 나라에서라면 대개 변호사나 증인, 서명한 서류, 그리고 비밀이 유출될 경우의 법적 절차에 대한 위협 등이 필요할 것이다.

"진술과 사진만 있으면 돼."

그러니 내가 그에게 더 접근할 필요가 있다는 것이다.

"그 역시 별로 어렵진 않겠지. 우리 취재원들 말이, 이미 다음 약속을 잡은 상태라던데? 그 사람 일정표에 있다더군."

이것이 바로 금융거래 비밀유지원칙이 있는 국가의 실상! 무엇이든, 모두가 알고 있다.

"통상적인 전략을 쓰라고."

'통상적 전략'이란 네 가지 단계로 이루어진다. 1. 우선은 인터뷰 대상이 공개적으로 말하고 싶어하는 주제에 대해 물어라. 2. 인터뷰 대상이 가능한 한 많은 말을 하게 내버려두어 큰 지면을 할애

받게 되리라는 인상을 갖게 하라. 3. 인터뷰 말미에 그가 우리를 완전히 장악하고 있다고 확신할 때쯤 정말 알고 싶은 부분에 대해 질문하라. 답하지 않는다면 자신이 바라던 지면을 얻지 못할 거라는, 따라서 지금까지 한 인터뷰가 시간낭비가 될지도 모른다는 느낌을 갖게 하라. 4. 답변을 얼버무릴 경우 다른 표현을 써서 질문을 다시 하라. 그는 아무도 그런 데 관심이 없을 거라고 말할 것이다. 하지만 최소한 '한마디' 답변이라도 끌어내야 한다. 99퍼센트, 덫에 걸려들게 되어 있다.

필요한 건 그것뿐이다. 나머지 부분은 다 버리고 그 답변만 기사에 실으면 된다. 기사는 인터뷰 대상자 개인이 아니라 어떤 중요한 주제를 다루게 될 것이며, 거기에는 기자의 조사 내용과 공식·비공식적인 사실들, 익명의 취재원들의 제보 등이 실릴 것이다.

"주저하거든 우리가 자기편이라고 말해줘. 언론이 어떻게 돌아가는지 알지? 이건 자네한테도 득이 될 거고……"

물론 언론이 어떻게 돌아가는지 안다. 기자의 생명은 운동선수만큼이나 짧다. 권력과 영광은 일찍 찾아오지만, 곧이어 다음 세대를 위해 길을 내주어야 한다. 계속 전진하는 사람은 극히 드물다. 나머지는 생활 수준의 하락을 경험하고, 언론의 비판자가 되며, 블로그를 쓰고, 강연을 하고, 친구들 앞에서 위신을 세우려고 필요 이상의 시간을 소비한다. 중간 단계란 없다.

아직 나는 '촉망받는 전문직 종사자'의 범주에 든다. 상사가 요구한 진술을 얻어낸다면 나는 내년에 누군가로부터 이런 말을 듣지 않아도 될 것이다. "운영자금을 절감해야 해. 자네 능력과 인지도 정도면 다른 자리 구하는 데 별 어려움이 없을 거야."

그리고 만일 승진이 된다면? 신문 1면에 낼 기사를 결정할 수 있는 권한이 생길 것이다. 양을 먹어치우는 늑대 문제라든가, 두바이와 싱가포르로 썰물처럼 빠져나가는 외국 은행들, 터무니없이 부족한 임대 부동산 문제 같은 기사를. 앞으로 오 년을 그렇게 보내게 된다면, 퍽이나 흥미진진하겠구나.

나는 책상으로 돌아와 중요할 것 없는 전화 통화를 몇 건 해치운 뒤, 인터넷 사이트를 돌아다니며 흥미를 끄는 것들을 닥치는 대로 읽는다. 동료들도 나와 똑같은 일을 하고 있다. 판매부수 추락을 막기 위해 일말의 뉴스거리라도 건지려고 다들 필사적이다. 누군가 제네바와 취리히를 잇는 철도에서 멧돼지가 발견되었다며 묻는다. 이걸로 기사를 쓸 수 있을까?

물론. 술집 내 흡연 금지법에 항의하는 여든 살 할머니의 전화를 받고 나 역시 기사를 썼었다. 그 할머니가 말했다. 다들 밖에 나가 담배를 피워야 한다면 여름에는 문제가 없지만 겨울에는 폐암보다 폐렴으로 죽는 사람이 더 많을 거라고.

이런 신문을 만든답시고 나는 도대체 무엇을 하고 있나?

그래, 나도 안다. 우리는 이 일을 사랑하며 세상을 구원하고 싶어한다는 것을.

향이 피어오르고 음악이 흐르는 가운데, 가부좌를 하고 앉아 '명상'을 시작한다. 엘리베이터를 타면 들리는 딱 그런 음악. 아주 오래전부터 사람들은 내게 명상을 권유했다. 내가 '스트레스'를 받고 있는 것처럼 보일 때마다 그랬다. (나는 정말로 스트레스를 받고 있었지만, 삶에 대해 아무것도 느끼지 못하는 것보다는 그 편이 차라리 나았다.)

"머릿속으로 생각이 들어올 겁니다. 하지만 걱정하지 마세요. 모두 받아들이세요. 거부하려고 애쓰지 않아도 됩니다."

안다. 나도 바로 그걸 하고 있다. 나는 오만, 환멸, 질투, 허무, 불만족 등의 해로운 감정들을 몰아내고 그 자리를 겸허, 감사, 이해, 자각, 은총으로 채운다.

설탕 섭취가 너무 많았다는 생각이 든다. 몸에도 정신에도 해로운 짓이다.

어둠과 절망을 밀쳐두고 선함과 밝음의 힘을 불러일으킨다.

야코프와의 점심식사를 세세히 떠올려본다.

다른 수련생들을 따라 만트라를 외친다.

상사의 말이 사실일까 궁금하다. 야코프가 외도를? 그래서 협박을 당하고 있다?

요가 강사가 빛의 갑옷에 감싸인 자신의 모습을 상상하라고 한다.

"이 갑옷이 우리를 위험으로부터 지켜줄 거라는 확신을 가지고 하루하루를 살아야 합니다. 그러면 우리는 존재의 이중성에 속박당하지 않을 것입니다. 기쁨도 고통도 없이 오직 깊은 평온함만이 있는 중도를 찾아야 합니다."

내가 왜 요가 수업을 자꾸만 빼먹었는지 알 것 같다. 존재의 이중성? 중도? 그것은 콜레스테롤 수치를 칠십으로 유지하라고 말하는 주치의의 권고만큼이나 부자연스럽게 들린다.

겨우 몇 초 동안 유지되던 갑옷의 이미지가 수천 개의 조각으로 부서지면서, 야코프는 예쁜 여자가 접근하면 그게 누구든 좋아할 거라는 절대적인 확신이 솟아오른다. 그런데 도대체 무엇 때문에 그에게 이렇게 신경을 쓰는 거지?

수업은 계속된다. 우리는 자세를 바꾸고, 강사는 늘 그렇듯이 최소한 몇 초만이라도 '생각을 비우려고' 노력해야 한다고 강조한다.

생각이 비워진 상태야말로 내가 가장 두려워하고 걱정하는 것이다. 자기가 무슨 요구를 하고 있는지 강사가 안다면...... 그렇지만 내가 뭐라고 수천 년간 지속되어온 수련법에 대해 이렇다 저렇다 판단한단 말인가?

난 여기서 뭘 하고 있는 거지?

답은 안다. '스트레스 해소.'

또다시 한밤중에 잠에서 깬다. 아이들 방으로 가 별일은 없는지 살핀다. 조금은 강박적이라는 생각도 들지만, 부모라면 누구나 이따금 이렇게 한다.

다시 침대로 돌아온 나는 누워 천장을 응시한다.

내게는 내가 원하거나 원하지 않는 것이 무엇인지 말할 힘조차 남아 있지 않다. 요가를 아예 그만두면 어떨까? 정신과의사를 찾아가 그 마법의 약을 먹기 시작하면? 왜 나는 스스로를 통제하지 못하고 야코프 생각을 떨치지 못할까? 결국 그는 토성에 대해, 그리고 어른이면 누구나 언젠가는 부딪치는 좌절감에 대해 말한 것뿐이었다. 그는 함께 이야기 나눌 누군가가 있었으면 하는 바람 이상을 내비친 적이 없다.

더이상 나 자신을 견딜 수가 없다. 내 인생이 마치 똑같은 장면을 끝없이 되풀이해 보여주는 영화처럼 느껴진다.

예전에 대학에서 심리학 강의를 몇 개 들은 적이 있다. 그중 한 강의에서 교수는(매우 흥미로운 남자였다. 교실에서나 침대에서나) 모든 내담자는 다섯 단계를 거치게 된다고 말했다. 방어, 자기 옹호, 자기 확신, 고백, 문제 해결을 위한 시도.

내 인생을 보자면, 나는 이전 단계는 생략하고 곧장 자기 확신에서 고백 단계로 넘어왔다. 말하지 않고 내버려두는 편이 나은 것들에 대해 나 자신에게 고백하기 시작한 것이다.

예를 들면, 세상이 멈춰버렸다는 사실.

단지 내 세상만이 아니라 내 주위에 있는 모든 사람의 세상까지. 친구들과 만날 때면 우리는 항상 똑같은 문제와 똑같은 사람들에 대해서만 이야기한다. 매번 새로운 대화를 나누는 것 같지만 사실은 모두 다 시간과 에너지를 낭비하는 짓에 불과하다. 우리는 인생이 아직도 흥미롭다고 증명하려 애쓴다.

모든 사람이 저마다의 불행을 통제하려 애쓰고 있다. 야코프와 나뿐 아니라 어쩌면 내 남편도 마찬가지일 것이다. 다만 그는 겉으로 내보이지 않는다는 사실만 다를 뿐.

위험한 고백의 단계에 이르고 나니 그런 일들이 훨씬 분명히 보인다. 나만 이상하다는 느낌이 들지 않는다. 내 주위에는 같은 문제를 안고 있는 사람이 수두룩하고, 그들 모두 인생이 정상적으로 흘러가고 있는 척한다. 나도 내 이웃도. 아마 내 상사도, 그리고 내 옆에서 자고 있는 이 남자도.

어떤 나이가 지나면 우리는 자신감과 확신의 가면을 쓴다. 이윽고 그 가면은 우리 얼굴에 달라붙어 떼어낼 수 없게 된다.

어린 시절 우리는 눈물을 보이면 애정 어린 보살핌을 받을 수 있다는 사실을 배운다. 슬픔을 드러내면 위로를 받는다. 웃음으로 원하는 것을 얻지 못할 때, 눈물을 동원하면 통한다는 것을 확실히 안다.

하지만 우리는 더이상 울지 않는다. 아무도 없는 욕실에서 혼자 울 뿐. 자기 자식들에게가 아니면 웃지도 않는다. 사람들이 함부로 보고 이용하려 들지도 모른다는 생각에 좀처럼 감정을 드러내지 않는 것이다.

잠이 최고의 약이다.

약속된 대로 야코프와 만난다. 이번에는 내가 고른 장소, 아름답지만 인적이 드문 오비브 공원에서 만난다. 거기에도 역시 시에서 운영하는 형편없는 식당이 하나 있다. 전에 그곳에서 〈파이낸셜 타임스〉 특파원과 함께 점심식사를 한 적이 있다. 둘 다 마티니를 주문했는데 웨이터가 친자노*를 갖다주었다.

이번에는 식당에서 점심을 먹는 대신 그냥 풀밭에 앉아 샌드위치를 먹는다. 사람들 시선에서 비켜나 있는 곳이라 야코프가 맘 편하게 담배를 피울 수 있다. 사람들이 오가는 모습도 볼 수 있다.

나는 솔직해지기로 한다. 날씨, 일, "나이트클럽은 어땠어?"

* 이탈리아산 술의 상표명.

"오늘밤에 갈 거야" 등등의 형식적인 인사가 끝나자 곧바로 그에게, 그러니까, 혼외 관계 때문에 협박당하고 있는지 묻는다.

야코프는 놀라는 기색이 없다. 다만 기자로서 말하는 것인지 친구로서 말하는 것인지 묻는다.

이 순간은 기자로서. 사실이라고 해도 우리 신문은 당신을 지지한다고 다짐할 수 있어. 당신 사생활에 대해서는 그 어떤 것도 싣지 않을 거야. 우리가 궁금한 건 당신을 협박하는 자들이야.

"맞아, 친구 아내와 관계를 가진 적이 있어. 당신도 이미 알 거라고 생각해. 그런데 그러라고 부추긴 게 바로 그 친구야. 우리 둘 다 결혼생활에 권태를 느끼고 있었거든. 내 말 이해해?"

여자의 남편이 부추겼다고? 아니, 난 이해 못한다. 하지만 나는 고개를 끄덕이며 사흘 전 몇 차례나 오르가슴을 느꼈던 그날 밤을 떠올린다.

아직도 관계가 지속되고 있어?

"아니, 둘 다 흥미를 잃었거든. 아내도 알고 있어. 어떤 일들은 숨길 수가 없는 법이잖아. 나이지리아의 어떤 작자들이 그 여자와 함께 있는 모습을 찍었다며 언론에 공개한다고 협박하고 있긴 한데, 그게 누구에겐들 뉴스거리가 되겠어?"

나이지리아는 그 금속가공회사가 있는 곳이다. 그의 아내는 이혼하자고 하지 않았을까?

"아내도 며칠 동안은 굉장히 속상해했는데 그러다 말더라고. 그 사람은 우리 결혼에 대해 거창한 계획이 있는데, 배우자 간의 신의는 그다지 중요한 요소가 아닌가봐. 중요한 사건이라는 점을 확실히 하고 싶었는지 조금 질투하는 척하던데 연기가 아주 서툴더라고. 실토하고 겨우 몇 시간 뒤에 보니 이미 다른 생각에 몰두하고 있었어."

야코프는 나와는 완전히 다른 세계에서 살고 있는 것 같다. 아내는 질투를 하지 않고 남편은 아내에게 외도를 권하는 세계. 내가 뭔가 놓친 건가?

"시간이 약이야. 그렇게 생각 안 해?"

상황 나름이지. 시간이 상황을 악화시키는 경우도 있다. 그게 바로 내 경우다. 하지만 난 인터뷰를 하러 온 거지 내 얘기를 하러 온 게 아니므로 아무 말도 하지 않는다. 그가 말을 이어간다.

"나이지리아 사람들은 모르는데, 재무부와 협의해서 그들에게 덫을 놓을 계획을 세웠어. 모든 증거를 남기려고 해. 그 사람들이 내게 했던 것처럼."

순간, 나는 내 기삿거리가 증발되어버렸음을 깨닫는다. 언론이라는 사양산업에서 사다리를 타고 올라갈 수 있는 엄청난 기회였는데. 새로운 기삿거리가 전혀 없다. 간통도, 협박도, 부패도. 모든 것이 우수함과 완벽함을 추구하는 스위스적 양식을 따르고 있다.

"질문은 다 한 거야? 화제를 바꿔도 될까?"

그래, 질문은 끝났어. 다른 주제는 없고.

"왜 다시 만나자고 했는지 궁금하지 않아? 내가 왜 당신한테 행복하냐고 물은 거 같아? 내가 당신한테 성적으로 관심이 있다고 생각해? 우린 이제 사춘기 아이들이 아니잖아. 고백하자면, 당신이 내 사무실에서 한 행동에 놀랐고, 당신 입에 하는 느낌이 너무 좋았어. 하지만 그것 때문에 우리가 여기 있는 건 아냐. 공공장소에서 그런 행동을 할 수 없다는 걸 생각하면 더욱 그렇지. 내가 왜 당신을 다시 만나고 싶었는지 알고 싶지 않아?"

행복하냐는 질문이 상자 속의 용수철 인형처럼 또다시 내 앞으로 튀어나온다. 그런 종류의 질문은 하지 않는 법이라는 걸 이 남자는 정말 모르나?

말하고 싶다면 들어줄게, 나는 대답한다. 그를 자극하기 위해, 그리고 나를 너무나 불안하게 만드는 그의 오만함을 꺾어주기 위해. 그리고 덧붙인다. 나랑 자고 싶어서잖아. 내게서 거절의 말을 듣는 게 당신이 처음은 아니지만.

그가 고개를 젓는다. 나는 전혀 동요하지 않는 척하며 아래쪽 호수를, 보통은 늘 고요한 수면에 이는 물결을 가리킨다. 마치 그게 세상에서 가장 흥미로운 일이라도 되는 것처럼, 우리는 물결을 바라보며 앉아 있다.

마침내 그가 입을 연다.

"당신도 분명 알아차렸을 거라고 생각하지만, 내가 행복하냐고 물은 건 당신에게서 나 자신을 봤기 때문이야. 비슷한 사람들은 끌리게 마련이잖아. 당신은 나에 대해 그런 느낌이 없었는지 모르지만 그건 중요하지 않아. 아마도 당신은 정신적으로 지쳐 있을 테니까. 존재하지 않는 문제라는 걸 알면서도 그것들 때문에 기력이 고갈되고 있을 테니까."

그날 점심식사중에 나도 똑같은 생각을 했다. 상심한 영혼들은 서로를 알아보고, 서로를 끌어당긴다고.

"나도 마찬가지야." 그가 말했다. "아마도 내 문제들은 좀더 현실적일 거라는 점만 다르겠지. 하지만 나처럼 다른 사람들에게 인정받으려고 목을 매며 살다보면 이런저런 문제를 해결하지 못했다는 걸 자책하게 돼. 그러면 스스로가 참 쓸모없는 사람처럼 느껴지지. 병원 치료를 받아볼까도 생각했는데 아내가 그러지 말라고 해. 사람들이 알면 내 정치인생은 끝장난다고. 나도 동의하고."

그러니까, 이 사람은 아내와 그런 얘기들을 나눈다는 말이군. 나도 오늘밤에 남편과 대화를 해볼까? 나이트클럽에 가는 대신 남편과 마주앉아 그에게 모든 얘기를 다 털어놓는 거다. 그이는 어떤 반응을 보일까?

“물론 실수도 많이 했어. 지금은 세상을 좀 달리 보려고 애쓰고 있고. 그런데 잘되진 않아. 당신 같은 사람을 만나면, 사실 아주 많이 만나거든, 자신의 문제를 어떻게 감당하고 있는지 유심히 살피게 돼. 난 도움이 필요한 사람인데, 도움을 받을 길은 그런 방법뿐이니까.”

그래, 그게 다로군. 섹스도 아니고, 제네바의 잿빛 오후에 조그만 햇살을 드리워줄 대단히 낭만적인 관계도 아니라 이거지. 이 사람은 그냥 알코올중독자나 마약중독자들 모임 같은 데서 얻을 수 있는 ‘지지’를 필요로 하는 거야.

나는 자리에서 일어난다.

그의 눈을 똑바로 보며, 나는 사실 아주 행복하다고, 당신은 정신과의사를 찾아가봐야 할 것 같다고 말해준다. 아내가 당신 삶의 모든 것을 통제할 수는 없어. 더군다나 의료정보보호원칙이라는 게 있으니 아무도 모를 거야. 약을 먹고 치료가 된 사람도 있어. 오로지 재선만을 위해 남은 인생을 우울증의 망령을 쳐다보며 살 작정이야? 그게 당신이 당신 미래를 위해 진정 바라는 일이냐고!

그는 혹시 엿듣는 사람은 없는지 주위를 돌아본다. 이미 확인한 터라 근처에 아무도 없다는 걸 나는 알고 있다. 공원 반대편,

식당 뒤쪽에 마약을 사고파는 무리가 보이지만, 우리를 귀찮게 하지 않을 것이다.

나는 멈출 수가 없다. 말을 하면 할수록 결국 나 자신을 향한 말이라는 생각이 든다. 내가 스스로를 돕기 위해 말을 하고 있는 것 같다. 나는 부정적인 생각은 내버려두면 점점 커진다고 말한다. 그러니 사소한 거라도 뭔가 기쁨을 줄 만한 것, 요트 항해라든가, 영화 관람, 독서 같은 걸 해보라고 권한다.

"아니, 그게 아니야. 당신은 이해를 못하고 있어." 그는 내 반응을 보고 어리둥절한 모양이다.

아니, 나는 이해한다. 우리는 날마다 여기저기에서 밀려드는 정보의 홍수에 빠진다. 진한 화장을 한 사춘기 소녀들이 성인 여자 행세를 하며 영원한 아름다움을 약속하는 기적의 크림 광고, 결혼기념일을 축하하러 에베레스트산에 오르는 노부부, 최신 마사지 도구, 살 빼는 제품 광고로 도배가 된 약국 창문들, 인생에 대해 완전히 그릇된 인상을 심어주는 영화들, 환상적인 결과를 약속하는 책들, 인생에서 성공하고 내면의 평화를 찾는 방법에 대해 충고하는 전문가들. 이 모든 것이 우리가 늙었다는 느낌을 준다. 피부는 점점 늘어지고 살은 돌이킬 수 없이 불어나고 있는데 그저 따분하고 모험 없는 삶을 살아가고 있다는 생각이 들게 한다. 그런데도 소위 말하는 '성숙'이란 개념에 맞지 않는다는 이유로 우리는 그런 감정과 욕망을 억눌러야 한다.

정보를 취사선택해서 받아들여. 눈과 귀에 필터를 끼우고 당신을 낙담시키지 않을 정보만 흘러들어오게 하란 말이야. 낙담이라면 안 그래도 일상적으로 겪는 일이잖아. 당신은 내가 직장에서 평가당하지 않을 거라고 생각해? 비난의 대상이 되지 않을 거 같아? 평가당한다고! 비난받는다고! 하지만 나는 더 잘하라고 독려하는 말, 내 실수를 바로잡는 데 도움이 되는 말만 듣기로 했어. 다른 말은 못 들은 척하거나 그냥 귀를 닫아버릴 거야.

내가 여기 온 건 간통과 협박과 부패가 얽힌 기삿거리가 없을까 해서야. 당신은 이미 최선의 방식으로 그걸 다 해결했고. 그걸 모르겠어?

그리고 나는 다시 자리에 앉아, 피하지 못하도록 그의 얼굴을 부여잡고, 길게 키스한다. 그는 잠깐 주춤하지만 키스에 응한다. 어느새 지금껏 나를 사로잡고 있던 무기력, 나약함, 패배감, 불안이 사라지고 한없는 희열이 나를 감싼다. 어느 순간이었을까, 나는 현명해졌고 상황에 대한 통제력을 찾았으며 전에는 상상만 하던 일을 과감히 실행할 수 있게 되었다. 미지의 영토와 위험한 바다로 나아가 피라미드를 부수고 신전을 지은 것이다.

나는 다시 내 생각과 행동의 주인이 되었다. 오늘 아침만 해도 불가능해 보이던 일이 오후가 되자 현실이 된 것이다. 나는 다시 느낄 수 있게 되었다. 내가 소유하지 않은 것을 사랑할 수 있게 되었다. 바람은 더이상 나를 괴롭히지 않고 오히려 축복이, 내 볼을 어루만지는 신의 손길이 되었다. 나는 내 영혼을 되찾았다.

키스를 하는 그 짧은 시간 동안 수백 년이 흐른 것 같은 느낌이다. 우리는 천천히 서로에게서 떨어진다. 그가 내 머리를 부드럽게 쓰다듬고 우리는 서로의 눈을 깊이 들여다본다.

그리고 우리는 바로 조금 전까지 서로의 눈에 있었던 것을 발견한다.

슬픔.

게다가, 최소한 내게는, 문제를 악화시킬 뿐인 멍청하고 무책임한 행동까지 더해진.

우리는 아무 일도 없었던 것처럼, 이 도시와 사람들에 대해 이야기하며 삼십 분 정도를 보낸다. 공원에 도착했을 때는 친밀한 느낌이었고 키스를 했을 때는 하나가 된 듯했으나, 이제 우리는 너무 민망하지 않게 헤어져 각자의 길을 갈 수 있을 때까지 딱 그만큼만 대화를 이어가려 애쓰는 낯선 타인이 되었다.

우리를 본 사람은 아무도 없다. 여기는 식당이 아니니까. 우리의 결혼생활은 무사할 것이다.

사과를 할까 생각하지만 불필요하다는 것을 알고 있다. 결국, 기껏해야 키스에 불과하지 않은가.

승리감을 느낀다고 말할 순 없지만, 어느 정도 마음은 추스르게 됐다. 집에 돌아오니 모든 것이 평소대로 흘러간다. 전에는 마음이 엉망이었고 지금은 기분이 한결 나은데, 아무도 내 기분을 묻지 않는다.

야코프 쾨니히가 그랬던 것처럼, 나도 남편에게 내 이상한 정신 상태에 대해 말할 것이다. 내가 마음을 털어놓으면 그이는 분명 날 도와줄 수 있을 것이다.

그렇다 해도 이렇게 기분이 좋은데 왜 나 자신도 이해할 수 없는 문제를 고백해 기분을 망쳐야 하지? 나는 여전히 애쓰고 있다. 내 마음이 이렇게 된 이유가, '강박적 슬픔'에 대해 몇몇 웹사이트에서 얘기하듯, 체내에 특정 화학물질이 부족하기 때문이라고 간단히 설명할 수는 없을 것 같다.

오늘은 슬프지 않다. 나는 누구나 거치는 과정을 지나고 있을 뿐이다. 고등학교 시절 반에서 졸업파티 하던 때가 생각난다. 우리는 두 시간 동안 웃어대다가 결국에는 모두 흐느껴 울었다. 영원히 헤어지는 것임을 알았기 때문이다. 기억이 흐릿하지만, 슬픔은 며칠 혹은 몇 주 정도 지속되었다. 기억나지 않는다는 단순한 사실에는 중요한 시사점이 있다. 이미 끝난 일이라는 것. 서른을 넘긴다는 것은 쉽지 않은 일인데, 난 그 시기를 아무런 준비 없이 맞이했나보다.

남편이 아이들을 재우러 위층으로 올라간다. 나는 와인 한 잔을 들고 정원으로 나간다.

아직도 바람이 분다. 여기 사람들은 모두 잘 아는 바람이다. 한번 시작되면 사흘, 엿새, 때로는 아흐레 동안 불기도 하는 바람. 스위스보다 좀더 낭만적인 나라 프랑스에서는 미스트랄이라 불리는 이 바람은 항상 춥고 눈부신 날씨와 함께 찾아온다. 저 구름들이 사라질 때가 된 것이다. 내일은 햇살이 눈부실 것이다.

공원에서의 대화, 그 키스에 대한 생각이 머리를 떠나지 않는다. 후회는 없다. 나는 한 번도 해본 적 없는 행동을 했고, 그 행동 자체가 나를 가두고 있는 벽을 허물기 시작했다.

야코프 쾨니히가 어떻게 생각하는지는 사실 중요하지 않다.

다른 사람들 눈치나 보며 인생을 보낼 수는 없다.

남아 있는 와인을 비우고 다시 잔을 채운다. 몇 달 만에 처음으로 무감각이나 허무감을 벗어나 다른 감정이 찾아드는 이 순간을 음미한다.

남편이 한껏 차려입고 아래층으로 내려오더니 나갈 준비를 마치려면 얼마나 걸리겠느냐고 묻는다. 오늘밤 춤추러 가기로 했다는 사실을 잊고 있었다.

나는 쏜살같이 위층으로 올라간다. 내려오니 보모가 도착해 거실 탁자에 책들을 펼쳐놓았다. 아이들은 잠이 들었고 별문제가 없을 테니 그 시간을 이용해 공부를 하려는 것이다. 보모는 티브이를 혐오하는 것 같다.

준비는 다 되었다. 나는 가장 예쁜 드레스를 입었다. 어린애들 노는 곳에 가면서 너무 과한 게 아닌가 싶기도 하지만 무슨 상관인가. 오늘은 축하해 마땅한 날이다.

바람이 창문을 뒤흔드는 소리에 잠에서 깬다. 남편이 창문을 제대로 닫지 않은 것이다. 자리에서 일어나야겠다고, 그래서 밤마다 의식처럼 그래왔듯 아이들 방으로 가 아무 일 없는지 살펴봐야겠다고 생각한다.

하지만 무언가 나를 제지한다. 술을 너무 많이 마셔서 그런가? 낮에 호숫가에서 보았던 물결과 이제는 흩어져 사라진 구름과 그때 나와 함께 있었던 사람이 떠오르기 시작한다. 나이트클럽에 대해서는 생각나는 게 거의 없다. 우리 둘 다 음악이 형편없고 분위기도 지독하게 따분하다고 생각했으며, 얼마 지나지 않아 각자의 컴퓨터 앞으로 돌아와 있었다.

그 오후에 내가 야코프에게 했던 말들은 다 무엇이었을까? 나 자신에 대해서도 좀 생각해봐야 하는 게 아닐까?

방이 날 숨막히게 한다. 옆에 잠든 내 완벽한 남편은 창문을 뒤흔드는 바람 소리를 듣지 못하는 듯하다. 아내 옆에 누워 있는 야코프를 상상한다. 자기 기분에 대해 모두 털어놓으며 (물론 나에 대해서는 아무 말도 안 할 게 틀림없지만) 혼자라는 느낌이 가장 강해질 때 옆에서 힘이 되어줄 누군가가 있다는 사실에 안도하는 그의 모습을 상상한다. 아내에 대해 그가 한 말이 사실이라고 믿지는 않는다. 그게 사실이라면 헤어졌겠지. 그 둘에겐 걱정할 아이들도 없지 않은가!

미스트랄이 그 사람도 깨웠을까, 그 사람과 아내는 지금 무슨 이야기를 하고 있을까, 궁금하다. 사는 곳은 어디지? 알아내기 어렵진 않을 것이다. 내일 출근해서 알아볼 수도 있다. 또 궁금한 것. 오늘밤 두 사람은 사랑을 나눴을까? 그는 열정적으로 아내의 몸속으로 들어갔을까? 그 여자는 쾌감으로 신음했을까?

그와 함께 있을 때 나의 행동은 항상 놀랍다. 오럴섹스, 분별 있는 충고, 공원에서의 키스. 내가 마치 다른 사람 같다. 야코프와 함께 있으면 나는 완전히 다른 여자가 된다.

도발적인 사춘기 소녀. 바위처럼 굳세었던 소녀. 고요한 레만 호수의 수면에 파문을 일으키던 바람처럼 강했던 소녀. 학교 친구들을 만날 때면 하나도 바뀌지 않은 것처럼 느껴지는 게 참 이상하다. 실제로는 제일 약했던 아이가 강해졌고, 제일 예뻤던 아이는 괴물 같은 남편과 살고 있고, 제일 친했던 아이들은 점점 멀어져 오랜 세월 만나지도 않고 살고 있는데.

야코프와 있으면, 적어도 다시 만난 지 얼마 안 되는 지금은, 나는 아직도 시간을 거슬러올라가 예전의 어린 소녀가 될 수 있다. 겨우 열여섯밖에 되지 않아서, 그리고 성숙을 가져올 토성의 귀환이 아직 먼 훗날의 일이기 때문에 결과를 두려워하지 않던 그 소녀.

잠을 자려고 해보지만 맘대로 되지 않는다. 한 시간이 넘도록 강박적으로 그 사람 생각을 한다. 차를 닦고 있던 옆집 남자가, 쓸데없는 일에 그리도 몰두하는 그의 삶이 '무의미'하다고 멋대로 판단했던 기억이 떠오른다. 그건 쓸데없는 일이 아니었다. 어쩌면 그는 삶의 소소한 일들을 저주가 아니라 축복이라 여기며, 운동 삼아 그 일을 즐기고 있었는지도 모른다.

내게 필요한 것이 그것이다. 긴장에서 놓여나 인생을 즐기는 것. 끊임없이 야코프 생각을 할 수는 없다. 나는 기쁨을 느끼지 못하는 내 마음에 보다 구체적인 어떤 것, 즉 한 남자를 채워넣으려 하고 있다. 하지만 중요한 건 그게 아니다. 정신과를 찾아간다면 의사는 분명 문제는 그게 아니라 리튬 부족이나 세로토닌 수치 저하 등이 원인이라고 말할 것이다. 이런 상태는 야코프가 내 삶에 나타나면서 시작된 것이 아니고 그가 떠난다고 해서 끝나지도 않을 것이다.

하지만 그를 잊을 수 없다. 머릿속에서 그 키스의 순간이 반복적으로 재생된다.

나는 내 무의식이 상상 속의 문제를 현실 속의 문제로 바꾸고 있음을 깨닫는다. 늘 일어나는 현상이다. 병도 그렇게 해서 생기는 것이다.

그를 다시 만나고 싶지 않다. 이미 부서질 듯 약해진 어떤 것을 더 흔들어놓기 위해 악마가 보낸 사람이다. 어떻게 알지도 못하는 사람과 그렇게 쉽게 사랑에 빠질 수 있단 말인가? 내가 정말 사랑에 빠지기는 한 걸까? 봄부터 나에게 문제가 있었다. 그전에 모든 것이 완벽하게 정상이었다면 다시 그런 상태로 되돌아가지 못할 이유는 없을 것이다.

전에 나 자신에게 하던 말을 되뇐다. 이건 그저 지나가는 한때일 뿐이야.

계속 정신을 집중하면서 부정적인 생각을 떨쳐버려야 한다. 그런데 이건 내가 야코프에게 했던 충고 아닌가?

단단히 땅을 밟고 서서 위기가 지나가기를 기다려야 한다. 그러지 않으면 정말 사랑에 빠질지도 모른다. 처음으로 점심을 같이했을 때 순간적으로 느꼈던 감정이 영원히 지속되어버릴 수도 있다. 그리고 그런 일이 일어난다면 그건 나만의 문제가 아닐 것이다. 고통과 아픔이 사방으로 퍼질 것이다.

끝없이 길게만 느껴지는 시간 동안 뒤척이다가 잠이 들었는데, 몇 초나 지났을까, 남편이 나를 깨운다. 화창한 날이다. 하늘은 파랗고 미스트랄은 아직도 불고 있다.

"아침식사 시간이야. 가서 애들을 깨워야겠어."

우리 한번 역할을 바꿔보면 어때? 당신이 부엌으로 가. 그럼 내가 아이들 등교 준비를 맡을게.

"이거 도전 과제야? 정말 그렇다면, 당신 간만에 최고의 아침식사를 하게 될걸?"

아니, 이건 도전 과제가 아니야. 약간의 변화를 주고 싶은 것뿐이야. 그러니까, 당신은 내가 만드는 아침식사가 대단찮다고 생각한다는 거네?

"여보, 입씨름하긴 너무 이른 시간이야. 간밤에 우리 둘 다 좀 많이 마신 것 같아. 그리고 나이트클럽은 정말로 우리 나이 사람들이 갈 만한 곳이 아니야. 어쨌거나 알았으니까, 당신이 가서 애들 준비시켜."

남편은 내가 대답을 하기도 전에 나간다. 나는 스마트폰을 들고 오늘 해야 할 일이 무엇인지 점검한다.

미룰 수 없는 업무들의 목록을 내려다본다. 나는 목록이 길수록 더 생산적인 하루가 될 거라고 여긴다. 해야 할 많은 일들이 전날이나 주중에 하기로 하고 아직 못한 일들이다. 그래서 목록은 갈수록 길어지고, 결국 나는 너무나 초조해진 나머지 모든 것을 다 지우고 다시 시작하기로 마음먹는다. 그러다보면 목록에 있는 일들 중 실제로 아주 중요한 것은 하나도 없다는 것을 깨닫는다.

하지만 목록에 없는 일 중 하나는 절대로 잊지 않을 생각이다. 야코프 쾨니히가 어디에 살고 있는지 알아낸 후, 그 집 앞을 차로 지나가봐야지.

아래층으로 내려가니 식탁이 완벽하게 차려져 있다. 과일 샐러드, 올리브오일, 치즈, 통밀 빵, 요거트, 자두. 내가 늘 앉는 자리 왼편으로 우리 신문 한 부도 따로 놓여 있다. 남편은 인쇄매체 읽기를 포기한 지 이미 오래되어 대신 아이패드에 의지하고 있다. 우리 맏아들이 '협박'이 뭐냐고 묻는다. 아이가 왜 그걸 묻는지 신문 1면을 보니 알겠다. 거기에 야코프의 사진이 커다랗게 실려 있다. 그가 언론에 보낸 여러 사진들 중 하나임에 틀림없다. 생각에 잠긴 듯 사색적인 표정이다. 사진 옆에는 '주의원, 협박 사실 전모 공개'라는 표제가 인쇄되어 있다.

그 기사를 쓴 것은 내가 아니다. 사실, 야코프와 만나고 있는 동안 편집국장의 전화를 받았다. 방금 전 재무부에서 공식 입장을 전달받아 기사를 작성하고 있으니 회동은 취소해도 된다고 했다. 나는 회동이 예상보다 빨리 성사되었으며 '통상적 전략'을 쓸 필요도 없었다고 설명한다. 이후 나는 가까운 동네에 파견되어 유통기한이 지난 음식을 판매하다 적발된 식료품점에 대한 기사를 쓰게 되었다. 나는 가게 주인, 이웃들, 이웃의 지인들과 이야기를 나누었다. 우리 신문 독자들은 정치 추문보다 이 기사에 훨씬 관심을 보일 거라고 나는 확신한다. 이 기사 역시 1면에 올라 있지만 조금 덜 눈에 띈다. 제목은 "식료품점에 벌금 부과, 식중독 피해자는 없는 듯."

가족과의 아침식사 자리에서 야코프의 사진을 보니 마음이 심히 어지럽다.

남편에게 대화를 좀 하자고 말한다. 오늘밤에.

"그럼 애들은 어머니한테 맡기고 어디 가서 저녁식사 하자. 우리 둘이서만." 남편이 말한다. "나도 당신과 단둘이 있을 시간이 좀 필요해. 귀청이 터질 듯한 끔찍한 음악 없이 말이야. 사람들은 어떻게 그런 걸 좋아할 수가 있지?"

봄날 아침.

나는 운동장 한구석, 평소 인적이 드문 곳에 앉아 있었다. 그리고 학교 벽에 붙은 타일을 쳐다보고 있었다. 내게 뭔가 문제가 있다는 것을 알고 있었다.

다른 아이들은 모두 내가 자기들보다 '나은' 아이라고 생각했고, 나는 굳이 그 생각을 부인하려고 하지 않았다. 차라리 정반대였다. 나는 엄마에게 계속 비싼 옷을 사달라고 했고, 엄마의 비싼 외제차로 학교에 등교시켜달라고 했다.

하지만 그날 운동장에서 나는 외톨이라는 것을, 그리고 평생 외톨이로 남게 될지도 모른다는 것을 깨달았다. 겨우 여덟 살이었지만 이제 태도를 바꿔 다른 아이들에게 나도 너희들과 똑같다고 말하기에는 늦어버린 것 같았다.

* * *

여름.

나는 중학생이었고 남자애들은 아무리 밀쳐내도 내게 치근덕거렸다. 다른 여자애들은 질투로 끓어올랐지만, 내색하지 않고 친근하게 내 곁을 맴돌면서, 내게 거절당한 남자애들에 대한 관심의 끈을 놓지 않았다.

나는 거의 모두를 거절했다. 누군가 내 세계로 비집고 들어온다면 그곳이 얼마나 시시한 곳인지 들키게 될 것임을 알았기 때문이다. 그들이 얻을 수 없는 기쁨에 대해 암시만 하면서 신비로운 분위기를 유지하는 것이 최선이었다.

어느 날, 하굣길에 비 온 뒤 솟아난 버섯 몇 개를 발견했다. 독버섯임을 누구나 알기에 완전무결한 모습으로 남아 있던 그 버섯들. 짧은 순간, 그걸 먹을까 생각했다. 특별히 슬프거나 특별히 행복한 것은 아니었다. 그저 엄마 아빠의 관심을 끌고 싶었을 뿐.

버섯을 먹지 않았다.

* * *

오늘은 일 년 중 가장 아름다운 계절, 가을의 첫날이다. 머지않아 나뭇잎의 색깔이 바뀌고 나무 하나하나가 각기 다른 모습을 드러내게 될 것이다. 환승주차장까지 여느 때와는 다른 길로 가기로 한다.

예전에 다니던 학교 앞에서 차를 멈춘다. 타일을 붙인 벽이 아직도 거기 있다. 아무것도 바뀌지 않았다. 이제 나는 외톨이가 아니라는 사실만 빼면. 머릿속에서 두 남자의 모습을 그려본다. 한 명은 절대로 내 것이 되지 않을 남자, 그리고 다른 한 명은 오늘밤 나와 함께 세심히 고른 특별한 장소에서 저녁식사를 할 것이다.

새 한 마리가 바람을 타고 하늘을 날아간다. 앞으로 날다 뒤로 물러나고, 위로 올라갔다 아래로 내려가는 새의 날갯짓에는 내가 이해할 수 없는 어떤 논리가 있는 듯하다. 어쩌면 재미있게 노는 것이 유일한 논리인지도 모른다.

* * *

나는 새가 아니다. 내 주위에는 우리보다 풍족한 것도 아니면서 일생을 여행과 식당 순례로 보내는 친구들이 많지만, 나는 놀면서 인생을 허비하고 싶지 않다. 그 친구들처럼 해보려고도 했지만 잘되지 않았다. 나는 남편의 영향력 덕분에 지금의 직장을 얻게 되었다. 나는 일을 하며 시간을 의미 있게 채워나가고 있기 때문에, 스스로가 쓸모 있는 사람이라 느껴진다. 내 존재는 정당화된다. 언젠가 내 아이들은 엄마를 자랑스럽게 생각할 것이고, 어린 시절 친구들은 나를 보며 좌절감을 느낄 것이다. 자신들이 아이들과 남편을 보살피는 일에 파묻혀 지내는 동안 나는 뭔가 가시적인 것을 이뤄냈으니까.

어쩌면 그 친구들은 남들에게 대단한 사람으로 보이고 싶은 욕구가 없는지도 모른다. 나는 있다. 나는 그 점을 부인할 수 없다. 그런 욕구가 내 등을 떠밀어 계속 나아가게 했고, 내 삶에 좋은 영향을 미쳐왔으니까. 물론 불필요한 위험을 감수하지 않는다는 전제는 있었다. 내 세계를 오늘과 똑같은 상태로 유지한다는 전제.

사무실에 도착하자마자 정부의 디지털기록보관소를 검색한다. 야코프 쾨니히의 주소뿐만 아니라 그의 수입액, 출신 학교, 아내의 이름과 직장 정보까지 찾아내는 데 채 일 분도 걸리지 않는다.

남편은 내 사무실과 우리집 중간쯤에 위치한 식당을 골라놓았다. 전에도 함께 갔던 곳이다. 그곳의 음식과 와인과 분위기를 좋아하긴 했지만, 늘 드는 생각은 집에서 먹는 음식이 낫다는 것이다. 나는 내 '사회생활'을 위해 어쩔 수 없을 때만 외식을 하고 가능하면 피하는 편이다. 나는 요리를 사랑한다. 가족들과 함께 하며 내가 보호하는 사람이자 보호받는 사람임을 느끼는 시간을 사랑한다.

오늘 아침 내 할 일 목록에 기록되지 않은 과제 중에는 '야코프 쾨니히의 집 앞을 차로 지나가기'가 있었다. 애써 충동을 억눌렀다. 내겐 상상 속 문제들만으로도 차고 넘치기 때문에 응답 없는 사랑이라는 현실 속 문제까지 덧붙일 필요는 없다. 그때 느꼈던 감정은 이미 사라지고 없다. 그런 일은 다시는 일어나지 않을 것이다. 이제 우리는 평온하고 희망차고 윤택한 미래로 나아갈 수 있다.

"사람들 말이, 주인이 바뀌어서 음식이 예전만 못하다고 하네." 남편이 말한다.

상관없다. 식당 음식은 항상 똑같다. 버터를 듬뿍 넣고 접시에 한껏 멋부려 담아낸 음식. 그런 음식을 먹고 우리는—세계에서 가장 물가가 비싼 곳 중 한 곳에서 살고 있기 때문이긴 하지만—실제 가치와는 너무나 동떨어진 터무니없는 돈을 지불한다.

하지만 외식은 하나의 의식이다. 수석 웨이터가 와서 인사를 하고는, 마지막으로 온 것이 한참 전인데도 우리가 늘 앉았던 테이블로 안내한다. 그는 같은 와인으로 하겠는지 묻고(물론 그럴 것이다) 메뉴판을 건넨다. 나는 메뉴판을 처음부터 끝까지 다 읽은 후 늘 선택하던 메뉴를 택한다. 남편 역시 그가 언제나 시키는, 렌즈콩을 곁들인 양고기 구이를 택한다. 수석 웨이터가 다시 다가와 오늘의 특선요리에 대해 말해준다. 우리는 감탄사를 섞어가며 정중하게 듣고는 익숙한 요리를 주문한다.

* * *

와인 첫잔은 금세 비운다(우린 결혼한 지 이미 십 년이 지난 부부이므로 조심스러운 시음 과정이 필요치 않다). 첫잔을 비우는 사이, 우리는 직장 얘기를 하고 중앙난방장치를 고치러 오기로 해놓고 나타나지 않은 기술자에 대해 불평을 한다.

"그런데 일요일 선거 기사는 잘 쓰고 있어?" 남편이 묻는다.

특히 관심 가는 주제에 대한 기사를 맡았어. '정치인의 사생활 탐색, 유권자의 권리인가?' 나이지리아 사람들에게 협박당한 의원 기사 때문에 나온 주제야. 내가 인터뷰한 사람들은 대부분 개의치 않는다고 답했어. 여기가 무슨 미국이라도 되느냐며, 그런 사고방식이 자랑스럽다고 말하더라고.

우리는 최근의 다른 뉴스에 대해서도 이야기한다. 지난번 주의원 선거에서 나타난 투표율 증가. 피곤하지만 일에 만족한다는, 제네바 대중교통 회사 TPG의 운전기사들. 횡단보도에서 차에 치인 여자. 고장으로 멈춰버려 두 시간 넘게 철로를 막고 있던 기차. 그리고 고만고만한 시시한 화제들.

나는 전채요리를 기다리지도 않고, 남편에게 오늘 하루를 어떻게 보냈는지 묻지도 않고, 내 잔에 와인을 더 따른다. 남편은 내가 하는 말을 모두 진지하게 듣는다. 분명 그는 이 상황을 약간 의아하게 생각하고 있을 것이다.

"당신 오늘 기분이 좋아 보이는군." 웨이터가 우리에게 메인 요리를 가져다준 후 남편이 말한다. 그제야 나는 내가 이십 분 동안 쉴새없이 떠들고 있었다는 사실을 깨닫는다. "특별히 기분 좋은 일이라도 있었어?"

오비브 공원에 갔던 날 똑같은 질문을 받았더라면 나는 얼굴을 붉히며 곧바로 미리 생각해둔 변명들을 늘어놓았을 것이다. 하지만 오늘은 그저 일상적이고 지루한 또 하루에 불과했다. 나 자신을 의미 있는 존재로 받아들이기 위해 애써봤지만 헛수고였다.

"나한테 하고 싶다던 얘기는 뭐지?"

나는 세 잔째 와인을 한 모금 마시며 속을 터놓을 준비를 한다. 그런데 심연으로 몸을 던지려는 순간, 웨이터가 다가온다. 나는 말을 삼킨다. 웨이터와 의미 없는 말들을 주고받으며, 내 인생의 소중한 시간을 무의미한 겉치레에 허비한다.

남편이 와인을 한 병 더 주문한다. 웨이터는 "맛있게 드십시오"라고 말한 뒤 새 와인을 가지러 간다. 나는 말을 잇는다.

당신은 내게 병원에 가보라고 할 거야. 그런데 그런 문제는 아니야. 난 집안일이나 직장일 다 완벽히 잘해내고 있으니까. 다만 요즘 몇 달 자꾸만 슬픈 기분이 들어.

"말 안 했으면 난 몰랐을 거야. 방금 말했던 것처럼 당신 여느 때보다 기분이 좋아 보이거든."

물론 그렇겠지. 우울감이 워낙 일상이 되어버려서 아무도 눈치를 채지 못해. 누군가에게 얘기하니 정말 좋긴 한데, 지금 내가 하는 말은 유쾌한 내 겉모습보다 훨씬 깊은 곳에 자리한 문제야. 요즘 제대로 잠을 잘 수가 없어. 나 자신에게 너무 집착하고 있는 것 같기도 하고. 아직도 어린애처럼 다른 사람들에게 잘 보이려고 애를 써. 샤워하면서 아무런 이유도 없이 혼자 울고. 몇 달 동안 잠자리를 정말로 즐겼던 건 딱 한 번뿐이야. 언제 얘긴지 당신도 알 거야. 어쩌면 내 나이 때 겪는 위기 같은 건가 생각도 해봤어. 그런데 그것만으론 설명이 되질 않아. 인생을 낭비하고 있는 것 같고, 언젠가 과거를 돌아보면서 내가 한 일들을 전부 후회하게 될 것 같아. 물론 당신과 결혼해서 우리 예쁜 아이들을 낳았다는 사실만 빼고.

"하지만 가장 중요한 건 바로 그거 아닌가?"

그렇게 생각하는 사람들이 많겠지. 하지만 난 그걸로 충분하지 않아. 날마다 상태가 나빠지고 있어. 매일 저녁 집안일을 끝내고 나면 머릿속에서 끝없는 대화가 시작돼. 뭔가 변할까봐 겁이 나면서도 다른 경험을 하고 싶다는 강렬한 욕구가 생겨. 똑같은 생각이 계속 되풀이되는데 어떻게 통제가 안 돼. 당신은 잠들어 있으니 잘 모르겠지. 간밤에 미스트랄이 불어 창문이 덜컹거린 거, 당신 알고 있었어?

"아니, 그런데 창문은 닫혀 있었잖아."

내 말이 그거야. 우리 결혼한 이후로 그런 바람이 수천 번 불었을 텐데, 내가 지금 그런 바람 소리에 잠이 깬단 말이야. 당신이 침대에서 뒤척이는 것도, 자면서 중얼거리는 것도 난 다 알아. 부탁인데 기분 나쁘게 듣지 말아줘. 그냥, 내가 온통 의미 없는 것들에 둘러싸여 있는 느낌이야. 하지만 확실히 해둘 건, 난 아이들을 사랑해. 당신도 사랑해. 내 일도 좋고. 그런데 그런 생각을 하면 더 비참해져. 내가 신에게, 삶에게, 당신에게 공정하지 않다는 생각이 드니까.

남편은 음식에 거의 손도 대지 않았다. 마치 완전히 낯선 사람을 마주하고 있는 것처럼 앉아 있다. 하지만 이런 말들을 하는 것만으로도 내 마음은 그지없이 평화로워진다. 비밀을 밖으로 내보냈다. 와인이 효력을 발휘하는 것이다. 난 더이상 혼자가 아니다. 고마워, 야코프 쾨니히.

"병원에 가봐야 할 것 같아?"

모르겠어. 설령 그렇다 해도, 가고 싶진 않아. 스스로 문제를 해결하는 법을 배워야 해.

"그런 감정들을 그렇게 오래 담아두느라 정말 힘들었겠군. 내게 말해줘서 고마워. 그런데 왜 진작 말하지 않았지?"

더는 참을 수 없게 된 것이 바로 지금이니까. 오늘 내 유년기와 사춘기에 대해 생각했다. 이 모든 것의 뿌리가 거기에 있는 걸까? 그건 아닌 것 같다. 지금껏 내 정신이 날 속이고 있었던 거라면 모르겠지만, 그건 별로 있을 법하지 않은 일이다. 난 정상적인 가정에서 자랐고 정상적인 가정교육을 받았고 정상적인 삶을 살고 있다. 그런데 뭐가 잘못된 걸까?

남편에게 말한다. 이젠 울면서. 그냥 지나가겠지 생각했고 당신이 걱정할까봐.

"당신, 정신이 이상해진 건 아니야. 난 전혀 눈치 못 챘어. 특별히 신경질적이지도 않았고 몸무게가 줄지도 않았잖아. 누구보다 감정을 잘 제어하는 사람이니까, 그런 상태에서 빠져나올 수 있는 길이 있을 거야."

몸무게 얘기는 왜 하는 걸까?

"당신 잠 좀 잘 수 있게 주치의한테 안정제 처방해달라고 내가 말할게. 내가 먹을 약이라고 할 거야. 잠을 제대로 잘 수 있으면 생각도 서서히 제어할 수 있게 될 거야. 우리, 운동을 좀더 해야 할 것 같기도 해. 애들도 좋아할 거야. 우리 둘 다 너무 일에 매여 있었어. 그건 별로 좋은 일이 아니지."

난 억지로 일에 매여 있는 건 아니야. 당신은 아마 반대로 생각하겠지만, 바보 같은 기사들을 쓰고 있으면 딴생각을 안 할 수가 있고, 그래서 여유만 생겼다 하면 찾아오는 어지러운 생각을 몰아낼 수 있어.

"그래도 운동을 더 하고 야외에서 보내는 시간을 늘릴 필요는 있어. 지쳐서 쓰러질 때까지 달려본다든가. 그리고 친구들을 좀 더 자주 집으로 초대하면 좋을 것 같기도 해."

그건 악몽이야! 사람들을 즐겁게 해줘야 하고, 입가에 억지 미소를 지어야 하고, 오페라와 교통상황에 대한 사람들 의견을 들어줘야 하고, 그것도 모자라 설거지까지 잔뜩 해야 하는걸.

"이번 주말에 쥐라 국립공원에 가자. 우리 거기 안 간 지 정말 오래됐지?"

선거가 이번 주말이야. 일해야 해.

우리는 말없이 식사를 한다. 웨이터가 확인차 두 번이나 다녀갔지만 음식은 거의 그대로다. 두번째 와인도 금세 비운다. 남편이 지금 무슨 생각을 하고 있는지 상상할 수 있다. '어떻게 하면 아내를 도울 수 있을까? 뭘 해야 이 여자를 행복하게 해줄 수 있을까?' 아무것도 없다. 이 사람이 지금 하고 있는 것 이상으로 내게 해줄 수 있는 건 없다. 그가 초콜릿 상자나 꽃다발을 들고 집에 온다면 난 정말이지 싫을 것 같다.

남편이 술을 너무 많이 마셔서 운전을 할 수 없을 거라는 결론을 내리고, 우리는 차를 식당에 두고 집에 갔다가 내일 가지러 오기로 한다. 시어머니에게 전화를 해 아이들이 시댁에서 하룻밤 자도 되는지 물어본다. 내일 아침 일찍 내가 그쪽으로 가서 아이들을 학교에 데려다주기로 한다.

"그런데 말이야, 당신 인생에서 부족한 게 정확히 뭐지?"

제발 그런 질문은 하지 말아줘. 대답은 '없다'니까. 없다고! 내게 해결해야 할 정말로 심각한 문제라도 있으면 좋겠어. 내가 아는 사람 중에 나와 똑같은 상태를 겪고 있는 사람은 아무도 없어. 몇 년 동안 우울증을 앓고 있는 내 친구 하나는 지금 치료를 받고 있지만, 난 그런 거 필요 없다고 생각해. 그 친구가 얘기했던 증상이 다 내게 나타나는 것도 아니고, 합법적 약물이라는 위험한 영역에 발을 들여놓기도 싫어. 다른 사람들이야 화가 나거나 스트레스에 시달리거나 실연 때문에 마음이 아프겠지. 특히 실연당한 사람들은 그런 상태를 우울증이라고, 그래서 약이 필요하다고 생각하겠지만, 사실은 그렇지 않아. 그 사람들은 그냥 실연 때문에 힘든 것뿐이야. 그리고 실연의 상처란 세상이 시작된 이래, 인간이 '사랑'이라는 불가사의한 것을 발견한 이래 항상 겪어온 거잖아.

"의사한테 가기 싫다면 관련된 읽을거리를 찾아보는 건 어때?"

그것도 해봤어. 심리학 웹사이트를 한두 번 들여다본 줄 알아?

요가에도 좀더 진지하게 전념해봤고. 최근에 내가 집에 가져오는 책들 눈여겨본 적 없어? 내 관심이 갑자기 문학에서 영성으로 옮겨갔다고 생각했어?

아니, 난 얻을 수 없는 해답을 찾는 중이야. 그런 자기계발서를 열 권쯤 읽고 나니까 그 책들은 어떤 길도 제시해줄 수 없다는 걸 알겠더라고. 즉각적인 효과는 있었지만 그 효과는 책을 덮는 순간 사라져버렸어. 그것들은 그냥 말에 불과해. 그들은 자기들도 알지 못하는 이상적인 세상을 그리고 있어.

"그런데 당신, 지금은 기분이 좀 나아?"

물론. 하지만 그게 문제가 아니야. 난 지금 변한 내 모습의 정체를 알아야 해. 그게 바로 나니까. 나의 외부에 있는 무엇이 아니니까.

나는 남편이 날 도우려고 필사적으로 노력하고 있다는 것을 느낄 수 있다. 하지만 대책이 없기로는 그이도 나와 다를 게 없다. 그는 계속 증상들에 대해 말하지만, 나는 그게 문제가 아니라고, 모든 것이 증상이라고 말한다. 스펀지로 된 블랙홀 같은 걸 상상할 수 있겠어?

"아니."

음, 바로 그런 느낌이거든.

남편은 내가 이 상황에서 벗어날 수 있을 거라고 장담한다. 자신에 대해 비관적이 되지 말라고, 자신을 탓해서도 안 된다고, 자기가 내 옆에 있다고.

"터널 끝에는 빛이 있어."

당신 말을 믿고 싶어. 하지만 두 발이 콘크리트에 박혀 있는 기분이야. 그래도 너무 걱정하지 마. 계속 싸우고 있으니까. 지난 몇 달간 계속 싸워왔어. 전에도 그랬듯이 이번에도 지나갈 거야. 언젠가는 자고 일어나보니 이 모든 게 나쁜 꿈이었다고 생각되는 날이 있을 거야. 난 정말 그렇게 믿어.

남편이 계산서를 청한다. 그가 내 손을 잡는다. 우리는 택시를 탄다. 뭔가 나아졌다. 사랑하는 사람을 믿으면 항상 좋은 결과가 온다.

야코프 쾨니히, 내 침실에서, 내 침대에서, 내 악몽 속에서 뭘 하고 있는 거야? 당신 지금 일하고 있어야 하잖아. 이제 주의원 선거가 사흘밖에 남지 않았는데, 안 그래도 나 때문에 선거운동의 소중한 시간들을 허비해버렸잖아. 호숫가 식당에서 나와 점심 식사를 하고 오비브 공원에서 나랑 이야기하느라고 말이야.

그것으론 충분치 않은 거야? 내 꿈에서 당신 뭘 하고 있는 거야? 난 정확히 당신이 제안한 대로 했어. 남편에게 속내를 얘기했고, 나에 대한 그이의 사랑을 느꼈어. 그런 다음, 한참 만에 그 어느 때보다 열정적인 사랑을 나누는 동안, 내 인생에서 행복이 완전히 증발해버린 것 같았던 느낌도 사라졌단 말이야.

내 생각 속에서 제발 나가줘. 내일은 힘든 날이 될 거야. 일찍 일어나서 아이들을 학교에 데려다줘야 하고, 시장에 가서 주차할 자리도 찾아야 하고, 정치라는 진부한 주제에 대해 어떻게든 진부하지 않은 기사를 써낼 방법을 생각해내야 해. 날 좀 내버려둬, 야코프 쾨니히.

난 행복한 결혼생활을 하고 있어. 그리고 당신은 내가 당신 생각을 하는지조차 모르고 있잖아. 누군가 오늘밤 내 곁에서, 행복하게 끝이 나는 이야기를 해주었으면, 잠들 때까지 노래를 불러주었으면 좋겠어. 내 생각 속엔 오직 당신뿐이야.

자제력을 잃고 있어. 우리 만난 뒤로 일주일이 지났는데 당신은 아직도 여기 있어.

어서 사라져. 안 그러면 난 당신 집으로 가서 당신 부부와 함께 차를 마시며 두 사람이 얼마나 행복한지 내 눈으로 직접 봐야 할 거야. 내겐 기회가 없다는 것을, 내 눈에서 당신 모습을 봤다는 그 말이 거짓이었다는 것을, 내 멋대로 한 키스가 나 자신에게 상처만 남기게 될 것을 당신은 알면서도 내버려두었다는 것을 확인해야 할 거야.

날 이해해주었으면 해. 정말 그러기를 기도해. 왜냐하면 나조차도 내가 뭘 원하고 있는지 이해할 수 없기 때문이야.

나는 잠자리에서 일어나 컴퓨터로 가면서 '남자의 마음을 얻는 방법'을 검색해봐야겠다고 생각한다. 그러나 내가 입력하는 단어는 '우울증'이다. 도대체 내게 무슨 일이 일어나고 있는지 완벽히 이해할 필요가 있다.

자가 진단 설문이 있는 웹사이트를 찾아낸다. '심리적 문제가 있는지 알아보세요'라고 쓰인 안내 문구가 있다. 대부분의 질문에 대한 내 대답은 '아니요'다.

결과: 힘든 시간을 보내고 계시는군요. 하지만 병적인 우울증은 아닙니다. 병원에 가보실 필요는 없습니다.

그러게, 내가 뭐랬어? 난 그럴 줄 알았어. 난 병에 걸린 게 아니야. 사람들에게 어떻게든 관심을 받고 싶어서 이 모든 상황을 꾸며내고 있는 것 같아. 아니면 삶에 재미를 좀 주려고 스스로 문제를 만들어내 나 자신을 속이고 있는 건가? 문제가 있으면 해결책을 찾아야 하고 그 해결책을 찾기 위해 몇 시간, 며칠, 몇 주를 보낼 수 있으니까? 남편 말대로 주치의에게서 안정제를 처방받는 것도 좋은 생각인 것 같아. 어쩌면 업무 스트레스 때문인지도 몰라. 게다가 선거철이잖아. 나는 일에서도 그렇고 가정생활에서도 그렇고 다른 사람보다 잘하려고 너무 노력하고 있어. 그 둘을 균형 있게 유지하기란 쉽지 않은 일인데 말이야.

오늘은 토요일, 선거 전날이다. 내 친구 중에는 주말에는 주식 시장이 문을 닫아 재미를 찾을 곳이 없어지기 때문에 주말이 싫다고 말하는 이도 있다.

교외로 나갔다 오자는 남편의 말에 따르기로 한다. 내일은 내가 신문사에 나가봐야 하니 주말을 통째로 쓸 수는 없지만 짧게라도 나들이를 다녀오면 아이들도 좋아할 거라고 남편은 나를 설득한다.

그이는 내게 운동복 바지를 입으라고 말한다. 난 그런 차림으로 나가는 게 내키지 않는다. 더군다나 니옹에, 지금은 주민이 2만 명이 채 안 되지만 예전에는 로마인들이 살았던 장엄한 도시에 가면서 그런 차림이라니. 남편에게 운동복 바지는 집 근처에 잠깐

나갈 때, 정말로 운동할 생각이 있을 때나 입는 옷이라고 말하지만 그이는 고집을 부린다.

입씨름하기 싫어서 남편 말대로 한다. 나는 그 누구와도, 그 무엇에 대해서도 입씨름하고 싶지 않다. 지금은 때가 아니다. 말을 아낄수록 더 낫다.

내가 이곳에서 차로 반시간도 채 안 걸리는 교외로 소풍을 떠나 있는 사이, 야코프는 유권자들을 찾아다니고, 보좌관이나 친구들과 이야기를 나누고, 초조하고 조금은 스트레스를 받으면서도 자기 인생에 무슨 일인가 일어나고 있다는 생각에 기쁠 것이다. 비밀투표원칙이 매우 엄격한 스위스에서 여론조사는 별로 중요하지 않다. 그래도 그가 재선에 성공할 가능성은 매우 높아 보인다.

그의 아내는 분명 밤잠을 이루지 못했을 것이다. 하지만 이유는 나와 상당히 다르겠지. 그 여자는 선거 결과가 공식 발표된 후 지인들을 어떻게 대접할지 계획을 세우고 있을 것이다. 오늘 아침 그 여자는 리브 가로 갈 것이다. 율리우스 바에르 은행과 프라다, 구찌, 아르마니 및 여타 디자이너 브랜드의 상점 바로 앞에 과일과 치즈와 고기를 파는 좌판이 한 주 내내 펼쳐지는 거리에 도착해, 그곳 시장에서 값은 걱정하지 않고 모든 것을 최상으로 고를 것이다. 그런 다음 차를 타고 사티니로 가, 그 지역의 자랑인 포도밭 중 한 곳에서 새로운 빈티지 와인을 맛본 후 와인을 제대로 음미할 줄 아는 사람들이—그 여자 남편도 그런 부류 같았으니—좋아할 만한 종류로 고를 것이다.

그녀는 피곤하지만 행복한 마음으로 집에 돌아갈 것이다. 공식적으로 선거는 아직 끝나지 않았지만 전날 미리 준비해두어 나쁠 건 없겠지. 어머나, 그녀는 생각했던 것보다 치즈 양이 적다는 것을 깨닫고는 다시 차를 타고 시장으로 되돌아갈 것이다. 진열된 십여 가지 종류들 중, 보Vaud의 자랑인 치즈들을 선택한다. 그뤼에르(종류는 세 가지. 부드러운 맛, 짭짤한 맛, 그리고 숙성에 아홉 달에서 열두 달까지 걸리는 가장 비싼 종류까지), 톰 보두아즈(퐁듀에 넣어 먹기도 하고 그냥 먹기도 하는 부드러운 크림 같은 치즈), 그리고 레티바즈(알프스 초원에서 방목한 소젖을 전통 방식대로 장작불을 지펴 구리 가마솥에 끓여 만드는).

옷가게에 잠깐 들러 새 옷을 한 벌 사 입을까? 그러면 너무 과시적으로 보이려나? 이렇게 생각하다 그녀는 결론을 내릴 것이다. 노동법 관련 회의에 참가하는 남편을 따라 밀라노에 갔을 때 모스키노에서 산 옷을 입는 게 가장 낫겠어.

그리고 야코프는 어떤 기분일까?

그는 한 시간에 한 번씩 아내에게 전화를 걸어, 이런 말을 해야 할지 저런 말을 해야 할지, 이 거리를 방문할지 저 지역을 방문할지, 〈트리뷘 드 주네브〉가 웹사이트에 새로운 소식을 올리지는 않았는지 물을 것이다. 아내와 아내의 조언에 의지하는 그는 방문하는 곳이 늘어갈수록 쌓이는 긴장을 대화로 풀기도 하고, 둘이서 함께 짠 전략에 대해 그리고 다음엔 어디로 가야 할지에 대해 묻기도 할 것이다. 그날 공원에서 내게 말했듯 그가 정치를 계속하는 유일한 이유는 아내를 실망시키지 않기 위해서다. 자기가 하는 일을 싫어하지만 사랑이 있기에 그는 노력하고 있다. 계속해서 빛나는 경력을 쌓아간다면 그는 언젠가 연방공화국의 대통령이 될 것이다. 사실, 매년 바뀌는데다 선출 또한 연방각의에서 이루어지므로 대통령이라고 해봐야 별 의미 없는 자리지만. 그래도 자기 남편이 스위스의 대통령이라고 말하기를 좋아하지 않을 사람이 어디 있겠는가?

대통령이 된다면 여러 곳으로 통하는 문들이 열릴 것이고, 먼 곳에서 열리는 회의 초대장들이 밀려들 것이다. 다국적기업들이 그에게 이사회 임원 자리를 제안할 것이다. 쾨니히 부부의 미래는 밝게 펼쳐질 텐데, 지금 이 순간 내 눈앞에 놓인 것은 도로와 곧 이어질 소풍뿐이다. 그것도 후줄근한 운동복 바지를 입은 채로.

우리는 맨 처음 로마 박물관에 갔다가, 그다음에는 유적지를 보기 위해 조그만 언덕을 올라간다. 아이들은 웃으며 주위를 뛰어다닌다. 남편이 모든 걸 알고 있으니 마음이 놓인다. 매 순간 연기를 하지 않아도 되니까.

"우리 호숫가를 좀 달려볼까?"

애들은 어떡하고?

남편이 근처 벤치에 앉아 아이들과 함께 아이스크림을 먹고 있는 친구 부부를 발견한다. "저 친구들한테 우리 애들 좀 봐달라고 할까? 애들한테도 아이스크림 사주고."

남편 친구 부부는 우리를 보고 좀 놀란 듯하지만, 그렇게 해주겠다고 한다. (외국인들은 모두들 제네바 호수라고 부르는) 레만 호수의 가장자리로 내려가기 전에 남편은 아이들에게 아이스크림을 사주면서, 엄마 아빠는 조깅을 하고 올 테니 어른들과 함께 기다리라고 말한다. 아들은 아이패드를 가져오지 않았다며 불평한다. 남편이 차로 가 그놈의 기계를 가지고 온다. 아이패드의 화면은 최고의 보모가 되어줄 것이다. 아이들은 성인용이라고 해도 손색없는 게임을 하며 테러리스트를 몇 명 죽이기 전에는 꿈쩍도 하지 않을 것이다.

* * *

우리는 조깅을 시작한다. 한쪽에는 꽃밭이 있고 다른 한쪽에는 미스트랄을 한껏 받으며 떠가는 돛단배들과 갈매기떼가 있다. 바람은 사흘째에도, 엿새째에도 그치지 않았다. 필시 아흐레째나 되어야 잦아들면서 파란 하늘과 맑은 날씨도 잠시 사라질 것이다. 우리는 십오 분 동안 길을 따라 달린다. 이미 니옹을 벗어났으니 이제 돌아가는 게 좋을 것 같다.

정말 오랫동안 운동을 하지 않았다. 이십 분 정도 뛰고 나서 나는 멈춘다. 더이상 갈 수가 없다. 남은 거리는 걸어야 할 것이다.

"계속해! 할 수 있어!" 남편이 리듬을 잃지 않기 위해 제자리 뛰기를 하며 내게 격려하듯 말한다. "멈추지 마. 계속 달려."

나는 손으로 무릎을 짚은 채 몸을 앞으로 숙인다. 심장이 쿵쾅거린다. 밤잠을 설친 탓이다. 남편은 계속 뛰며 내 주위를 돈다.

"어서, 당신은 할 수 있어! 멈추면 더 힘들어. 날 위해, 아이들을 위해 해줘. 이건 그냥 운동이나 하자는 뜻이 아니야. 결승선이 있다는 걸, 중간에 포기하면 안 된다는 걸 알자는 뜻이야."

이 사람이 지금 내 '강박적 슬픔'에 대해 얘기하고 있는 건가?

그가 자리에 멈춰 서서 내 양손을 잡더니 날 부드럽게 흔든다. 너무 피곤해서 뛸 수가 없지만 너무 피곤하니 저항도 못하겠다. 남편이 하자는 대로 한다. 우리는 남은 십 분 거리를 함께 뛴다.

아까는 보지 못했던 광고판을 지나는데 여러 주의원 후보들의 사진이 보인다. 그 속에는 카메라를 향해 웃고 있는 야코프 쾨니히가 있다.

나는 좀더 빨리 뛴다. 깜짝 놀란 남편도 함께 속도를 높인다. 출발지에 도착해서 보니 십 분이 아니라 칠 분이 걸렸다. 아이들은 그 자리에 그대로 앉아 있다. 눈앞의 아름다운 경치와 산과 갈매기와 멀리 보이는 알프스에도 아랑곳하지 않고 아이들의 눈은 영혼을 빨아먹는 그 기계의 화면에 고정되어 있다.

남편은 아이들에게로 향하지만 나는 계속 앞을 향해 달린다. 그가 놀라면서도 기쁜 얼굴로 나를 지켜본다. 분명 남편은 자기 말이 효과가 있는 거라고, 자신의 말에 힘입어 내 몸에서 엔도르

핀이 생성되고 있는 거라고 생각할 것이다. 달리기를 한다거나 오르가슴을 느낄 때처럼 신체 활동의 강도가 높아질 때 생겨난다는 이 물질은 기분을 좋게 해주고 면역체계를 강화해주며 노화를 더디게 해주고, 무엇보다 희열과 쾌감을 불러일으킨다.

하지만 엔도르핀이 내게 가져온 효과는 그런 것들이 아니다. 그저 모든 것을 뒤로한 채 지평선을 향해 계속 달릴 수 있는 힘을 줄 뿐이다. 나는 왜 저렇게 멋진 아이들의 엄마여야 할까? 왜 남편을 만나 사랑에 빠졌어야 했을까? 저 사람을 만나지 않았다면 지금 나는 자유로운 여자일 텐데.

미쳤구나. 가까운 정신병원으로 달려가는 편이 낫겠다. 그런 생각은 해선 안 되는 거니까. 그래도 그런 생각이 머릿속을 떠나지 않는다.

몇 분 정도 더 달리고 나서 방향을 돌려 되돌아간다. 반쯤 갔을 때, 문득 두려워진다. 자유롭고 싶다는 내 소망이 실현되어, 니옹의 공원에 되돌아가보면 모두 사라지고 없는 건 아닐까 하는 생각이 든 것이다.

하지만 그들은 거기 있다. 사랑하는 엄마와 아내를 향해 미소를 보내는 내 가족이. 나는 모두를 껴안는다. 땀을 흘리고 있는데다 몸과 마음이 모두 더러운 느낌이지만 그래도 그들을 꽉 안는다.

내가 느끼는 감정과는 상관없이. 아니, 내가 느끼지 못하는 감정과는 상관없이.

인생은 내가 선택하는 것이 아니다. 인생이 나를 선택한다. 인생이 왜 내게 기쁨과 슬픔을 안기는지 물어봐야 아무 소용 없다. 그냥 받아들이고 살아나가는 것이다.

우리는 우리 인생을 선택할 수 없다. 하지만 우리에게 주어진 기쁨과 슬픔으로 무엇을 할지는 결정할 수 있다.

일요일 오후, 나는 '업무상' 그 정당의 당사에 와 있다. 내 상사가 그렇게 생각하도록 납득시켰고 이제는 나 자신을 납득시키려 하고 있다. 다섯시 사십오분. 축하 행사가 진행되고 있다. 내가 열에 들떠 상상했던 것과는 달리 당선자 중 누구도 연회를 열지 않는다고 한다. 그러므로 오늘 내게는 야코프와 마리안 쾨니히의 집에 들어갈 수 있는 기회가 없을 것이다.

막 도착했을 때 선거 결과가 나오고 있었다. 유권자들의 45퍼센트가 투표를 하여 기록을 세웠다. 한 여성 후보가 1위로 당선되었고, 야코프는 영예로운 3위가 되어 당의 선택을 받을 경우 내각에 들어갈 수 있는 권리를 얻게 되었다.

중앙홀은 노란색과 초록색 풍선으로 장식되어 있었고 사람들은 이미 술을 마시기 시작했으며, 어떤 사람들은 손으로 브이를 그려 보였다. 내일 아침 신문에 실리기를 바라고 그러는지도 모른다. 하지만 사진기자들은 아직 도착하지 않았다. 사실 오늘은 일요일 아닌가. 게다가 날씨도 좋다.

야코프는 나를 발견하더니 바로 딴 데로 눈을 돌려버린다. 누군가 이야기할 상대를 찾는 것 같다. 분명 엄청나게 따분한 문제들에 대해 이야기하려는 거겠지.

일을 해야 한다. 아니 최소한 그런 척이라도 해야 한다. 나는 녹음기와 수첩과 펜을 꺼낸다. 그리고 돌아다니며 "이제 우리는 그 이민법을 통과시킬 수 있게 되었습니다"라든가 "유권자들이 지난번의 잘못된 선택을 바로잡고자 저를 다시 불러주었습니다"와 같은 말들을 수집한다.

1위 당선자가 말한다. "제게 정말 중요했던 것은 여성들의 표였습니다."

지역 텔레비전 방송국 레만 블뢰 중앙홀에 스튜디오를 차렸고, 그곳에 있는 남자들 열의 아홉은 그 방송국 정치 프로그램의 여성 진행자에게 은근한 욕망의 눈길을 보내고 있다. 진행자는 명석한 질문들을 던지지만 돌아오는 답은 정치 보좌관들이 미리 준비한 단편적인 언급들뿐이다.

순간, 야코프 쾨니히가 인터뷰를 위해 불려간다. 그의 말을 들어보려고 가까이 다가가는데 누군가 내 앞을 막는다.

"안녕하세요? 저는 쾨니히 부인입니다. 야코프에게서 말씀 많이 들었어요."

대단한 여자다! 금발에 푸른 눈. 우아한 검은색 카디건을 입고 빨간 에르메스 스카프를 둘렀다. 내가 알아볼 수 있는 유명 브랜드는 그것뿐이다. 다른 옷들은 분명, 모조품 생산을 막으려고 이름을 비밀에 부치는 파리 최고 디자이너의 작품일 것이다.

나는 놀란 걸 들키지 않으려고 애쓴다.

야코프가 저에 대해 말했다고요? 아, 인터뷰를 하긴 했어요. 며칠 후에 점심을 같이했고요. 기자들은 인터뷰 대상에 대해 주관적 견해를 가져선 안 되지만, 그가 협박당하고 있다는 사실을 공개한 건 참 용감한 일이었다고 생각해요.

마리안은—아니, 본인 소개대로 쾨니히 부인은—내 이야기에 관심이 있는 척한다. 그러나 보기보다 더 많은 것을 알고 있는 게 틀림없다. 야코프가 오비브 공원에서의 일을 아내에게 말했을까? 내가 먼저 언급을 해야 하나?

레만 블뢰와의 인터뷰가 막 시작되었는데 여자는 자기 남편이 무슨 말을 하는지 들어볼 생각이 없는 것 같다. 아마도 이미 외우다시피 알고 있을 것이다. 그의 하늘색 셔츠와 회색 넥타이, 멋들어진 플란넬 재킷, 차고 있는 시계까지—과시적으로 보이지 않도록 너무 비싸지도 않고, 이 나라의 주요 산업에 대해 예를 표한 정도는 되게 너무 싸지도 않은—모두 틀림없이 이 여자가 골랐을 것이다.

여자에게 논평해주겠느냐고 묻는다. 그녀는 제네바 대학 철학과 조교수로서라면 기꺼이 답변하겠지만, 재선 정치인의 아내로서라면 논평은 적절치 않은 것 같다고 답한다.

여자가 나를 자극하고 있는 것 같아 나도 비슷한 반응으로 되갚아주기로 한다.

그녀의 품위를 존경한다고 말한다. 남편이 친구의 아내와 바람피우는 것을 알고도 덮어주었다며. 심지어는 선거 직전 신문에 다 공개됐을 때조차.

"물론 덮어주어야죠. 사랑이 개입하지 않은 상태에서 상호동의하에 이루어지는 섹스라면 난 자유로운 관계를 지향하는 쪽이에요."

무슨 뜻일까? 무언가를 암시하고 싶은 걸까? 푸른 불빛 같은 여자의 눈을 들여다볼 엄두가 안 난다. 흘깃 쳐다보니, 화장이 별로 진하지 않다. 진한 화장이 필요 없는 사람이다.

"사실은요……" 여자가 말한다. "선거 전주에 누군가를 세워 신문사에 익명의 제보를 하자고 제안한 것도 나예요. 사람들은 혼외정사에 대해서는 금방 잊겠지만, 부패를 고발한 그이의 용기는 영원히 잊지 않을 거예요. 자기 가정생활에 심각한 여파를 남길 수 있는 상황인데도 용기 있게 나선 거잖아요."

여자는 마지막 말과 함께 웃음을 터뜨리며, 물론 금방 한 말은 오프더레코드이니 기사에 쓰지는 말아달라고 한다.

나는 보도원칙에 따르면, 비공개를 요구하려면 반드시 발언 전에 그 점을 밝혀야 한다고 말해준다. 기자는 동의할 수도, 안 할 수도 있다는 말도 덧붙인다. 발언을 한 이후에 비공개를 요구하는 것은 이미 강물에 떨어져 물결 따라 흘러가는 나뭇잎을 멈추게 하려는 것과 같다고. 나뭇잎은 이미 자기 의지대로 움직일 수 없다고.

"하지만 쓰지 않을 거잖아요, 안 그래요? 우리 남편 평판에 흠을 낼 생각 같은 건 조금도 없지 않아요?"

대화를 시작한 지 채 오 분이 지나지 않았는데, 이미 우리 사이엔 적의가 역력하다. 나는 약간의 당혹감을 느끼며 여자의 말을 비공개로 하겠다는 데 동의한다. 그녀는 앞으로 비슷한 경우가 생긴다면 먼저 요청을 하겠다고 다짐한다. 매 순간 새로운 것을 배우는 사람이다. 매 순간 자기 야망에 점점 가까이 다가간다. 그렇다. '자기'의 야망이다. 야코프는 자신의 삶이 만족스럽지 않다고 했으니까.

여자는 내게서 눈을 떼지 않는다. 나는 기자로서의 내 역할에 다시 복귀하기로 결심하고 덧붙일 말이 있는지 묻는다. 가까운 지인들을 위해 집에서 파티를 열 계획이신지?

"물론 아니죠! 얼마나 힘든 일인지 생각해봐요. 게다가 저이는 이미 당선됐잖아요. 파티나 저녁식사 모임은 선거 전에, 표를 모으기 위해 하는 일이죠."

또 한번 나 자신이 완전히 백치처럼 느껴지지만, 한 가지 질문은 꼭 해야만 한다.

야코프는 행복한가요?

급소를 찌른 것 같다. 그녀는 도도한 눈빛으로 나를 바라보며, 학생에게 훈계하는 선생처럼 천천히 대답한다.

"물론 행복하죠. 행복하지 않을 이유가 있겠어요?"

갈가리 찢겨 마땅한 여자다.

두 사람이 동시에 우리에게 다가온다. 한 명은 나에게 1위 당선자를 소개하고 싶어하는 보좌관이고 다른 한 명은 그녀에게 남편의 당선을 축하하려는 지인이다. 나는 여자에게 만나서 반가웠다고 말한 뒤 한마디 덧붙이고 싶은 유혹을 느낀다. 다음에 만나게 되면 친구 아내와 상호동의하에 하는 섹스란 무얼 뜻하는지, 물론 오프더레코드로, 자세히 묻고 싶다고. 하지만 시간이 없다. 나는 여자에게 명함을 건넨다. 하지만 그녀는 내게 명함을 주지 않는다. 그런데 내가 자리를 뜨려는 순간, 내게 온 보좌관과 자기 남편의 당선을 축하하러 온 지인이 보는 앞에서 내 팔을 붙잡고 말한다.

"우리 둘 다 아는 친구 중에 내 남편하고 점심을 같이했던 사람 있잖아요. 난 그 여자가 불쌍해요. 겉으로는 강한 척하지만 실제로는 아주 나약하거든요. 겉으로는 자신 있는 척하지만 실제로는 사람들이 자기를, 자기 일을 어떻게 생각할까 항상 전전긍긍하죠. 아주 외로운 사람 같아요. 기자님도 아시잖아요. 우리 여자들은 육감이 아주 발달해 있어서 관계에 위협이 되는 사람을 금방 파악하잖아요. 그렇지 않나요?"

물론이죠. 나는 아무 감정도 내비치지 않으며 대답한다. 보좌관이 조급한 표정으로 1위 당선자가 나를 기다리고 있다고 한다.

"하지만 그 여자, 기대해봤자 아무 소용 없을 거예요." 마리안이 덧붙인다.

그녀가 손을 내밀자 나는 정중하게 악수를 하고, 여자는 더는 아무 말 없이 멀어진다.

월요일 오전 내내 야코프의 개인 휴대전화로 전화를 걸어 통화를 하려고 애를 쓴다. 통화는 되지 않는다. 그가 내 번호를 차단했을지도 모른다는 생각에 나도 그의 번호를 차단한다. 그러고 나서도 다시 전화를 한다. 여전히 실패다.

그의 보좌관에게 전화를 건다. 보좌관은 선거 뒤라 그가 너무 바쁘다고 말한다. 하지만 나는 꼭 그와 얘기를 해야겠기에 계속 시도를 한다.

내가 가끔 쓰는 전략을 써본다. 그의 연락처에 등록이 안 되어 있을 사람의 전화를 빌려 쓰는 것이다.

신호 두 번에 야코프가 전화를 받는다.

나야. 급히 좀 만나야겠어.

야코프는 오늘은 불가능하지만 다시 전화를 하겠다고 정중하게 말한다. 그가 묻는다.

"전화번호 바꾼 거야?"

아니, 당신이 내 전화를 받지 않아서 다른 사람 걸 빌렸어.

그가 웃는다. 사람들에게 둘러싸인 그의 모습을 상상한다. 그는 문제될 게 없는 대화를 하는 것처럼 연기를 잘하고 있다.

나는 말한다. 누군가 공원에 있는 우리 모습을 찍어서 나를 협박하고 있다고 거짓말을 한다. 모두 당신 잘못이라고 말할 거야. 당신이 내게 강제로 키스했다고 말할 거야. 당신을 뽑아주며 지난번 외도는 단발성이었을 거라고 생각했던 사람들이 매우 실망하겠지. 주의원으로는 선출되었지만 장관이 될 기회는 놓칠 거야.

"당신 지금 괜찮은 거야?"

물론, 나는 말한다. 그리고 전화를 끊기 전 내일 언제 어디에서 만날 수 있는지 문자를 보내라고 요구한다.

난 괜찮다.

안 괜찮을 이유가 뭔가? 드디어 내 지루한 삶을 채울 무언가를 찾았는데. 더이상 정신 나간 생각들로 내 잠 못 드는 밤들을 채우지 않을 것이다. 이젠 내가 무엇을 원하는지 안다. 내겐 물리칠 적이 있고 이루어낼 목표가 있다.

한 남자.

사랑은 아니다. 아니, 사랑인가? 어느 쪽이어도 상관없다. 내 사랑은 내게 속하는 것이고, 나에겐 원하는 상대에게 그 사랑을 베풀 자유가 있다. 비록 상대가 알아주지 않더라도. 물론 알아준다면 정말 좋겠지만 그렇지 않더라도 무슨 상관인가. 나는 지금 구덩이에 빠져 있지만 포기하지 않고 계속 이 구덩이를 팔 것이다. 저 아래에 물이 있다는 것을 알기 때문이다. 신선한 물이.

방금 한 생각이 마음에 든다. 내겐 이 세상 누구라도 사랑할 자유가 있다. 누구의 허락도 구하지 않고 사랑을 결심할 수 있다. 나의 사랑을 원했지만 얻지 못했던 남자들이 얼마나 많았던가? 내게 선물을 보내고 구애를 하고 친구들 앞에서 모욕당하는 일도 감수했던 이들. 그래도 그들은 나를 미워하지 않았다.

아직도 나를 보는 그들의 눈에는 실패한 정복에 대한 여운이 남아 있다. 그들은 남은 인생 동안 멈추지 않고 시도할 것이다.

그들이 할 수 있었던 일이라면 나도 할 수 있다. 응답 없는 사랑을 위해 싸운다는 것은 흥미로운 일이다.

즐겁지 않을지도 모른다. 평생 지워지지 않을 깊은 상처를 남길 수도 있다. 하지만 이것은 흥미로운 일이다. 특히 오랜 세월 위험을 감수하기를 두려워하다 어느 순간, 모든 게 바뀌어도 아무것도 제어할 수 없을지 모른다는 두려움 앞에 서 있는 사람에게는.

더이상 내 감정을 억누르지 않을 것이다. 이 도전이 내 구원이 될 것이다.

* * *

여섯 달 전, 새 세탁기 구입 후 세탁실 배관을 바꾸어야 했다. 바닥도 다시 깔고 벽에 페인트칠도 다시 했다. 결국 그곳은 부엌보다 훨씬 말끔한 공간이 되었다.

그런 불운한 대조를 피하기 위해 우리는 부엌까지 새로 바꿔야 했다. 그러자 거실이 조금 오래돼 보였다. 그래서 거실을 새로 단장했더니 이번에는 거의 십 년 동안 손보지 않은 서재가 문제였다. 우리는 서재를 고치기로 했다. 점차 우리는 집 전체를 새로 단장하게 되었다.

똑같은 일이 내 인생에도 일어나기를. 사소한 일들이 엄청난 변화로 이어지기를.

마리안, 또는 본인이 공식적으로 소개한 대로라면 쾨니히 부인에 대해 좀더 많은 정보를 얻기 위해 상당히 긴 시간을 보낸다. 부유한 집안 출신으로, 그 가족은 세계에서 가장 큰 제약회사 중 하나의 공동 소유주이다. 인터넷에 올라 있는 그녀의 사진은 사교 행사에서든 스포츠 행사에서든 하나같이 우아한 모습이다. 그녀는 어떤 경우가 됐건 지나치지도 부족하지도 않은 차림을 하고 있다. 그 여자라면 운동복 바지를 입고 니옹에 가거나 젊은 애들로 가득한 나이트클럽에 베르사체 드레스를 입고 가지는 않을 것이다.

분명 제네바와 그 주변 지역에서 가장 부러워할 만한 여자다. 막대한 재산을 상속받았고 전도유망한 정치인과 결혼했을 뿐 아니라 철학과 조교수로서 자신만의 경력도 갖추고 있다. 논문을 두 편 썼는데 그중 하나는 '은퇴자들의 취약성과 정신병'(제네바 대학 출판부 간행)이라는 제목의 박사학위 논문이다. 그리고 〈레 랑콩트르〉에 에세이 두 편을 발표했다. 아도르노와 피아제의 글도 실렸던 저명한 잡지다. 프랑스판 위키피디아에는, 비록 업데이트가 자주 되지는 않지만, 그녀의 이름도 등재되어 있다. 그녀는 "스위스의 프랑스어 사용 지역 양로원 내 공격성, 갈등, 추행에 관한 전문가"이다.

분명 그 여자는 인간으로 사는 일의 고통과 환희에 대해 심오한 이해에 도달했을 것이다. 너무나 심오해서 자기 남편이 '상호동의하의 섹스'를 해도 충격조차 받지 않았던 것이다.

그녀는 뛰어난 전략가다. 주류 신문이 (보통은 아무도 진지하게 받아들이지 않고 게다가 스위스에서는 정말 찾아보기 힘든) 익명의 제보자의 존재를 믿게 했으니까. 정보의 출처가 자신이라고 밝히지는 않았을 것이다.

그녀는 모사가다. 남편의 경력에 재앙이 될 수도 있었던 일을 부부간의 관용과 연대, 그리고 부패에 대한 저항의 교훈으로 전환시킬 줄 아는 사람이다.

그녀는 선견지명이 있다. 아이를 갖지 않고 기다릴 만큼 영리하다. 그녀에게는 아직 시간이 있다. 따라서 한밤중에 울어대는 아기들이나, 일을 그만두고 애들에게 신경을 좀 쓰라고 충고하는 (우리 동네 사람들 같은) 이웃 때문에 괴로울 일 없이 자신의 경력을 쌓을 수 있다.

그녀는 탁월한 직관력을 지녔다. 나를 위협으로 보지 않는 것이다. 외적인 상황과 달리, 내가 위협이 될 수 있는 상대는 나 자신뿐이다.

그녀는 내가 무자비하게 부숴버리고 싶은, 딱 그런 유의 여자다.

왜냐하면 그녀는, 매일 아침 다섯시에 일어나 시내로 일하러 들어가며 거주허가서가 없는 불법취업자라는 사실이 들통날까봐 두려움에 떠는 가련한 여인이 아니기 때문이다. 국제연합 고위 관리의 아내로서 남편이 자신보다 스무 살 어린 여자를 정부로 두고 있다는 사실을 모르는 사람이 없는데도, 항상 파티에 얼굴을 비치며 자신이 얼마나 부유하고 행복한 사람인지 온 세상에 보여주어야 하는 유한부인이 아니기 때문이다. 또한 방금 말한 국제연합의 고위 관리와 같은 곳에서 일하지만 아무리 열심히 일을 해도 '상관과 그렇고 그런 관계'라는 이유 때문에 능력을 인정받지 못하는 그 어린 정부도 아니기 때문이다.

그녀는 세계무역기구의 본사와 가까운 곳에 살기 위해 제네바로 이주한 외롭고 막강한 여성 CEO도 아니다. 모두들 직장 내 성희롱을 어찌나 심각하게 받아들이는지 감히 다른 사람에게 눈

길도 주지 못하고 일하다가, 밤에는 침대에 누워 고급 임대 저택의 벽을 응시하거나 남은 평생을 남편도 아이도 연인도 없이 보내게 될 거라는 사실을 잊으려고 가끔씩 남성 접대부를 불러들이는 그런 여자도 아니다.

그렇다, 마리안은 그 어떤 범주에도 속하지 않는다. 그녀는 완벽한 여자다.

잠을 한결 잘 잤다. 이번주가 다 가기 전에 야코프를 만나게 될 것이다. 어쨌든 그는 그렇게 약속했고, 그에게 마음을 바꿀 용기가 있을 거라는 생각은 들지 않는다. 월요일에 통화했을 때 그의 목소리에서 초조함이 느껴졌다.

남편은 니옹에서 보냈던 토요일이 내게 좋은 영향을 주었다고 생각한다. 남편은 모른다. 무엇이 나를 괴롭히고 있었는지 깨달은 것이 바로 그때라는 사실을. 내게는 열정과 모험이 필요했던 것이다.

내 안에서 발견한 증상들 중 하나는 일종의 심리적 자폐였다. 전에는 그리도 넓고 가능성이 충만해 보였던 내 세계가 안정을 필요로 하는 마음이 커질수록 쪼그라들기 시작했다. 왜일까? 동굴에서 살던 우리 조상들로부터 물려받은 형질임에 틀림없다. 무리에 있으면 안전하고 외톨이는 죽는 것이다.

무리지어 산다고 해서 모든 것이 통제가 되는 것은 아니다. 예컨대 탈모가 생긴다거나 몸안의 어떤 세포가 갑자기 종양이 된다거나 하는 일까지 막을 순 없다.

하지만 거짓 안심이 그런 사실을 잊게 만든다. 우리는 살아가며 쌓아놓은 벽들이 눈앞에 분명히 보일수록 안심한다. 그것이 단지 심리적 경계에 불과하더라도, 마음 깊은 곳에서는 언젠가 예고 없이 죽음이 닥치리라는 것을 알고 있더라도, 모든 게 자기 통제하에 있는 척하면 마음이 편한 법이다.

요즘 내 마음은 바다처럼 거칠고 격정적이다. 돌아보니, 지금 내 모습은 폭풍우가 절정으로 치닫는 계절에 허술한 뗏목을 타고 대양을 횡단하는 사람을 닮아 있다. 나는 살아남을까? 이젠 돌아갈 길이 없는 상황에서 나 자신에게 묻는다.

물론 살아남을 것이다.

예전에도 폭풍우를 견뎌냈다. 블랙홀로 다시 빠져들 것 같은 위험이 느껴질 때마다 정신을 집중할 일들의 목록도 만들어놓았다.

• 아이들과 놀기. 우리 모두에게 교훈을 줄 수 있는 이야기책을 읽어준다. 이야기는 시대를 초월하는 법이니까.

• 하늘 바라보기.

• 차가운 물 마시기. 단순한 일 같지만 내게 항상 활력을 준다.

• 요리. 요리는 가장 아름답고 완전한 예술이다. 요리는 오감을 모두 사용할 뿐만 아니라 또하나의 감각, 즉 가장 좋은 것을 주고 싶은 우리의 마음까지 담는다. 이것이야말로 내가 가장 좋아하는 치료법이다.

• 불평 목록 만들기. 이것은 발견이다! 무언가에 화가 날 때마다 나는 그것을 적는다. 그 목록을 읽다보면 결국 내가 아무것도 아닌 일에 화를 냈다는 것을 깨닫게 된다.

• 웃기. 울고 싶은 마음이 된다고 해도. 목록 중 가장 어려운 일이지만 결국 익숙해진다. 불교에선 억지로나마 미소를 지으면 영혼이 환해진다고 한다.

• 하루에 두 번 샤워하기. 석회와 염소 성분 때문에 피부가 건조해지지만 영혼이 정화되므로 가치가 있다.

하지만 이런 것들이 효과가 있는 이유는 지금 내게 목표가 있기 때문이다. 한 남자의 마음을 얻는 것. 나는 궁지에 몰려 빠져나갈 곳이 없는 호랑이다. 내게 남은 유일한 반응은 공격뿐이다.

마침내 약속이 이루어진다. 내일 세시 콜로니 골프장 식당. 시내의 조그만 식당이나 (거의 유일한) 번화가 골목의 술집일 수도 있었지만, 그는 골프장에 있는 식당을 골랐다.

한적한 오후 시간.

그 시간이면 식당은 비어 있을 것이고 사람들 눈을 피할 수 있겠지. 상사에게 적당한 핑계를 대야 하겠지만 그쯤은 문제가 아니다. 내가 쓴 선거 관련 기사가 여러 신문에 인용되기도 했고.

이목을 피할 수 있는 장소, 그에게는 분명 그것이 선택의 기준이었을 것이다. 하지만 뭐든 원하는 대로 믿어버리는 내 습벽대로 나는 그곳이 낭만적인 장소라고 생각한다. 가을이 되어 이미 나무들은 여러 색조의 금빛으로 물들어 있다. 어쩌면 야코프에게 산책을 하자고 할 수도 있겠다. 나는 몸을 움직이고 있을 때 생각을 더 잘한다. 니옹에서 그랬던 것처럼 뛰고 있을 때는 더더욱. 하지만 설마 우리가 함께 뛸 일은 없겠지.

하하하.

오늘밤 저녁식사로 일종의 퐁듀인 라클레트와 함께, 얇게 저민 소고기와 크림을 곁들인 뢰스티 감자 요리를 먹었다. 가족들은 특별히 축하할 일이라도 있느냐고 물었고 나는 그렇다고 대답했다. 우리가 함께 앉아 서로의 옆에서 조용한 저녁식사를 즐길 수 있다는 사실을 축하하는 거라고. 그런 다음 나는 오늘의 두번째 샤워를 하며 물줄기에 내 모든 불안을 씻어내렸다. 그러고 나서 보습제를 듬뿍 바른 후 아이들 침실로 가서 이야기책을 읽어주었다. 방에 갔을 때 아이들은 태블릿에 달라붙어 있었다. 열다섯 살 미만 아이들에겐 정말이지 사용을 금지시켜야 하는 물건이다.

태블릿을 끄라고 하자 아이들은 마지못해 내 말을 들었다. 나는 이야기책을 집어 아무데나 펼쳐 읽기 시작했다.

> 빙하기에 많은 동물이 추위로 죽었습니다. 그러자 고슴도치들은 서로를 보호하고 온기를 나누기 위해 뭉치기로 했어요. 하지만 몸에 난 가시가 가장 가까운 친구들을 자꾸만 찔

러댔어요. 가장 따뜻한 온기를 전해주는 친구들을 다치게 했던 거죠. 그래서 그들은 다시 서로에게서 떨어졌어요.

그러자 많은 고슴도치가 다시 추위로 죽었습니다.

고슴도치들은 선택을 해야 했어요. 멸종될 위험을 감수할 것인가, 아니면 친구들의 가시를 참고 받아들일 것인가.

아주 현명하게도 고슴도치들은 다시 뭉치기로 했어요. 그들은 가까운 이들이 주는 사소한 상처를 견디며 살 수 있게 되었어요. 가장 중요한 것은 서로 나누는 온기였으니까요.

아이들은 진짜 고슴도치를 볼 수 있는지 묻는다.

"동물원에 가면 있어요?"

엄마도 몰라.

"빙하기가 뭐예요?"

예전에 아주아주 추웠던 시기.

"겨울처럼요?"

그래, 하지만 영영 끝나지 않는 겨울이지.

"그런데 고슴도치들은 왜 서로 꼭 껴안기 전에 뾰족한 가시를 없애지 않았을까요?"

다른 이야기를 고를걸 그랬다. 나는 불을 끄고 아이들이 잠들 때까지 머리를 쓰다듬으며 알프스의 어떤 마을에 전해내려오는 노래를 불러준다. 아이들은 곧 잠이 든다.

남편이 갖다준 발륨이 조금 있다. 의존하게 될까봐 여태 아무 약도 먹지 않았지만, 내일은 그 어느 때보다 몸 상태가 좋아야 한다.

나는 10밀리그램짜리 알약 하나를 먹고 꿈 없는 깊은 잠에 빠져든다. 밤새 한 번도 깨지 않는다.

약속 시간보다 일찍 도착해 골프장 건물을 지나 정원 구역으로 나간다. 멋진 오후를 마음껏 즐기기로 하고 저멀리 나무들 쪽으로 걸어간다.

멜랑콜리. 가을이 오자 맨 먼저 떠오른 단어다. 여름은 끝났고 낮은 점점 짧아질 것이고, 우리가 사는 세상은 빙하기의 고슴도치들이 살던 매혹적인 세상이 아님을 알기 때문이다. 우리는 타인의 날카로운 가시를 참지 못한다. 아무리 조그만 가시라고 해도.

다른 나라에서는 벌써 추위로 사람들이 사망했다. 눈 쌓인 고속도로는 체증을 빚고 있고, 공항 또한 폐쇄되었다. 사람들은 불을 피우고 벽장에서 담요를 꺼낸다. 하지만 이런 것들은 인간 세상에서 일어나는 일일 뿐이다.

자연에서는, 풍경이 장관을 이룬다. 얼마 전까지 모두 비슷해 보였던 나무들이 각자의 개성을 드러내며 숲을 총천연색으로 물들인다. 또 한번의 생명의 주기가 마무리되어가고 있다. 모든 것이 한동안 휴식을 취하다가 봄이 오면 꽃의 모습으로 되살아날 것이다.

우리를 괴롭히는 것들을 낙엽처럼 떨쳐버리고 다시 춤을 추기에 가을만큼 좋은 시기는 없다. 태양이 잠들어 하늘 위에 희미한 전구처럼 걸리기 전에 한줌의 햇살이라도 온전히 즐기며 그 빛으로 우리의 몸과 마음을 덥히기에 가장 좋은 계절이 바로 가을이다.

* * *

저멀리 다가오는 그의 모습이 보인다. 그는 나를 찾아 식당 안을 살피다 테라스에 가보더니 마침내 바에 있는 웨이터에게 다가간다. 웨이터가 내 쪽을 가리킨다. 이제 야코프가 나를 보고 손을 흔든다. 나는 천천히 그를 향해 걸어간다. 그가 내 옷, 신발, 가벼운 재킷 그리고 나의 걸음걸이를 봐주었으면 하고 바란다. 심장이 미친듯이 고동치지만 냉정을 유지해야 한다.

무슨 말을 할까 생각중이다. 그를 다시 만나기 위해 나는 어떤 수수께끼 같은 이유를 댔던가? 우리 사이에 뭔가 있음을 둘 다 알고 있는데 우리는 왜 망설이는 것일까? 이미 수차례 그래왔듯이, 휘청거리고 넘어지게 될까봐 두려워서일까?

그에게 걸어가는 동안, 한 번도 지난 적 없는 터널 속으로 들어가는 기분이 든다. 냉소에서 열정으로, 위장에서 투항으로 이끄는 터널.

자기 앞으로 걸어오는 나를 바라보며 그는 무슨 생각을 할까? 그에게 두려워할 필요 없다고, "악이 존재한다면 그것은 바로 우리의 두려움 속에 숨어 있어"라고 말해주어야 하나?

멜랑콜리. 지금의 나를 낭만적인 여자로 변신시키는 단어. 한 걸음씩 내디딜 때마다 젊음의 활기가 생겨나게 하는 단어.

그의 옆에 다가서면 무슨 말을 할지 계속 생각하고 있다. 아니다, 생각하지 말고 그냥 자연스럽게 흘러나오게 두는 편이 좋다. 이미 내 안에 있는 말들이다. 내가 인식하거나 받아들이지 못할 뿐, 그 말들은 모든 것을 통제하려는 내 욕구보다 훨씬 강력하다.

이미 내 안에 있는 말들인데도 그에게 직접 하기 전까지는 헤아리고 싶지 않다. 왜일까?

두려움일까? 하지만 하루하루가 똑같은 우울한 잿빛 삶보다 더 나쁠 게 무엇인가. 행복에 필요한 것은 모두 있는데도 내 영혼까지 포함해 모든 것이 사라져버리고 이 세상에 홀로 남게 될 듯한 두려움을 느끼는 것보다 더 나쁠 게 뭐란 말인가?

태양빛을 배경으로 낙엽이 그림자가 되어 떨어진다. 내 안에서도 똑같은 일이 일어나고 있다. 한 발짝 내디딜 때마다 담장이, 방책이, 장벽이 하나씩 허물어진다. 파괴되고 무너진다. 그 모든 것 뒤에 있던 내 마음이 가을빛을 보며 즐기기 시작한다.

무엇에 대해 얘기해야 하나? 오는 길에 차에서 들은 음악에 대해? 나무 사이로 살랑거리는 바람에 대해? 인간 존재의 조건과 그것의 모순과 어두움과 구원에 대해?

우리는 멜랑콜리에 대해 얘기할 것이다. 참 슬픈 단어네, 그는 그렇게 말하겠지만 나는 이렇게 말할 것이다. 아니, 그리움에 빠져들게 하는 단어지. 어떤 잊힌 것, 어떤 약한 것을 묘사하는 단어야. 인생이 아무런 말 없이 우리를 어디론가 이끌어갈 때, 그 길의 끝에 행복이 있는데도, 안정감을 놓아버릴 수 없어 그 길이 보이지 않는 척 운명을 부인할 때, 우리 모두는 그렇게 무언가를 그리워하는 모습이 되지.

몇 걸음 더 나아간다. 장벽이 몇 개 더 허물어진다. 더 많은 빛이 내 마음을 채운다. 이제는 그 어떤 것도 억누르고 싶은 마음이 없고, 그저 다시는 반복되지 않을 이 오후를 음미하겠다는 생각뿐이다. 그 무엇에 대해서도 그를 설득할 필요는 없다. 지금 이해하지 못하더라도 나중에는 이해하게 될 것이다. 그저 시간 문제일 뿐이다.

날씨가 쌀쌀하기는 해도, 그가 담배를 피울 수 있도록 우리는 테라스에 자리를 잡을 것이다. 처음에는 공원에서 찍혔다는 사진에 대해 알고 싶어하며 조금은 방어적으로 행동하겠지.

우리는 다른 행성에 생명체가 있을지, 신이 존재하는지에 대해, 우리가 살면서 늘 잊고 마는 그런 문제들에 대해 얘기할 것이다. 믿음에 대해, 기적에 대해, 우리가 태어나기도 전에 계획된 만남에 대해.

우리는 과학과 종교 사이의 영원한 갈등에 대해 논의할 것이다. 항상 열망하면서도 위협적으로 느껴지는 사랑에 대해 얘기할 것이다. 그는 멜랑콜리에 대한 내 정의가 부정확하다고 주장하겠지만 나는 쥐라산맥 너머로 지는 해를 바라보면서, 살아 있다는 데 행복을 느끼며 그냥 조용히 차를 마실 것이다.

아, 그렇다. 우리는 꽃에 대해서도 얘기할 것이다. 물론 볼 수 있는 꽃이라고 해봐야 실내장식용으로 가져다놓은, 온실에서 대량생산된 것들뿐이겠지만. 하지만 가을에 꽃에 대해 얘기하면 기분이 좋다. 봄에 대한 희망을 주니까.

이제 몇 미터 앞이다. 모든 장벽이 다 무너져내렸다. 나는 다시 태어난다.

* * *

나는 그의 곁에 다가가고, 우리는 볼 인사를 한다. 스위스 전통 방식대로 뺨에 번갈아가며 세 번 입을 맞춘다. 그가 초조해하는 것 같아서 테라스로 나가자고 제안한다. 남의 눈에도 덜 띌 것이고 담배도 피울 수 있을 것이다. 웨이터가 그에게 알은척한다. 야코프는 캄파리와 토닉워터를 주문하고 나는 계획대로 차를 시킨다.

그를 편안하게 해주려고 나는 자연에 대해, 나무에 대해, 모든 것이 늘 변한다는 사실을 깨닫는 것이 얼마나 멋진 일인지에 대해 얘기하기 시작한다. 우리는 왜 늘 그렇게 똑같은 패턴을 반복하며 살까? 그건 가능하지 않아. 자연스럽지도 않지. 도전을 적대시하지 말고 이해의 원천으로 삼아야 하지 않을까?

그는 아직도 초조해 보인다. 대화를 끝내고 싶은지 기계적으로 대답을 하지만 나는 그렇게 되도록 놔두지 않을 것이다. 오늘은 내 인생에서 단 하루뿐인 날이다. 그만큼 소중히 여겨야 한다. 나는 조금 전 걸어올 때 떠올랐던 여러 가지 생각들을 하나하나 풀어놓는다. 그 말들이 그렇게 정확하게 흘러나오다니, 놀랍다.

나는 애완동물에 대해 말하며 사람들이 애완동물을 좋아하는 까닭을 이해하느냐고 묻는다. 야코프는 극히 평범한 대답을 하고, 나는 다음 주제로 넘어간다. 사람들이 모두 다르다는 것을 받아들이기가 왜 그리 어려운 걸까? 왜 문화적 차이가 우리 인생을 더 풍요롭고 재미있게 해준다는 사실을 받아들이지 않고 수많은 법률로 새로운 집단들을 만들어내는 걸까? 하지만 그는 정치 이야기는 지겹다고 말한다.

그래서 이번에는 오늘 아침 아이들을 학교에 데려다주는 길에 본 수족관에 대해 이야기한다. 유리벽을 따라 헤엄치는 물고기를 보며 나는 생각했어. 어디서부터 돌기 시작했는지 기억할 수 없으니 끝도 맺을 수 없겠구나. 그래서 우리가 수족관 물고기를 좋아하는 거야. 그걸 보고 있으면, 잘 먹고는 살지만 유리벽 너머로 나갈 수 없는 우리 자신이 떠오르니까.

그가 또 담배에 불을 붙인다. 재떨이에 이미 꽁초가 두 개나 있다. 그제야 깨닫는다. 내가 어떤 빛과 평안의 무아지경에 빠져, 그에게 자기 기분을 표현할 기회도 주지 않은 채 혼자서 떠들고 있었다는 것을. 당신은 하고 싶은 얘기 없어?

"지난번에 말한 사진 있잖아?" 내가 대단히 예민한 상태라는 걸 눈치챈 야코프가 조심스럽게 말한다.

아, 그 사진. 내 마음속에 새겨두었어. 하느님이 정하신 순간이 될 때까지 결코 지워지지 않을 거야. 그렇지만 들어와서 당신 눈으로 봐. 아까 당신에게 걸어오는 동안 내 마음을 가로막고 있던 장벽이 다 무너졌거든.

그 길을 모른다고 하지는 마. 과거에도 현재에도 당신이 여러 번 들어왔던 곳이니까. 그래, 나도 받아들이기 힘들었어. 당신이 주춤하는 것도 이해가 돼. 당신과 나, 우리는 똑같아. 걱정하지 마. 내가 그곳으로 당신을 이끌어줄게.

내가 말을 마치자 야코프는 섬세한 손길로 내 손을 잡더니 미소를 지으며 내 마음에 칼을 찔러넣는다.

"우린 이제 사춘기 아이들이 아니야. 당신은 멋진 사람이고, 소중한 가족도 있잖아. 결혼생활 상담 같은 걸 받아볼 생각은 안 해봤어?"

한순간 나는 멍해진다. 그러다가 자리에서 일어나 내 차로 걸어간다. 눈물도 없이. 잘 가란 말도 없이. 뒤돌아보지 않고.

아무 느낌도 없다. 아무 생각도 없다. 곧바로 차로 향한 뒤 정확히 어디로 가야 할지도 모른 채 차를 몰아 나온다. 여정의 끝에 나를 기다리는 사람은 없다. 멜랑콜리가 무감각이 되었다. 나 자신을 계속 끌고 나아가야 한다.

오 분 뒤, 나는 어느 성 앞에 와 있다. 이곳에서 무슨 일이 일어났는지 나는 안다. 지금도 익히 알려져 있는 어떤 괴물에게 누군가 생명을 불어넣었다. 그 괴물을 만든 여자의 이름을 아는 사람은 많지 않지만.

정원으로 들어가는 문은 닫혀 있다. 그럼 어떤가, 나는 나무 울타리를 넘을 수 있다. 차가운 벤치에 앉아 1817년에 일어난 일을 상상할 수 있다. 생각을 다른 곳으로 돌려야 한다. 좀 전까지 내 머릿속을 채우고 있던 생각들을 모두 지워버리고 다른 것에 집중해야 한다.

그해 어느 날, 이 성에서 유배생활을 하기로 결심한 영국 시인 바이런 경을 상상한다. 그는 고국에서 미움을 받았을뿐더러, 난장판 같은 연회를 벌이고 술에 취해 공공장소에서 소란을 피웠다는 이유로 제네바에서도 환영받지 못하는 처지였다. 그는 따분해서 죽을 지경이었을 것이다. 아니면 멜랑콜리 때문이었거나. 아니면 분노였거나.

뭐든 상관없다. 1817년의 어느 날, 영국에서 손님 두 명이 도착했다는 게 중요하다. 역시 시인이었던 퍼시 비쉬 셸리와 열여덟 살이던 그의 '아내' 메리였다. (또다른 손님이 네번째 인물로 합류했는데 지금 그 사람 이름은 기억나지 않는다.)

그들은 분명 문학 이야기를 했을 것이다. 분명 날씨, 비, 추위, 제네바 사람들, 영국 동포들, 부족한 차와 위스키 등에 대해 불평했을 것이다. 어쩌면 서로에게 시를 읽어주며 상대방의 작품을 칭찬했을지도 모른다.

스스로를 매우 특별하고 중요하게 여긴 그들은 내기를 하기로 결정했다. 인간 존재의 조건을 묘사하는 책을 한 권씩 써서 일 년 후 같은 장소에서 다시 모이기로 한 것이다.

그러나 인간이 얼마나 일탈적인 존재인가에 대해 열띤 대화를 했던 그들은 그후 내기에 대해 잊어버렸다.

그 대화가 오갈 때 메리도 그곳에 있었다. 메리에게 내기 참여를 권하는 사람은 없었다. 일단 여자였고, 너무 어렸다. 그렇지만 그 대화는 그녀의 마음에 깊은 인상을 남겼다. 그저 소일거리로 생각하면 됐다. 생각해둔 주제에 살을 붙여 책을 완성한 다음 그냥 간직하면 되는 일이었다.

그러나 영국으로 돌아온 뒤 원고를 읽어본 퍼시 비쉬 셸리는 아내에게 출간을 권유했다. 뿐만 아니라, 아내의 원고를 출판업자에게 넘기면서 이미 유명한 시인인 자신이 서문을 쓰기로 결심했다. 메리는 반대했지만 결국 한 가지 조건을 걸고 동의했다. 책표지에 그녀의 이름을 싣지 않는다는 것.

초판 500부는 금세 팔려나갔다. 메리는 그것이 남편의 서문 때문이라고 생각했지만, 재판을 인쇄할 때는 자기 이름을 저자로 밝히는 데 동의했다. 이후 그 책은 세계 전역의 서점에서 지금까지도 꾸준히 팔리고 있다. 그 작품은 작가, 연극연출가, 영화감독 들에게 영감을 주었을 뿐만 아니라 핼러윈 파티나 가면무도회에도 기여한 바가 크다. 최근에는 어느 유명한 평론가가 그 책을 "낭만주의 시대의, 어쩌면 지난 이백 년을 통틀어 가장 창의적인 작품"이라고 평했다.

그 이유는 아무도 설명하지 못한다. 그 책의 제목을 들어보지 못한 사람이 거의 없을 정도라 해도, 그 책을 실제로 읽은 사람 역시 그다지 많지 않기 때문이다.

그 책의 주인공 빅토르는 스위스 제네바에서 태어난 과학자로, 과학을 통해 세상을 이해하도록 양육된다. 그는 어릴 때 나무에 번개가 내리치는 모습을 보고 그것이 생명의 기원이 아닐까 하는 의문을 품게 된다. 인간이 다른 인간을 창조할 수 있을까?

인간을 돕기 위해 신들에게서 불을 훔친 신화 속 프로메테우스처럼(기억하는 사람은 거의 없지만 저자는 이 책의 부제를 '현대의 프로메테우스'로 정했었다) 빅토르는 신의 가장 위대한 업적을 모방하려 한다. 말할 필요도 없이, 그가 그렇게도 주의를 기울였건만 실험은 그의 통제 범위를 벗어나고 만다.

그 책은 『프랑켄슈타인』이다.

* * *

신이시여, 매 순간 생각하며 지내지는 않지만 고통의 시간에는 믿고 의지하는 나의 신이시여, 제가 여기에 온 것이 순전히 우연인가요? 아니면 보이지 않는 당신의 가차없는 손이 저를 이 성으로 이끌어 그 이야기를 떠올리게 하신 건가요?

메리는 열다섯에 남편을 만났다. 그는 이미 결혼한 몸이었지만 사회적 관습에 구애받지 않았고, 그녀는 자신이 일생의 사랑이라고 생각한 남자를 따랐다.

열다섯이라니! 그런데 그녀는 그 나이에 이미 자기가 원하는 것이 무엇인지 정확히 알았다. 그리고 어떻게 그것을 얻을 수 있는지도. 삼십대인 나는 매 순간 다른 것을 원하면서도 그 바람들을 성사시키지 못하고 있다. 다만, 낭만적이고 우수에 찬 가을 오후에 정원을 걸으며 적당한 때가 오면 무슨 말을 해야 할지 생각하고 있을 뿐.

나는 메리 셸리가 아니다. 나는 빅토르 프랑켄슈타인이자 그의 괴물이다.

나는 무생물에 생명을 불어넣으려 했고 그 결과는 책의 내용과 똑같을 것이다. 공포와 파멸을 퍼뜨릴 것이다.

눈물은 그만. 절망도 그만. 심장이 멈춘 듯 느껴지고 내 몸도 그에 반응한 듯 움직일 수가 없다. 지금은 가을이니 일찍 저녁이 될 것이고, 저 아름다운 석양이 기울면 황혼이 찾아올 것이다. 밤이 되었는데도 나는 아직 여기 앉아 성을 바라보며 19세기 초에 그곳에 살던 사람들이 제네바의 부르주아들을 분개하게 만드는 모습을 보고 있다.

괴물에게 생명을 준 번갯불은 어디 있을까?

그런 번개가 갑자기 내리칠 리는 없지. 원래 교통량이 많은 지역도 아니지만 그나마도 차량 통행이 뜸해진다. 아이들은 저녁 식사를 기다릴 것이고, 내 상태를 아는 남편은 곧 걱정을 할 것이다. 하지만 나는 발목에 쇠공이 달린 족쇄가 채워진 듯 아직도 몸을 움직일 수 없다.

나는 낙오자다.

불가능한 사랑을 마음에 품은 사람은 용서를 빌어야만 하는 걸까?

아니다, 결코.

우리에 대한 하느님의 사랑도 불가능한 사랑이기 때문이다. 당장 보답을 받을 수 없는 사랑이지만 그래도 그분은 우리를 계속 사랑하신다. 우리를 너무나 사랑하시기에 당신의 유일한 아들을 우리에게 보내시어, 사랑은 해와 별을 움직이게 하는 힘이라는 걸 알려주셨다. 사도바울은 고린도인들에게 보내는 편지에서 이렇게 말했다.

"내가 사람의 방언과 천사의 말을 할지라도 사랑이 없으면 소리나는 구리와 울리는 쇠붙이가 되리니."

그리고 우리는 모두 그 이유를 안다. 가끔 세상을 바꿀 위대한 생각처럼 들리던 말이 아무 감정 없이 입으로만 내뱉는 말이라는 걸 깨닫게 되는 순간이 있다. 아무리 논리적이고 명석한 말일지라도 사랑 없는 말은 우리의 가슴에 와닿지 않는다.

바울은 사랑을 예언과 비교했다. 신비에 대한 지식, 믿음, 자선과 비교했다.

사랑이 믿음보다 중요한 이유는 무엇일까?

믿음은 우리를 더 큰 사랑으로 이끄는 길에 지나지 않기 때문이다.

사랑이 자선보다 중요한 이유는 무엇일까?

자선은 사랑의 한 표현에 불과하기 때문이다. 전체는 항상 부분보다 중요하기 때문이다. 자선은 인간이 다른 인간에게 가까이 다가갈 수 있도록 사랑이 이용하는 많은 길 중 하나일 뿐이다.

우리는 세상에 사랑 없는 자선 또한 많다는 것을 알고 있다. 매주 '자선 무도회'가 열린다. 보석과 비싼 옷으로 치장한 사람들은 거금을 내고, 즐기기 위해 행사에 참여한다. 행사가 끝나면 그날 밤 소말리아의 집 없는 사람들과 예멘의 난민들, 에티오피아의 굶어죽는 사람들을 위해 돈을 모금했으니 이제 세상은 살 만한 곳이 되었다고 생각하며 집으로 돌아간다. 사람들은 잔인한 빈곤의 광경이 안기는 죄책감에서 해방된다. 모금액이 어떻게 쓰이는지에 대해선 관심이 없다.

자선 무도회에 연줄이 없거나 그런 호사를 감당할 여력이 없는 사람들은 거지 앞을 지나가며 동전을 던져준다. 거지에게 동전을 던져주는 것처럼 쉬운 일이 어디 있나? 그냥 지나치는 것보다도 쉬운 일이다.

얼마나 마음이 편해지는가! 게다가 동전 하나면 된다니! 우리의 푼돈이 거지의 문제를 해결해준다니.

그러나 진정으로 그 거지를 사랑한다면 우리는 그를 위해 훨씬 많은 일을 할 것이다.

혹은 아무 일도 하지 않거나. 동전을 주지 않는다면, 거지의 가난에 대한 죄책감이 우리 안에 있는 진정한 사랑을 일깨우게 될지도 모를 일이다.

바울은 또한 사랑과 희생을, 사랑과 순교를 비교한다.

이제는 그의 말을 더 잘 이해할 수 있다. 내가 제아무리 성공한 여자라 해도, 사람들이 나를 마리안 쾨니히보다 더 우러러보고 탐내더라도, 내 마음에 사랑이 없다면 그것은 아무 가치가 없다. '아무 가치가 없다.'

나는 예술가나 정치인, 사회사업가, 의사, 학생, 공무원 등을 인터뷰할 때마다 항상 묻는다. "어떤 목적을 위해 일하나요? 목표가 있나요?" 어떤 이들은 가정을 일구기 위해서라고 말한다.

경력을 쌓기 위해서라고 말하는 사람들도 있다. 하지만 좀더 깊이 파고들며 다시 물으면 거의 자동적으로 나오는 대답이 있다. 더 나은 세상을 만들기 위해서.

나는 금색 글씨로 인쇄된 선언문을 가지고 제네바의 몽블랑 다리로 가 지나가는 모든 사람에게 나눠주고 싶다. 거기에는 이렇게 쓰여 있을 것이다.

"언젠가 인류를 위해 일하고자 소망하는 모든 이에게 성경의 다음 말씀을 잊지 말라고 청합니다. '내 몸을 불살라 내줄지라도 사랑이 없으면 내게 아무 유익이 없느니라.' 아무 유익이 없느니라!"

우리가 타인에게 줄 수 있는 가장 중요한 것은 자신의 인생에 담긴 사랑이다. 오직 그것만이 진정한 보편 언어이며, 이를 통해 우리는 중국 사람과도 인도 사람과도 소통할 수 있게 된다. 나는 어렸을 때 여행을 아주 많이 했다. 그것은 모든 학생의 통과의례였다. 나는 부유한 나라에도 갔고 가난한 나라에도 갔다. 그 나라 언어를 할 수 있는 경우는 별로 없었지만 어딜 가나 말없는 사랑의 웅변으로 내 뜻을 전할 수 있었다.

사랑의 메시지는 내가 인생을 사는 모습에 있는 것이지 내가 하는 말이나 행동에 있는 것이 아니다.

고린도인들에게 보내는 편지에서 사도바울은 짧은 세 줄의 글을 통해 사랑은 여러 가지 다른 요소들로 이루어져 있다고 말한다. 프리즘을 통과한 빛이 일곱 빛깔로 분리되듯이.

바울은, 빛 속에 숨은 무지개색을 드러내는 프리즘처럼, 우리에게 사랑의 무지개를 보여준다.

바로 우리가 날마다 듣는 미덕들, 우리가 삶의 매 순간 실천할 수 있는 미덕들이다.

인내: 사랑은 오래 참고……

친절: ……온유하며

관용: 사랑은 시기하지 않으며……

겸허: ……자랑하지 않고, 교만하지 않으며……

공손함: ……무례히 행하지 않는다.

이타심: 사랑은 자기의 유익을 구하지 않으며,

온화함: 성내지 않으며……

정직: 악한 것을 생각하지 않고,

진실성: 불의를 기뻐하지 않으며 진리와 함께 기뻐한다.

이 모든 선물은 우리 자신과, 나날의 우리 삶과, 오늘 그리고 내일과 관계있을 뿐, 영원과는 아무 상관이 없다.

큰 문제는 사람들이 이것을 하느님에 대한 사랑에만 연관시키는 경향이 있다는 것이다. 하지만 하느님의 사랑이 어떻게 모습을 드러내는가? 인간에 대한 사랑을 통해서다.

천국에서 평화를 찾으려면 이 세상에서 사랑을 찾아야 한다. 사랑이 없으면 우리는 가치가 없다.

나는 사랑한다. 누구도 그것을 내게서 빼앗을 수 없다. 나는 언제나 나를 지지해주는 내 남편을 사랑한다. 사춘기에 알았던 다른 남자도 사랑하는 것 같다. 어느 멋진 가을 오후에 그를 향해 걸어가면서 나는 내 모든 방어벽을 무너뜨렸고 이제 다시는 그것을 세울 수가 없다. 나는 상처받기 쉬운 상태가 되었지만 후회하지 않는다.

오늘 아침, 커피를 마시면서 바깥의 부드러운 햇빛을 바라보다가 그에게 걸어가던 때가 떠올라 마지막으로 자문해보았다. 지금 나는 상상 속의 문제를 몰아내기 위해 현실 속의 문제를 만들어내려 하고 있는 것은 아닐까? 내가 정말 사랑에 빠진 것일까, 아니면 얼마 전까지의 괴로운 감정들을 하나의 환상으로 옮겨놓은 것에 불과한 것일까?

아니다. 하느님이 그렇게 부당하실 리가 없다. 응답의 가능성이 전혀 없다면 그렇게 사랑에 빠지도록 놔두실 리가 없다.

하지만 때로 사랑은 쟁취하라고 요구한다. 그리고 바로 그것이 내가 하려는 일이다. 정의를 실현하기 위해, 분노나 조바심은 접어둔 채 악을 물리쳐야 할 것이다. 마리안이 떠나고 나와 함께 많은 시간을 보내고 나면 야코프는 내게 평생 감사하겠지.

아니면 그가 다시 떠나거나. 그렇더라도 내게는 할 수 있는 데까지 온 힘을 다해 싸웠다는 충족감이 남을 것이다.

나는 새로 태어났다. 저절로는 내게 오지 않을 상대를 얻기 위해 애쓰고 있다. 유부남인 그는 잘못된 작은 행동 하나가 자신의 경력을 망칠 거라고 믿고 있다.

그렇다면 나는 무엇에 집중해야 할까? 그의 결혼을 망가뜨리는 것에. 그는 알지 못하게.

나는 생전 처음 마약상을 만나려 한다!

내가 사는 나라는 세상으로부터 단절되기로 작정한 곳이다. 제네바 근교만 가봐도 한 가지 특징이 명확히 드러난다. 아는 사람이 있어 차고를 빌리지 않는 한, 주차할 곳이 없다는 것.

그것이 전하는 메시지는 이렇다. 타지 사람들은 이곳에 오지 마라. 굽어보이는 호수와 수평선 위의 알프스 풍경, 봄날의 야생화와 가을이 오면 금빛을 띠는 포도밭, 이 모든 것이 이곳에서 방해받지 않고 살아온 우리 조상의 유산이므로. 그리고 우리 역시 이곳이 그렇게 유지되기를 원하므로. 타지 사람들은 이곳에 오지 마라. 바로 옆 도시에서 나고 자란 사람이 불평한다 해도 우리는 관심 없다. 차를 세우고 싶으면 그런 목적으로 마련한 공간이 수두룩한 대도시로 가면 될 일이다.

바깥세상으로부터 고립되어 살고 있는 까닭에 우리는 대규모 핵전쟁의 위협이 여전히 존재한다고 믿는다. 스위스에서는 모든 건물에 의무적으로 방사성 낙진 대피소를 갖추어야 한다. 최근에 그 법을 폐기하려고 나선 의원이 있었는데 연방의회가 반대했다. 핵전쟁은 일어나지 않을 것이라고 쳐도 화학무기의 위협은 어떻게 할 것인가? 우리에겐 국민을 보호해야 할 의무가 있다. 큰 비용이 들더라도 낙진 대피소를 계속 지을 것이다. 대참사가 닥치기 전까지는 와인 저장고나 창고로 사용하면 된다.

하지만 평화의 섬으로 남기 위한 우리의 노력에도 불구하고 국경을 넘어 들어오지 못하게 막을 수 없는 것들이 있다.

일테면, 마약.

연방정부는 거래 장소는 통제하지만 구매자들에 대해선 눈을 감는다. 우리가 사는 이곳이 천국일지는 모르지만 그런 곳에도 교통체증과 주어진 책임과 마감시한과 권태는 있다. 마약은 생산성을 자극하고(코카인) 긴장을 완화해준다(대마초). 그렇다고 바깥세상에 나쁜 본보기를 보이고 싶지는 않으니 우리는 마약을 금지하는 동시에 용인한다.

하지만 균형이 깨져 문제가 너무 커지기 시작하면, 연예인이나 유명 인사 중 일부가 '우연히' '향정신성 의약품'을 소지한 죄로 체포된다. 본보기로서 보도되는 그런 사건들은 젊은 사람들의 마약 복용 의지를 꺾고 대중에게는 정부가 통제력을 발휘하고 있음을 보여주며 불법행위를 자행하던 사람들에게는 강력한 경고의 메시지를 전하게 된다.

그런 일은 기껏해야 일 년에 한 번 정도 일어난다. 하지만 나는 어떤 중요한 인물이 일 년에 딱 한 번만 일상에서 벗어나 몽블랑 다리 밑에 상주하는 마약상을 찾는다고는 믿지 않는다. 사실이 그렇다면 마약상들은 고객이 없어 진작 사라졌을 것이다.

나는 거래 장소에 도착한다. 대체로 가족들이 오가고, 좀 의심스러운 인물들이 서로에게 신경을 쓰거나 서로를 방해하지 않은 채 그 자리에 그대로 머무른다. 예외가 있다면 젊은 연인 한 쌍이 외국어로 이야기를 나누며 지나간 경우와 양복을 입은 기업체 중역이 다리 밑을 지나가려다 그 남자들과 시선을 마주친 순간 바로 뒤돌아나간 경우뿐이다.

나는 일단 다리 밑을 통과해 반대편으로 간 뒤 생수를 한 모금 마시면서 처음 보는 사람에게 날씨가 춥다고 투덜거린다. 여자는 자기만의 세계에 빠져 있어 아무런 대답이 없다. 반대편으로 다시 가니 좀 전에 있던 남자들이 있다. 그들과 시선이 마주쳤으나, 보통 때와는 달리 지나가는 사람들이 많다. 점심시간이어서, 사람들은 근처에 늘어선 값비싼 식당에서 중요한 사업 거래를 성사시키려 애쓰거나, 일자리를 위해 이 도시에 도착한 방문객들에게 술과 음식을 대접하고 있을 것이다.

나는 조금 더 기다리다가 세번째로 그곳을 지나간다. 다시 그들과 시선이 마주치자 그중 하나가 고개를 까딱하며 따라오라는 신호를 보낸다. 내가 이런 일을 하게 되리라고는 평생 상상조차 해보지 않았지만, 올해는 모든 것이 너무나 이상해서 이제는 내 행동이 이상하다는 생각조차 들지 않는다.

나는 짐짓 태연한 체하며 남자를 따라간다. 앙글레 정원까지 이삼 분간 걷는다. 이 도시 명물 중 하나인 꽃시계 앞에서 사진을 찍는 여행객들을 지난다. 이곳이 디즈니랜드라도 되는 양, 호수 주변을 따라 돌고 있는 조그만 기차의 역을 건넌다. 마침내 우리는 둔치에 도착해 물을 바라본다. 물줄기를 100미터 높이로 쏘아올리며 오랫동안 제네바의 상징이 되어온 거대한 분수 '제도Jet d'Eau'를 바라보는 연인처럼.

남자는 내가 먼저 입을 열기를 기다리지만, 난 자신감에 찬 태도와 달리 목소리가 떨리면 어떡하나 싶은 마음뿐이다. 나는 말없이 앉아 남자가 먼저 침묵을 깨기를 기다린다.

"갠저, 크리스털, 애시드, 블로?"

물론, 난 못 알아듣는다. 뭐라고 답해야 할지 몰라 머뭇거리자 마약상은 내가 초짜임을 알아챈다. 나는 테스트를 받았고, 통과

하지 못했다.

그가 웃는다. 내가 경찰에서 나온 사람 같아 보이느냐고 그에게 묻는다.

"아니. 경찰이라면 내 말을 바로 알아들었겠지."

처음이라고 그에게 이야기한다.

"척 보면 알 수 있어요. 댁처럼 차려입은 여자들은 굳이 여기까지 내려오지도 않아. 조카나 직장 동료한테 남은 거 있으면 좀 달라고 하지. 댁을 호숫가까지 데려온 것도 다 그래서요. 걸으면서도 장사는 할 수 있거든. 시간낭비 하지 않아도 되고. 원하는 게 정확히 뭐지? 내 추천을 원하나?"

이 사람은 시간을 허비하고 있지 않다. 그 다리 밑에 서서 그는 분명 따분해 죽을 지경이었을 것이다. 내가 세 번 지나가는 동안 관심을 보인 고객은 단 한 명도 없었다.

"좋아, 이해할 수 있게 다시 말해주지. 대마초, 암페타민, LSD, 코카인?"

나는 혹시 크랙이나 헤로인이 있는지 묻는다. 금지된 약물이라는 대답이 돌아온다. 나는 그가 말한 것들도 마찬가지라고 말해주고 싶지만 꾹 참고 입을 다문다.

내가 하려는 게 아니에요. 적에게 주려는 거예요.

"복수를 한다는 거요? 과다투약으로 죽게 만들려고? 우, 사모님, 그런 건 딴 데 가서 알아보쇼."

그가 자리를 뜨려 하자 나는 그를 제지하며 내 말을 들어보라고 사정한다. 절박함을 내비치는 바람에 가격은 이미 두 배 이상 뛰었을 것이다.

내가 아는 한, 문제의 그 사람은 약을 하지 않아요. 하지만 내가 사랑하는 사람과의 관계에 심각한 해를 끼쳤어요. 나는 단지 그 여자에게 덫을 놓고 싶을 뿐이에요.

"그건 신의 윤리에 어긋나는데요."

이것 좀 보게. 중독성에다 때로 치명적이기까지 한 물건을 파는 사람이 날 바른길로 인도하려 들다니!

그 남자에게 '내 이야기'를 해준다. 난 십 년 동안 결혼생활을 했고, 예쁜 아이도 둘이나 낳았다. 남편은 나와 같은 기종의 스마트폰을 쓰는데, 두 달 전 실수로 그 사람 전화기를 보게 되었다.

"잠금 설정도 안 해요?"

네. 우리는 서로 신뢰하니까. 아니, 어쩌면 그이는 해놓는지도 모르지만 그때는 해제되어 있었어요. 중요한 건 내가 그 안에서 사백 건이나 되는 문자와 매력적이고 부유해 보이는 금발 여자의 사진을 여러 장 발견했다는 거예요. 그러지 말았어야 했는데 일을 크게 벌이고 말았어요. 남편에게 그 여자가 누구냐고 물었더니 자기가 사랑하는 여자라고 했어요. 자기 입으로 말해야 하는 순간이 오기 전에 내가 알아버려서 차라리 다행이라고.

"자주 있는 일이죠."

이 마약상은 아까는 전도사 행세를 하더니 이젠 결혼생활 상담사가 되었다! 나는 이야기를 이어갔다. 즉석에서 지어내는 나의 이야기에 나 자신이 점점 도취되고 있다. 남편에게 집을 나가라고 요구했어요. 그는 동의했고 다음날 인생 최고의 연인과 함께 살기 위해 나와 두 아이들을 남기고 떠났죠. 하지만 상대방 여자는 그런 상황을 달가워하지 않았어요. 자기가 고르지도 않은 남편과 함께 살아야 하는 상황보다는 유부남과 관계를 유지하는 편이 훨씬 재미있다고 생각한 거죠.

"여자들이란! 도저히 이해할 수가 없다니까!"

그러게 말이에요. 나는 계속 이야기를 풀어낸다. 그 여자는 내 남편과 함께 살 준비가 안 되었다며 관계를 끝냈어요. 많은 경우 결국은 그렇게 되는 듯한데, 남편은 집으로 돌아와 용서를 빌었죠. 나는 그를 용서했어요. 사실, 나는 그가 돌아오기만을 바라고 있었어요. 사랑하는 사람 없이 어떻게 살겠어요?

그런데 몇 주 지난 요즘 들어 남편이 또 바뀐 것 같다는 생각이 들어요. 이제 전화기를 아무데나 놓아두는 바보짓은 하지 않으니까 두 사람이 다시 만나는지 알 길이 없지만 아무래도 다시 만나는 것 같아요. 그리고 그 여자, 금발에 기업체 중역인데다 거부할 수 없는 매력까지 있는 그 여자는 내 일생에서 가장 소중한 것을 빼앗아갔어요. 사랑 말이에요. 그런데 이 남자가 사랑이 뭔지 알까?

"뭘 원하는 줄은 알겠는데, 그건 정말 위험해요."

아직 이야기를 다 끝내지도 않았는데 어떻게 안다는 거지?

"그 여자에게 덫을 놓고 싶은 거잖아요. 댁이 요구하는 그런 물건은 우리한텐 없어요. 그런 계획을 실행에 옮기려면 코카인이 최소 삼십 그램은 있어야 할 거요."

남자는 스마트폰을 쥐고 뭔가를 입력하더니 내게 보여준다. 'CNN 머니' 웹사이트의 한 페이지인데 마약 가격이 상세히 기재되어 있다. 처음엔 깜짝 놀랐지만, 자세히 들여다보니 주요 마약 카르텔들이 겪는 어려움에 대한 최근 기사다.

"보다시피 가격이 오천 스위스프랑쯤 될 거요. 그럴 가치가 있어요? 그냥 그 여자 집에 가서 소동을 부리는 게 더 싸게 먹히지 않겠어요? 게다가, 들어보니 그 여자한텐 아무런 죄가 없는 것 같은데."

아까는 전도사에서 결혼생활 상담사로 옮겨가더니 이제 재정 자문으로 바뀌어 내가 쓸데없이 돈 쓰는 것을 막으려고 하고 있다.

나는 위험을 감수하겠다고 말한다. 내가 옳다는 것을 알아요. 그런데 왜 삼십 그램이죠? 십 그램으론 안 돼요?

"마약상으로 몰아서 처벌받게 하려면 최소한 그 정도는 있어야 해요. 약을 하는 사람들보다 훨씬 심한 처벌을 받죠. 정말로 그러고 싶어요? 집으로 돌아가다가, 아니면 그 여자 집으로 가는 길에 잡힐 수도 있는데, 그러면 마약을 왜 갖고 있는지 설명할 길이 없을 거 아뇨."

마약상들이 모두 이런가? 아니면 내가 좀 특별한 사람과 엮인 건가? 이 남자와는 몇 시간이고 수다를 떨 수 있을 것 같다. 경험도 많고 아는 것도 많은 사람이다. 하지만 아주 바쁜 것처럼 보인다. 그는 현금을 가지고 삼십 분 뒤에 오라고 말한다. 현금지급기로 가면서 나 자신의 순진함에 좀 놀란다. 마약상들이 물건을 대량으로 가지고 다닐 리가 없지 않은가. 그러면 마약상으로 몰릴 테니까!

되돌아가니 그 사람이 날 기다리고 있다. 조심스럽게 돈을 건네자 그가 우리가 앉은 곳에서 보이는 쓰레기통을 가리킨다.

"눈에 띌 만한 데는 절대로 놔두지 마요. 착각해서 먹을 수도 있으니까. 그럼 정말 난리나는 거요."

정말 독특한 사람이다. 모든 것에 대해 생각하고 있다. 다국적 기업의 CEO였다면 주주 배당금으로 큰돈을 벌고 있을 것이다.

대화를 이어가려는데 이미 그는 저만치 가버렸다. 쓰레기통을 돌아본다. 아무것도 없으면 어쩌지? 하지만 이런 사람들은 평판을 지켜야 하므로 그런 짓은 하지 않을 것이다.

그곳으로 가 주위를 둘러본 다음 봉투를 꺼내 가방에 넣고는 즉시 택시를 타고 신문사로 간다. 또 지각이다.

* * *

무게도 거의 나가지 않는 물건에 엄청난 돈을 지불했다.

하지만 그 남자가 날 속이지 않았다는 걸 어떻게 알 수 있지? 내가 직접 확인해봐야 한다.

주인공이 마약중독자인 영화를 몇 편 빌린다. 남편은 내 새로운 관심 분야에 놀라워한다.

"설마 그거 하려고 그러는 거 아니지?"

물론 아니지! 기사 때문에 조사 좀 하려고 그래. 그건 그렇고, 나 내일 좀 늦을 거야. 바이런 경의 성에 대한 기사를 하나 쓰기로 해서 거기 들러야 돼. 걱정하지 마.

"난 걱정 안 해. 우리 함께 니옹에 갔다 오고 나서는 여러모로 많이 좋아졌다는 생각이 들어. 여행을 자주 해야 할 것 같아. 새해 전야에도 괜찮을 것 같고. 다음엔 애들을 어머니한테 맡기고 가자. 비슷한 상황을 이해하는 사람들과 대화를 나눠보고 있어."

'상황'이라 함은 그가 우울증이라고 생각하는 나의 상태일 것이다. 정확히 누구랑 얘기를 하고 있다는 건데? 술이 좀 과해지면 이 얘기를 전부 발설해버릴 친구?

"아니, 결혼생활 상담사야."

끔찍해라! '결혼생활 상담'이라면 야코프가 그 지독한 오후에 골프장 식당에서 내게 했던 마지막 말이었는데. 두 남자가 나 몰래 내 얘기를 하고 있는 건가?

"어쩌면 문제의 원인이 나인지도 모르겠어. 당신에게 관심을 제대로 주지 않았어. 항상 회사 얘기나 집안일 얘기만 하고. 행복한 가정을 유지하기 위해 필요한 낭만을 잃어버렸던 거야. 아이들에게만 신경쓰는 게 전부는 아닌데. 아직 젊은 우리에게는 그 이상이 필요하니까. 누가 알아, 어쩌면 우리 다시 한번 인터라켄에 가볼 수도 있을 거야. 사귀면서 처음 여행 간 곳이잖아. 융프라우에 올라가 경치를 즐겨도 좋겠지."

결혼생활 상담사! 내겐 그것만 있으면 되는 것일까.

남편과 이야기를 나누고 나니 오래된 속담이 떠오른다. 보지 않으려는 사람만큼 눈먼 사람은 없다.

남편은 어떻게 자기 쪽에서 날 포기한 거라고 생각할 수가 있지? 왜 그렇게 어이없는 생각을 하게 됐을까? 침대에서 팔다리를 벌리고 그를 맞아들이지 못한 건 대개는 나잖아?

우리가 강렬한 성관계를 갖지 않게 된 지는 꽤 오래되었다. 건강한 관계에서 성은 미래의 계획을 세운다거나 아이들에 대해 이야기하는 것보다 부부의 안정을 위해 훨씬 더 중요하다. 인터라켄 말이 나오니 그 시절이 생각난다. 우리는 오후 늦게야 호텔 밖으로 나와 시내 주변을 산책하고 다녔다. 다른 대부분의 시간은 호텔방에 틀어박혀 사랑을 나누고 값싼 와인을 마셨다.

누군가를 사랑하면 우리는 그 사람의 영혼에 대해 아는 것만으로는 만족하지 못한다. 그 사람의 몸까지 이해하고 싶어한다. 꼭 그럴 필요가 있느냐고? 잘은 모르겠다. 하지만 본능이 우리를 그쪽으로 이끈다. 정해진 시점이 있다거나 따라야 하는 규칙이 있는 것은 아니다. 그러나 수줍음이 과감함으로, 조용한 신음이 요란한 교성과 음란한 말들로 바뀌는 그 신세계보다 좋은 것은 없다. 그렇다, 음란한 말들. 나는 남자가 내 안에 들어와 있을 때면 금지된 말, '더러운' 말을 듣고 싶은 주체할 수 없는 욕구를 느낀다.

그 순간에는 늘 같은 의문이 떠오른다. 내가 너무 꽉 조이고 있는 건가? 더 빠르게 해야 할까, 더 천천히 해야 할까? 그런 의문을 품는다는 것은 상황에 어울리지 않고 성가시기도 하지만, 처음 관계를 열어가고 이해하고 서로 존중하는 행위의 일부다. 그런 완벽한 친밀함을 쌓아가는 동안 대화는 매우 중요하다. 그 반대는 침묵과 내색하지 않는 좌절감이겠지.

그리고 결혼. 우리는 한결같은 태도를 유지하기 위해 애쓰고 가끔은 어느 정도 원하는 바를 이룬다(내 경우에는 결혼한 지 얼마 되지 않아 첫아이를 임신했을 때까지 그랬다). 그러다 갑자기 상황이 변했음을 깨닫는다.

• 이제 섹스는 밤에만, 가급적이면 잠자리에 들기 직전에. 마치 양쪽 당사자가 합의한 의무라도 되는 것처럼, 상대방이 그럴 기분인지 아닌지는 묻지도 않고. 섹스가 뜸하게 되면 의심이 생길 테니 의식처럼 지켜나가는 것이 최선이다.

• 좋지 않았더라도 아무 말 하지 않는다. 내일은 더 나을 수 있으니까. 어쨌든 결혼한 부부 아닌가. 앞으로 평생의 시간이 남아 있다.

• 더이상 발견할 것이 없으니 늘 똑같은 것에서 최대한 즐거움을 찾으려고 노력한다. 그건 날마다 초콜릿을 먹는 것과 같다. 종류도 바꾸지 않고 새로운 맛도 시도하지 않고. 그게 꼭 희생은 아니다. 하지만 다른 건 없을까?

물론 있다. 성인용품점에서 구입 가능한 도구들을 쓰거나, 난교클럽에 가거나 제삼자를 개입시키거나, 자유분방한 친구들이 주최하는 파티에서 모험 가득한 경험을 맛볼 수도 있다.

내게는 이런 것들이 다 너무 위험하게 느껴진다. 결과를 예측할 수 없으니 가만히 있는 편이 낫다.

그렇게 세월은 흘러간다. 친구들과 이야기를 나누다가 소위 동시 오르가슴이라는 것—두 사람이 서로 같은 부위를 애무하고 함께 신음 소리를 내면서 동시에 절정에 도달하는 것—은 다만 신화일 뿐이라는 사실을 알게 된다. 내가 하고 있는 행위에 신경을 쓰다보면 정작 나는 쾌감을 느낄 수 없다. "내 몸을 만져줘. 날 흥분시켜봐. 그러면 나도 당신에게 똑같이 해줄게." 이게 더 자연스럽다.

그러나 대부분은 그렇게 되지 않는다. 교감은 '완벽'해야 한다. 달리 말해, 있을 수 없다는 얘기다.

그리고 신음 소리도 조심해야 한다. 아이들을 깨우면 안 되니까.

아, 끝나서 좋다. 정말이지 피곤했는데, 어떻게 해냈는지도 모르겠다. 당신 최고야! 잘 자.

그러다 두 사람 모두 자신들에게 새로운 시도가 필요하다는 것을 깨닫게 된다. 하지만 우리는 난교클럽에 가거나, 사용법도 잘 모르는 도구들로 가득한 성인용품점에 가거나, 늘 새로운 것을 발견해내는 떠들썩한 친구들의 집에 가지 않고, 그냥…… 아이들 없이 단둘이 시간을 좀더 보내기로 한다.

낭만적인 휴가를 계획한다. 서프라이즈는 없다. 모든 것이 전적으로 완벽하게 계획되고 준비될 뿐.

그러고는 우리가 참 좋은 아이디어를 냈다고 생각한다.

나는 가짜 이메일 계정을 만든다. 약을 손에 넣었고 테스트도 해봤다(다음에는 절대로 하지 않겠다고 다짐했다. 너무 기분이 좋았기 때문에).

어떻게 하면 아무에게도 들키지 않고 마리안이 일하는 대학 건물 안으로 들어가 그 여자의 책상에 증거를 심을 수 있을지 알고 있다. 그녀가 가까운 시일 내에 열지 않을 서랍을 알아내기만 하면 되는데, 그 일이 내 계획 중 가장 위험한 부분일 것 같다. 하지만 그 마약상이 그렇게 제안했으므로 나는 경험 많은 사람의 말을 들어야 한다.

학생에게 도움을 청할 수도 없고 오롯이 나 혼자서 해내야만 한다. 그 외에 할 일은 내 남편의 '낭만적인 꿈'을 부추김과 동시에 야코프의 전화기를 사랑과 희망의 메시지로 도배해놓는 것 말고는 없다.

나는 마약상과 대화하던 중 떠오른 아이디어를 곧바로 실천에 옮겼다. 날마다 사랑과 격려가 담긴 문자 보내기. 이는 두 가지 효과를 기대할 수 있다. 첫째, 야코프는 내가 자기편이며 골프장에서의 일로 기분이 전혀 상하지 않았다는 것을 알게 될 것이다. 둘째, 첫번째 효과가 나타나지 않더라도, 마리안이 언젠가 남편의 전화기를 뒤져보고 싶을 때가 있을 것이다.

나는 인터넷에 접속해 그럴듯해 보이는 말을 복사한 뒤 '보내기' 버튼을 누른다.

선거 이후로 제네바에는 중요한 일이 전혀 일어나지 않았다. 야코프 역시 언론에서 언급되지 않고 있어서 나는 그의 근황에 대해 알지 못한다. 최근에 여론을 들썩이게 한 유일한 주제는 '시 정부는 새해 전야 파티를 취소해야 하는가'였다.

일부 의원들이 비용이 '터무니없다'고 주장하고 나섰다. 나는 그 '터무니없다'는 비용이 정확히 얼마인지 알아보는 임무를 맡았다. 시청으로 가 정확한 비용을 알아냈다. 11만 5000스위스프랑, 시민 두 명이—예컨대 나와 내 옆에서 일하는 동료가—내는 세금의 액수에 해당한다.

다시 말해, 대단치는 않지만 합리적인 수준의 급여를 받는 시민 두 사람의 세금으로 수천 명을 기쁘게 해줄 수 있다는 뜻이다. 하지만 안 된다. 우리는 돈을 아껴야 한다. 미래에 어떤 일이 일어날지는 아무도 모르니까 시의 금고를 가득 채워나가야 한다. 겨울에 얼어붙은 도로에 뿌려 미끄럼 사고를 방지할 염화칼슘이 바닥날지도 모르고, 인도는 늘 보수가 필요한 상태니까. 눈 돌리는 곳마다 도로에서는 이유를 알 수 없는 공사를 하고 있다.

행복은 나중에 누려도 된다. 중요한 것은 외양을 조심스레 유지하는 일이다. 우리가 대단히 부유하다는 것을 아무도 모르게 하라.

내일은 일찍 일어나 일하러 가야 한다. 야코프가 내 문자를 무시했다는 사실이 나를 남편과 가까워지게 했다. 하지만 아직 실행해야 할 복수가 남아 있다.

사실 이제는 그것을 끝까지 관철하겠다는 욕구가 거의 사라졌지만 계획을 중간에 포기하기는 싫다. 산다는 것은 무언가에 대한 결정을 내리고 그 결과에 대해 책임을 지는 일이다. 나는 오랫동안 그런 것들에 대해 생각해보지 못했다. 이렇게 한밤중에 천장을 응시하며 누워 있게 된 데는 아마 그런 이유도 있을 것이다.

나를 거부하는 남자에게 그런 문자들을 보내는 것은 시간과 돈의 낭비다. 나는 더이상 그의 행복에 관심이 없다. 사실 그가 정말로 불행했으면 한다. 나는 나의 가장 멋진 부분을 내주었는데 그는 내게 결혼생활 상담을 받아보라고 했다.

그러므로 나는 영혼이 연옥에서 수백 년 불타게 되더라도 그 마녀를 반드시 감옥에 보내야 한다.

반드시? 어쩌다 이런 생각을 하게 된 거지? 피곤하다. 너무 피곤하다. 그런데 잠이 안 온다.

오늘 자 신문에 '우울증 가능성, 독신여성보다 기혼여성이 더 높아'라는 제목의 기사가 실렸다.

읽지는 않았다. 하지만 올해는 정말, 정말 이상한 한 해가 되어가고 있다.

내 인생은 정말로 근사하게 흘러간다. 모든 것이 내가 십대였을 때 계획한 그대로다. 행복하다…… 그런데 갑자기 무슨 일이 벌어졌다.

마치 바이러스에 감염된 것 같다. 이윽고 천천히, 하지만 가차없이 파괴가 진행된다. 모든 것이 느려진다. 주요 프로그램을 여는 데 엄청난 메모리가 필요하다. 어떤 파일들—사진이나 서류들—은 흔적도 없이 사라진다.

원인을 찾아보지만 드러나는 게 없다. 잘 아는 친구들에게 물어봐도 문제를 찾아내지 못한다. 컴퓨터는 텅 비어가고 굼떠지면서 더이상 내 것이 아닌 기계가 된다. 찾을 수 없는 바이러스가 컴퓨터를 장악하고 있다. 언제든 새로운 기계로 바꿀 수는 있다. 하지만 거기 저장된 것들, 그토록 오랜 세월 정리해두었던 자료들은 어떡한단 말인가? 영원히 잃어버리는 것인가?

그건 공정하지 않다.

나는 지금 일어나고 있는 일들에 손톱만큼의 통제력도 없다. 지금쯤은 분명 내가 자신을 괴롭히고 있다고 생각하고 있을 남자에 대한 어처구니없는 미혹. 가까운 것 같지만 내게 절대로 자신의 허물과 약점을 내보이지 않는 남자와의 결혼생활. 내면의 유령들을 없앤다는 미명하에 단 한 번 만난 사람을 파괴하려는 내 욕망.

시간이 모든 상처를 치유해준다고들 하지만 그건 사실이 아니다.

시간이 관심을 쏟는 것은 우리가 영원히 붙들고 의지하는 좋은 것들뿐인 것 같다. 시간은 우리에게 말한다. '속지 마. 이게 현실이야.' 내가 기운을 북돋우려고 읽는 책들의 내용이 마음에 오래 남지 않는 것도 그 때문이다. 내 영혼에 구멍이 뚫려 그곳으로 긍정적인 에너지가 모두 빠져나가고 오직 공허만이 남는다. 나는 그 구멍을 잘 알고 있지만—몇 달 내내 견디며 살아왔으므로—그 함정에서 빠져나오는 방법은 알지 못한다.

야코프는 내게 결혼생활 상담이 필요하다고 생각한다. 상사는 나를 훌륭한 기자라고 여긴다. 아이들은 내 행동의 변화를 알아채지만 아무것도 묻지 않는다. 남편은 함께 저녁을 먹으며 마음을 털어놓았을 때에야 내 기분을 이해했다.

침대 옆 탁자에서 아이패드를 집는다. 365에 70을 곱해본다. 답은 25550. 이것이 보통 사람의 일생에 평균적으로 주어진 나날이다. 내가 벌써 허비해버린 날은 얼마나 될까?

사람들은 불평을 늘어놓느라 시간을 흘려보낸다. "날마다 여덟 시간씩 일하고 있어. 승진하면 열두 시간을 일하게 되겠지." "결혼한 이래로 지금껏 나를 위한 시간은 없었어." "신을 찾고 싶어. 예배에도, 미사에도, 다른 종교의식에도 가야 해."

어른이 되면 우리가 열정적으로 추구하는 모든 것—사랑, 일, 신앙—이 감당하기 버거운 짐으로 변한다.

여기에서 벗어나는 길은 하나뿐이다. 바로 사랑. 사랑은 굴레를 자유로 바꾼다.

하지만 지금 나는 사랑이 불가능하다. 내 마음엔 오직 증오뿐이다.

그리고 터무니없는 소리로 들리겠지만, 증오가 내 하루하루에 의미를 부여하고 있다.

마리안이 철학 강의를 하는 곳에 도착한다. 놀랍게도 제네바 대학병원 구내 건물에 딸린 별관이다. 그렇다보니 의문이 들기 시작한다. 이 여자 이력서에 쓰인 이 유명한 강의가 실은 학문적으로 전혀 비중이 없는 비교과 수업은 아닐까?

한 슈퍼마켓에 차를 세우고 1킬로미터 정도를 걸어 이곳에 왔다. 녹음이 푸르른 아름다운 대지에 낮은 건물들이 여기저기 들어서 있고, 한가운데에 있는 조그만 호수와 방향을 알리는 화살표들이 보인다. 한쪽에는 얼핏 관련이 없는 것 같지만 가만 생각해보면 상호보완적임을 알 수 있는 노인병원과 정신병원 건물이 있다. 정신병원은 20세기 초에 지어진 아름다운 건물이다. 유럽 전역에서 온 정신과의사들과 간호사들, 심리학자들과 심리치료사들이 그곳에서 학업을 마치게 될 것이다.

걸어가는데 활주로 항공표지처럼 보이는 이상한 물체가 나온다. 표지판을 읽고서야 무엇인지 알겠다. 〈통행 2000〉이라는 조각 작품인데, 붉은 전등이 달린 철도 건널목 차단기 열 개로 이루어진 그것을 '시각적 음악'이라고 설명해놓았다. 환자들 중 하나가 만든 건가 싶었는데 계속 읽어보니 유명 조각가의 작품이다. 예술을 존중하는 건 좋다. 하지만 모든 사람이 정상이라고 우기지는 말자.

지금은 점심시간, 하루 중 유일한 자유 시간이다. 내 인생의 가장 재미있는 일들은 모두 점심시간에 일어난다. 친구, 정치인, 취재원, 마약상 들과 만나는 시간.

강의실들은 비어 있을 것이다. 구내식당에는 갈 수 없다. 그곳에는 분명 금발을 무심코 옆으로 휙 넘기는 마리안의—혹은 쾨니히 교수의—모습을 바라보며 저렇게 흥미로운 여자를 어떻게 유혹할 수 있을까 상상하는 남학생들과 그녀를 우아함과 똑똑함과 고상함의 모범으로 바라보는 여학생들이 있겠지.

나는 안내 데스크로 가 쾨니히 교수의 강의실이 어딘지 묻는다. 점심시간이라는 답이 돌아온다. (내가 그걸 모를 리 있나.) 나는 휴식 시간을 방해할 생각은 없다고, 강의실 문밖에서 기다리겠다고 말한다.

나는 완벽하게 평범한 사람, 한번 보고 곧바로 잊어버릴 만한 그런 차림을 하고 있다. 유일하게 의심을 살 만한 점은 흐린 날인데 선글라스를 쓰고 있다는 것이다. 나는 눈 주변에 붙인 반창고를 안내 데스크의 여자가 슬쩍 볼 수 있게 한다. 분명 막 성형수술을 한 사람이라고 생각할 것이다.

마리안이 강의하는 곳을 향해 걸어가는데, 내 침착함이 놀랍게 느껴진다. 겁이 날 거라고, 중간에 포기할지도 모른다고 생각했는데, 아니다. 나는 여기 와 있고 상당히 마음이 편하다. 나에 대해 글을 써야 할 일이 있다면 나는 메리 셸리와 그녀의 빅토르 프랑켄슈타인처럼 쓸 것이다. 판에 박힌 생활에서 벗어나 무미건조하고 자극 없는 삶의 의미를 찾고 싶었을 뿐인데, 그 결과는 무고한 사람을 모함하고 죄지은 사람을 구하는 괴물이었다고.

누구에게나 어두운 면이 있다. 누구나 절대 권력의 맛을 보고 싶어한다. 고문과 전쟁에 관한 이야기들을 읽으면서 나는 보았다. 권력을 행사할 수 있는 순간이 되면 미지의 괴물에게 휘둘리며 타인에게 고통을 가하는 사람들이, 집에 돌아가서는 조국의 충직한 종복이고 유순한 아버지고 훌륭한 남편으로 변하는 모습을.

언젠가 예전 남자친구가 자기 푸들을 좀 맡아달라고 부탁했던 일이 생각난다. 나는 그 개가 싫었다. 내가 사랑하는 남자의 관심을 그 개와 나눠야 했으니까. 나는 그의 온전한 사랑을 원했다.

그날 나는 그 이성 없는 동물, 인류의 발전에 기여하는 바는 아무것도 없으면서 그 수동성만으로 사랑과 관심을 불러일으키는 녀석에게 복수를 하기로 결심했다. 나는 흔적이 남지 않을 방법으로 개를 공격하기 시작했다. 빗자루 끝에 핀을 연결해 개를 찔러댄 것이다. 개는 낑낑거리고 짖어댔지만 나는 지겨워질 때까지 멈추지 않았다.

남자친구는 돌아와서 언제나처럼 나를 안고 키스했다. 그는 자기 푸들을 돌봐줘서 고맙다고 말했다. 우리는 사랑을 나눴고 인생은 전과 다를 바 없이 흘러갔다. 개는 말을 못한다.

마리안의 사무실로 가면서 그때를 생각한다. 내가 어떻게 그런 짓을 할 수 있었을까? 그러나 누구나 그럴 수 있다. 자기 아내를 미치게 사랑하는 남자가 한순간 이성을 잃고 아내를 구타하고는 곧바로 울면서 용서를 비는 경우를 나는 늘 본다.

우리는 불가해한 동물이다.

하지만 나는 왜 마리안에게 이런 짓을 하는 걸까? 파티에서 나를 좀 무시한 것 말고는 아무 짓도 하지 않았는데. 왜 굳이 위험을 무릅쓰며 마약을 샀을까? 왜 굳이 이곳까지 와서 그 여자 서랍에 몰래 넣어두려는 걸까?

왜냐면 그 여자는 내가 얻지 못한 것을 누리고 있으니까. 야코프의 사랑과 관심을 받고 있으니까.

그게 충분한 대답이 될까? 만약 그렇다면 바로 이 순간 세상 거의 모든 사람이 서로를 파괴하려고 음모를 꾸미고 있을 것이다.

왜냐면 나는 더이상 불평하고 싶지 않으니까. 잠 못 드는 밤들이 나를 미치게 하니까. 그 광기 안에서 편안함을 느끼니까. 잡히지 않을 테니까. 이 일에 대한 집착을 끊고 싶으니까. 나는 심각하게 병들어 있으니까. 그런 사람이 나뿐인 건 아니니까. 『프랑켄슈타인』이 절판되지 않는 것은 모든 사람이 그 과학자와 괴물 양쪽 모두에서 어느 정도 자기 자신의 모습을 보기 때문이다.

걸음을 멈춘다. '나는 심각하게 병들어 있다.' 정말 그럴 수 있다. 어쩌면 나는 당장 이곳을 나가 병원으로 가야 할지도 모르겠다. 하지만 우선 착수한 일을 끝낼 것이다. 의사는 경찰에 신고할지도 모른다. 의료정보보호원칙에 따르면서도 동시에 불의를 보고 가만있지는 않을 테니까.

강의실 문 앞에 도착한다. 여기까지 오면서 헤아렸던 '왜'라는 질문을 모두 곰곰이 되새겨본다. 그러나 주저하지 않고 안으로 들어간다.

안에 싸구려 책상이 하나 있는데 서랍이 없다. 나무로 된 상판과 돌려깎기로 모양을 낸 다리들이 전부다. 위에 책 몇 권과 가방 하나를 놓으면 끝일 것 같다.

이럴 수도 있다는 생각을 했어야 했다. 좌절감과 안도감이 동시에 밀려든다.

아까는 조용했던 복도에 다시 천천히 인기척이 들리기 시작한다. 학생들이 수업에 들어오고 있는 것이다. 나는 뒤돌아보지 않고 강의실을 나가 사람들이 오고 있는 방향으로 걸어간다. 복도 끝에 문이 하나 있다. 문을 열고 밖으로 나가니 건너편에 노인병원이 있다. 조그만 언덕배기에 서 있는 병원은 벽이 육중한데 안에서는 난방장치가 부드럽게 돌아가고 있을 것 같다. 그곳으로 걸어간 나는 안내 데스크로 가 존재하지도 않는 어떤 사람을 불러달라고 한다. 간호사는 내게 다른 곳에 있는 사람을 찾는 것 같다며, 제네바에는 1제곱미터당 양로원의 수가 다른 어느 도시보다 많다고 덧붙인다. 그러면서도 간호사는 좀더 찾아보겠다고 한다. 그럴 필요 없다 해도 굽히지 않는다.

"성가신 일도 아닌데요 뭐."

더 만류했다간 의심을 살 것 같아 그냥 찾아보게 놔둔다. 간호사가 컴퓨터 앞에서 바삐 검색을 하는 사이 나는 카운터 위에 있는 책을 들고 대충 넘겨본다.

"동화책이에요." 화면에서 눈을 떼지도 않고 간호사가 말한다. "환자분들이 좋아하세요."

그럴 법하다. 나는 무작위로 한 페이지를 연다.

고양이들이 무서워 항상 우울한 쥐가 있었어요. 훌륭한 마법사가 이 쥐를 불쌍히 여겨 고양이로 변하게 해주었지요. 그러자 그 고양이는 개들을 무서워하기 시작했고, 마법사는 고양이를 다시 개로 변신시켜주었어요. 그러자 개는 호랑이를 무서워하기 시작했죠. 참을성 많은 마법사는 개를 호랑이로 만들어주었어요. 그러자 호랑이는 사냥꾼들을 무서워했어요. 마침내 마법사는 모두 단념하고 호랑이를 다시 쥐로 바꿔주며 말했답니다.

"너는 자신이 성장을 해도 이해를 못하니, 내가 어떤 일을 해주어도 네겐 도움이 되지 않겠구나. 다시 네 본모습으로 돌아가는 것이 좋겠다."

간호사는 가상의 환자를 찾지 못하고 내게 사과한다. 나는 고맙다고 말하며 자리를 뜨려 하지만, 간호사는 얘기할 상대가 있어서 즐거운가보다.

"성형수술이 도움이 된다고 생각하세요?"

성형수술? 아, 맞다. 반창고.

"여기 환자들은 대부분 성형수술을 하셨어요. 저라면 성형수술은 멀리할 것 같아요. 정신과 육체 사이의 불균형을 가져오거든요." 의견을 물은 것도 아닌데 간호사는 인도적인 의무감에 사로잡혔는지 계속 말을 잇는다. "시간의 흐름을 통제할 수 있다고 생각하는 사람들이 노화의 과정을 더 충격적으로 받아들이죠."

간호사에게 국적을 묻는다. 헝가리. 그럼 그렇지. 스위스 사람들은 질문을 받지 않으면 결코 자기 의견을 내보이지 않는다.

간호사에게 애써주어 고맙다고 하고 그곳을 나오며 선글라스를 벗고 반창고를 떼어낸다. 변장은 유효했으나 계획은 그렇지 않았다. 교정은 다시 텅 비어 있다. 이제 모두들 생각하는 법, 보살피는 법, 다른 사람이 생각하게 하는 법 등을 배우느라 바쁘다.

나는 먼 길을 걸어 차를 세워둔 곳으로 돌아간다. 멀리 정신병원이 보인다. 내가 저기 있어야 하는 건가?

모두 다 이런 걸까? 아이들을 재우고 우리도 잠자리에 들 준비를 하면서 남편에게 묻는다.

"이렇다니, 뭐가?"

모두 나 같아? 기분이 아주 좋거나 아주 나쁘거나 하는 거야?

"그렇지 않을까? 누구나 자제력을 잃지 않으려고 노력하며 살 뿐이야. 숨어 있는 괴물이 밖으로 나오지 못하게."

맞는 말이다.

"누가 자기가 원하는 대로 살겠어? 사회가 요구하는 모습으로 사는 거지. 부모가 선택해준 대로 사는 거고. 아무도 실망시키지 않으려고 애쓰잖아. 사랑받고 싶으니까. 그래서 자기 안에 있는 가장 훌륭한 것들을 억누르며 살아. 빛나던 꿈은 괴물 같은 악몽으로 바뀌고. 실현되지 않은 일들, 시도해보지 못한 가능성들로 남게 되는 거지."

내가 알기로 정신의학에서는 그런 상태를 조울병이라고 불렀다. 지금은 양극성기분장애라고 칭한다. 도대체 그런 이름은 어떻게 붙인 걸까? 북극하고 남극이란 양극 사이에 차이라는 게 있긴 할까? 그리고 어쨌든 소수의 사람들만이……

"물론 그런 이중성을 겉으로 드러내는 사람은 소수겠지. 하지만 나는 거의 모든 사람이 자기 안에 그런 괴물을 키우고 있다고 확신해."

한편으로 나는, 무고한 사람을 모함하려고 그 사람의 일터로 가면서도 그런 증오 뒤에 어떤 동기가 있는지도 제대로 설명하지 못하는 악인이다. 다른 한편으로는 가족을 사랑으로 보살피는 엄마, 그런 감정을 온전히 유지하는 힘이 어디서 오는지는 잘 모르지만 사랑하는 사람들에게 아무런 부족함이 없도록 열심히 노력하는 엄마다.

"지킬 박사와 하이드 생각나지?"

그러고 보니, 초판 이래로 계속 출간되고 있는 책이 『프랑켄슈타인』만은 아니구나. 그뒤를 잇는 것으로 로버트 루이스 스티븐슨이 사흘 만에 쓴 『지킬 박사와 하이드 씨의 이상한 사건』이 있다. 이 이야기는 19세기 런던이 배경이다. 의사이자 과학자인 헨리 지킬은 모든 사람 안에 선과 악이 공존한다고 믿는다. 그는 약혼녀 베아트릭스의 아버지를 비롯해 아는 사람 대부분이 조롱하는 자신의 이론을 증명하기로 결심한다. 실험실에서 부단히 연구에 매진한 결과, 그는 가까스로 어떤 약물을 만들어낸다. 다른 사람의 생명을 위태롭게 하고 싶지 않은 지킬은 자신이 실험용 쥐가 되어 약물을 실험한다.

결과적으로 그의 악마적 측면—그는 이를 하이드 씨라고 부른다—이 드러난다. 지킬은 하이드가 나타나고 사라지는 것을 조절할 수 있다고 믿지만 곧 자신의 판단이 전적으로 틀렸음을 깨닫는다. 우리가 자신의 어두운 면을 드러낼 때, 우리 안의 가장 선한 면은 완전히 가려지고 마는 것이다.

이 같은 진실은 모든 사람에게 적용된다. 독재자들의 내면도 그렇다. 처음에는 대개 훌륭한 의도로 시작하지만, 자신들이 선이라 생각하는 일을 실행하기 위해 서서히 최악의 인간 본성인 포악성을 드러내 이용하게 된다.

혼란스럽고 무서워. 누구에게나 일어날 수 있는 일일까?

"아니. 옳은 것과 그른 것에 대한 명확한 개념이 없는 사람은 소수에 불과해."

그 소수라는 것이 정말 그렇게 적은 수인지 모르겠다. 학교 다닐 때 비슷한 일이 있었다. 세상에서 제일 훌륭한 사람 같던 선생님이 하루아침에 변했고 나는 너무나 혼란스러웠다. 단 하루도 어떤 모습일지 예측할 수가 없었기 때문에 모든 학생이 그 선생님을 두려워했다. 하지만 누구도 감히 나서서 불만을 표출하지 못했다. 선생님은 항상 옳은 법이니까. 모두들 집에 무슨 문제가 있는 거라고, 곧 나아질 거라고 생각했다. 하지만 어느 날, 그의 하이드 씨가 통제력을 잃고 우리 반 학생 하나를 공격했다. 사건은 학교 교육위원회에 회부되었고 그 선생님은 쫓겨났다.

그때부터 나는 지나치게 다정한 사람을 경계하게 되었다.

"프랑스대혁명 당시의 '뜨개질 하는 여자들'처럼."

맞다. 빈민을 위한 정의와 빵을 원했고 루이 16세가 저지른 방종으로부터 프랑스를 해방시키기 위해 싸웠던 그 근면한 여인들. 그들은 아침 일찍부터 단두대 광장으로 가 맨 앞줄을 차지하고 뜨개질을 하며 사형선고를 받은 사람들을 기다렸다. 아마도 누군가의 어머니였을 그들은 그날 하루의 나머지 시간에는 아이들과 남편을 돌보며 지냈으리라.

목이 하나 잘리고 나면 다음 목이 잘릴 때까지 기다리며 시간을 때우려고 뜨개질을 하던 여자들.

"당신은 나보다 강해. 난 항상 그게 부러웠어. 내가 감정을 드러내지 않는 것도 그래서일 거야. 약해 보이고 싶지 않아서."

이 남자는 자기가 무슨 말을 하는지 모르고 있다. 하지만 대화는 이미 끝났다. 그는 돌아눕더니 잠에 빠져든다.

그리고 나의 '강인함'과 함께 홀로 남겨진 나는 천장을 응시한다.

일주일 후, 내가 절대 하지 않겠다고 다짐한 일을 한다. 정신과에 가기.

각기 다른 의사 세 명에게 예약을 해두었다. 처음에는 예약이 모두 꽉 차 있었다. 정신의 불균형을 겪는 제네바 사람의 수가 일반적으로 상상하는 것보다 훨씬 많다는 증거다. 우선 긴급하다는 말부터 꺼내보았지만 각 병원의 접수 담당자들에게선 급하기는 모두 마찬가지라며, 우리 병원을 찾아주어 고맙다, 그러나 매우 죄송하게도 다른 예약을 취소할 수는 없다, 는 대답이 돌아왔다.

나는 절대로 실패하지 않는 카드를 꺼냈다. 내 직업을 밝힌 것이다. '기자'라는 마법의 단어와 함께 주요 신문사의 이름을 대면 많은 문이 열리기도 하고 닫히기도 한다. 이 경우, 나는 결과가 좋을 것임을 알고 있었다. 예약이 이루어졌다.

아무에게도 말하지 않는다. 남편도 상사도 모른다. 첫번째 병원에 간다. 영국인 억양이 있는 좀 이상한 의사인데, 의료보험을 적용해줄 수 없다고 매우 단호하게 말한다. 스위스에서 불법으로 일하고 있는 의사가 아닌가 하는 의심이 든다.

나는 인내심을 쥐어짜내며 내게 일어나고 있는 일들을 설명한다. 프랑켄슈타인과 그의 괴물, 지킬 박사와 하이드의 예도 든다. 내 안에서 깨어나 내 통제를 벗어나려 하는 그 괴물을 제어할 수 있도록 도와달라고 한다. 의사는 그게 무슨 뜻이냐고 묻는다. 나는 어떤 여자에게 마약 거래 혐의를 씌워 체포되게 만들려고 했어요, 식의 이야기까지 속속들이 해 나 자신을 궁지에 몰아넣고 싶지는 않다.

거짓말을 하기로 한다. 살인에 대한 생각을 하고 있다고, 자고 있는 남편을 죽이고 싶다는 생각을 한다고 설명한다. 의사는 우리 부부 중 애인을 둔 사람이 있는지 묻고, 나는 아니라고 대답한다. 의사는 무슨 말인지 전부 이해한다며, 그런 생각은 지극히 정상적이라고 한다. 일주일에 세 번씩 일 년만 치료하면 그런 충동을 50퍼센트까지 낮출 수 있다고 한다. 나는 충격에 빠진다. 그전에 내가 남편을 죽이면요? 의사는 내 머릿속에서 일어나는 것은 죄다 '전이' 또는 '환상'이라며 진짜 살인자들은 도움을 절대 청하지 않는다고 대답한다.

의사는 내게 250스위스프랑을 청구하면서 접수 담당자에게 다음주부터 정기 예약을 잡으라고 지시한다. 나는 고맙다고 말하고 일정을 확인해보겠다고 한 뒤 문을 닫고 나온다. 다시는 그 병원에 가지 않을 생각이다.

두번째 병원에는 여의사가 있다. 의사는 의료보험을 적용해주고 내가 하는 말을 좀더 열린 태도로 듣는다. 나는 남편을 죽이고 싶다고, 전과 똑같은 이야기를 한다.

"글쎄요, 때론 저도 남편을 죽여버릴까 생각하는데요." 의사가 웃으며 말한다. "하지만 모든 여자가 자신의 은밀한 소망을 실행에 옮긴다면 거의 모든 아이들이 아버지 없이 자랄 거라는 거, 피차 다 아는 사실 아닌가요? 환자분이 느끼시는 그 감정은 지극히 정상적인 충동이에요."

정상적이라고?

긴 대화를 나누는 동안 의사는 내가 결혼생활에 눌려 '위축되어' 있다고, 내게 '성장할 여유가 없음'이 분명해 보인다고, 또한 성적으로도 '의학 문헌이 광범위하게 다루고 있는 호르몬의 교란'을 경험할 시기라고 설명한다. 대화가 끝나자 의사는 처방전 철을 꺼내 잘 알려진 항우울제의 약명을 적는다. 그리고 덧붙이기를, 약효가 나타나기 전 한 달 정도는 지옥 같은 시간을 경험하게 될 테지만 머지않아 이 모든 것이 불편한 기억에 불과하게 될 거라고 한다.

물론 약을 계속 먹을 경우에 한해서. 얼마 동안 먹어야 하죠?

"사람에 따라 달라요. 하지만 삼 년 안에는 복용량을 줄일 수 있을 거라고 생각해요."

보험 적용을 받을 때의 큰 문제는 청구서가 집으로 날아온다는 것이다. 나는 현금으로 진료비를 내고 병원 문을 나서며 이곳에도 다시는 오지 않겠다고 맹세한다.

마지막으로 세번째 병원에 간다. 실내장식에 큰돈이 들었을 진료실에 남자 의사가 앉아 있다. 처음 두 명과 달리 그는 주의 깊게 내 말을 듣고 내 말에 수긍하는 듯하다. 정말로 남편을 죽일 뻔했어요. 난 잠재적 살인자였어요. 내 안에 있는 괴물이 제멋대로 날뛰어서 다시 우리에 집어넣을 수가 없어요.

마침내 의사가, 아주 조심스럽게 묻는다. "혹시 마약을 하십니까?"

딱 한 번 해봤어요, 나는 대답한다.

의사는 날 믿지 않는다. 그는 화제를 바꾼다. 우리는 사람들이 일상적으로 감당해야 하는 갈등에 대해 조금 이야기를 나눈다. 곧이어 의사는 다시 마약 얘기로 되돌아간다.

"절 믿으셔야 합니다. 마약을 딱 한 번만 하고 마는 사람은 없어요. 의료정보보호원칙이란 게 있습니다. 원칙을 어겼다간 저는 의사면허를 잃게 돼요. 먼저 마음을 터놓고 얘기를 하고 나서, 다음 예약을 잡는 것이 좋겠습니다. 우선은 환자분께서 저를 의사로 받아들이셔야 하지만 저 역시 환자분을 환자로 받아들여야 합니다. 치료는 그렇게 이루어지는 겁니다."

아니에요, 나는 주장한다. 전 약을 하지 않아요. 그런 법에 대해서는 나도 알고 있고 거짓말하러 여기에 온 것도 아니에요. 나는 다만 내가 사랑하는 사람들이나 나와 가까운 사람들에게 해를 끼치기 전에 빨리 이 문제를 해결하고 싶을 뿐이에요.

턱수염이 난 의사의 잘생긴 얼굴이 생각에 잠겨 있다. 그는 고개를 끄덕인 후 대답한다.

"그런 갈등 상태는 몇 년 동안 쌓이고 쌓인 것입니다. 하루아침에 없애시려고요? 정신의학이나 정신분석에서 그런 일은 일어나지 않아요. 우리는 마법을 써서 악령을 몰아내는 주술사가 아닙니다."

당연히 비꼬는 말이지만 내게는 크나큰 깨달음을 준다. 이제는 더이상 정신의학에서 도움을 구하지 않으리라.

포스트 테네브라스 룩스. 어둠 뒤에 빛이 있나니.

구시가의 벽 앞에 서 있다. 100미터 너비의 벽으로 된 이 기념물에는 네 남자의 동상이 한데 우뚝 서 있고 양옆으로는 좀더 작은 동상들이 있다. 그중 유독 눈에 띄는 동상이 하나 있다. 머리에는 쓰개를 썼고 턱수염이 길며 양손에는 그의 시대에 기관총보다 더 막강했던 그것, 성경을 들고 있다.

기다리는 동안 생각한다. 중간에 있는 저 사람이 오늘날 태어났다면 모두들—특히 프랑스 사람들과 전 세계의 가톨릭 신자들은—그를 테러리스트라 했을 거라고. 자신이 궁극의 진실이라고 생각했던 것을 이행하기 위해 저 사람이 쓴 전술들을 생각하면 오사마 빈 라덴의 왜곡된 정신이 연상된다. 두 사람 다 같은 목표를 추구했다. 신정국가를 이룩해 자신들이 신의 규범이라고 생각하는 것에 복종하지 않는 사람들을 모두 처벌하는 것.

그리고 두 사람 다 자신의 목표를 이루기 위해 서슴지 않고 포악을 행사했다.

그의 이름은 장 칼뱅, 제네바는 그의 작전지였다. 여기에서 멀지 않은 곳에서 수백 명의 사람들이 사형선고를 받았고 처형당했다. 감히 신앙을 지키려 했던 가톨릭교도들뿐만 아니라, 진리를 추구하고 질병의 치료법을 탐색하기 위해 성경의 글자적 해석에 도전했던 과학자들까지 처형되었다. 가장 유명한 사례로 폐순환에 대해 발견하고 그 때문에 화형대에서 삶을 마감한 미겔 세르베토가 있다.

> 이단자와 신성모독을 범한 자를 처벌하는 일이 부당하다고 주장하는 이는 스스로 그들 범죄의 공모자가 되며 그들과 마찬가지로 유죄다. (중략) 여기에 인간의 권한에 대한 의문은 있을 수 없다. 말씀은 하느님이 하신다. (중략) 하느님의 영광을 위해 싸울 때, 우리는 그분을 위한 봉사를 모든 인간적 고려 위에 놓음으로써 그 누구의 친족도 혈족도 면피시키지 않고 모든 인류를 뇌리에서 지워버려야만 그분께 정당한 경의를 표하는 것이다. 이를 보여주시기 위해서가

아니라면 무엇 때문에 하느님께서는 우리에게 그토록 극단의 엄격함을 요구하시겠는가?

죽음과 파괴는 제네바에만 국한된 것이 아니었다. 아마도 이 기념물의 더 작은 동상들로 표현되고 있는 듯한 칼뱅의 사도들은 그의 말과 편협함을 유럽 전역에 전파했다. 1566년에는 네덜란드에 있는 교회 몇 곳이 파괴되었고 '반란자들', 다시 말해 다른 신앙을 가진 사람들은 살해당했다. '우상숭배'라는 구실로 엄청난 양의 예술품들이 불구덩이에 던져졌다. 세계의 역사적 문화유산의 일부가 파괴되어 영원히 사라진 것이다.

그리고 지금 내 아이들은 학교에서, 칼뱅이 새로운 사상으로 우리를 가톨릭의 굴레에서 '해방'시킨 위대한 계몽주의자라도 되는 것처럼 배우고 있다. 미래 세대들이 숭배할 만한 혁명가라는 것이다.

어둠 뒤에 빛이 있나니.

그 사람 머릿속에서는 어떤 생각들이 스쳐갔을까? 나는 궁금하다. 그는 가족들이 몰살당하고 아이들은 부모와 생이별을 하고 거리에 피가 흘러넘친다는 사실을 알고서 밤잠을 못 이루었을까? 아니면 자신의 사명에 대한 확신이 워낙 투철해 의심을 품을 여지가 전혀 없었던 걸까?

자신이 한 모든 일이 사랑이라는 이름으로 정당화될 수 있다고 생각했을까? 그것은 내가 나 자신에 대해서 품고 있는 의문이자, 내가 지금 겪고 있는 문제의 핵심이기도 하다.

지킬 박사와 하이드. 칼뱅을 개인적으로 아는 사람들은 그가 예수님의 말씀을 잘 따르고 놀라운 겸양을 내보이는 좋은 사람이었다고 말했다. 사람들은 그를 두려워했으나 사랑하기도 했고, 그는 그 사랑으로 군중을 선동했다.

역사는 승자의 기록이므로, 이제는 아무도 그의 잔혹 행위를 기억하지 못한다. 근래에 그는 영혼의 의사, 위대한 개혁가, 그리고 천사와 성자와 동정녀와 금과 은, 사치와 부패로 점철된 가톨릭의 이단으로부터 우리를 구원한 사람으로 인식되고 있다.

* * *

기다리던 남자가 나타나 생각이 중단된다. 쿠바인 주술사다. 내가 편집장을 설득해, 스트레스를 물리치는 대안적 방법에 대한 기사를 쓰기로 했다고 그에게 설명한다. 재계에는 한순간 극도의 관용을 보이며 행동하다가 다음 순간 곧바로 약자에게 분노를 쏟아내는 사람들이 수두룩하다. 사람들의 성향이 갈수록 예측할 수 없는 쪽으로 변해가고 있다.

정신과의사들과 심리학자들은 예약이 꽉 차 있어서 이제는 모든 환자를 볼 수도 없다. 그리고 누구도 우울증 치료를 위해 몇 달, 또는 몇 년을 기다릴 수는 없다.

쿠바 남자는 아무 말도 하지 않고 내 말을 듣는다. 카페에서 대화를 이어가도 되겠는지 남자에게 묻는다. 우리는 지금 바깥에 서 있고 기온은 크게 떨어졌다.

"구름이 꼈네요." 그가 내 제안을 받아들이며 말한다.

제네바의 하늘엔 2월이나 3월까지도 구름이 계속 껴 있다. 미스트랄이 불 때만 간혹 걷히는데, 그럴 때도 하늘은 맑아지지만 기온은 떨어진다.

"날 어떻게 찾았죠?"

신문사 보안요원이 얘기해주었어요. 편집장은 심리학자나 정신과의사, 심리치료사 같은 사람들이 낫지 않겠냐더군요. 하지만 식상해요.

난 독창적인 걸 원해요. 당신이 적당한 사람 같아요.

"내 이름을 신문에 내면 안 됩니다. 내가 하는 일은 의료보험 적용이 안 돼요."

그가 실제로 하려는 말은 이것이겠지. "내가 하는 일은 불법입니다."

* * *

그를 안심시키려고 거의 이십 분간 말을 계속하지만 쿠바 남자는 내내 나를 경계한다. 그을린 피부에 희끗희끗한 머리카락, 키가 작고, 양복에 넥타이 차림을 하고 있다. 그런 옷차림의 주술사는 상상도 못했다.

나는 설명한다. 당신이 하는 말은 모두 비밀에 부칠 것이다. 우리는 단지 당신을 찾는 사람들이 많은지 알고 싶을 뿐이다. 당신에게 치유력이 있다고 들었다.

"그건 사실이 아니에요. 나는 사람들을 치료할 수 없습니다. 그건 오직 신만이 할 수 있는 일이죠."

좋다. 동의한다. 하지만 우리는 순식간에 행동이 바뀌는 사람들을 매일 만난다. 그리고 의문을 품는다. 내가 그렇게 잘 안다고 생각했던 이 사람에게 무슨 일이 일어난 거지? 왜 이렇게 공격적으로 행동할까? 직장에서 받은 스트레스 때문일까?

그리고 다음날 그 사람은 다시 정상으로 돌아와 있다. 그래서 마음을 놓고 있으면 머지않아 가장 방심하고 있는 순간에 뒤통수를 얻어맞는 경험을 하게 된다. 그러면 이번에는 그 사람에 대해 의문을 품는 것이 아니라 내가 뭘 잘못한 건가 생각하게 된다.

주술사는 아무 말도 하지 않는다. 아직도 나를 믿지 못하는 것이다.

그런 게 치유가 가능한가요?

"치유법은 있습니다. 하지만 그것은 신의 소관입니다."

그래요, 알아요. 하지만 신이 어떻게 치료를 하죠?

"다양한 방법이 있지요. 내 눈을 보세요."

그 말에 따른다. 일종의 가수假睡 상태로 들어가는 느낌인데 내 정신이 통제가 안 된다.

"내 작업을 인도하는 힘의 이름으로, 내게 주어진 능력으로, 나를 보호하는 정령에게 청하노니, 나를 경찰에 넘기거나 이민국에 신고하려 할 때는 정령께서 너와 네 가족의 삶을 파괴하시리라."

그는 내 머리 주위로 몇 번 손을 흔든다. 내가 처한 상황이 너무나 비현실적으로 느껴지면서 나는 자리에서 일어나 나가고 싶어진다. 하지만 정신을 차려보니 그는 이미 원래의 모습으로 돌아와 있다. 너무 친절하지도 냉담하지도 않은 태도로.

"질문해도 됩니다. 이제 기자님을 믿어요."

나는 약간 겁이 난다. 하지만 정말로 이 남자에게 해를 끼칠 의도는 없다. 차를 한 잔 더 주문하고 내가 원하는 것이 정확히 무엇인지 설명한다. 내가 '인터뷰'했던 의사들은 치유에 오랜 시간이 걸린다고 말했다. 당신을 내게 알려준 신문사 보안요원은—나는 신중하게 말을 고른다—신이 당신을 매개로 심각한 우울증 문제를 해결해줄 수 있다고 말했다.

"머릿속을 엉망진창으로 만드는 것은 바로 우리 자신입니다. 문제는 바깥에서 오는 것이 아니에요. 수호 정령의 도움을 청하기만 하면 됩니다. 수호 정령이 우리 영혼에 들어와 정리를 도와주니까요. 하지만 요즘은 아무도 수호 정령을 믿지 않죠. 우리를 지켜보며 애타게 도움을 주고 싶어하는데 아무도 수호 정령을 부르지 않아요. 수호 정령들이 어려움에 처한 사람들에게 가까이 갈 수 있게 돕는 게 내 일입니다. 그리고 수호 정령들이 자신의 일을 하게 기다리면 됩니다. 그게 다예요."

가령, 어떤 사람이 공격성에 사로잡혀서 권모술수를 동원해 다른 사람을 파괴할 계획을 세운다고 가정해보죠. 예를 들어, 직장에서 어떤 사람을 중상모략한다든가.

"늘 있는 일이죠."

알아요, 하지만 공격성이 잦아들고 정상으로 돌아오고 나면 죄책감에 시달리지 않을까요?

"물론이죠. 그리고 시간이 지날수록 상태는 악화될 겁니다."

칼뱅의 신조는 틀렸네. 어둠 뒤에 빛이 있나니.

"뭐라고요?"

아무것도 아니에요. 공원에 있는 기념물 생각을 잠시 한 것뿐이에요.

“맞는 말이에요. 터널 끝에는 빛이 있지요. 그런 뜻으로 하신 말씀이라면. 하지만 때로 한 사람이 어둠을 건너 반대편에 다다를 때는 엄청난 파괴의 길을 남기기도 하죠.”

바로 그거예요. 다시 주제로 돌아가죠. 주술사님이 쓰는 방법에 대해.

“제 방법이 아닙니다. 스트레스와 우울증, 신경과민 등에 대응하기 위해 오랜 세월 사용해온 방법이에요. 자살 기도를 비롯해 인간은 많은 자해 방법을 찾아냈지요.”

세상에, 적당한 사람을 찾았구나. 냉정을 유지해야 돼.

그런 걸 부르는 말이……

“자기 유도 가수 상태, 자기 최면, 명상. 각 문화마다 그에 대한 이름이 있지요. 하지만 스위스 의학계는 이런 것들을 호의적으로 보지 않는다는 사실을 유념하세요.”

나는 그에게 요가를 하는데도 여전히 문제가 정리되고 해결되는 상태에 도달하지 못했다고 설명한다.

“지금 기자님 얘기를 하는 겁니까, 신문에 낼 기사 얘기를 하는 겁니까?”

둘 다. 나는 이 사람에게는 아무것도 감출 수 없음을 깨닫고 방어를 푼다. 그가 자기 눈을 들여다보라고 말한 순간 이렇게 될

줄 알았다. 나는 그가 신분 노출을 우려하는 것이 어불성설이라고 말한다. 그가 베리에에 있는 자기 집에서 손님을 보고 있다는 것을 많은 사람들이 알고 있다. 그리고 교도관을 비롯한 많은 사람들이 그의 서비스를 이용한다. 신문사의 그 보안요원이 그렇게 말했다.

"기자님은 밤이 문제로군요." 그가 말했다.

맞아요, 그게 제 문제예요. 왜 그렇죠?

"밤에는 그저 밤이라는 이유로 유년기의 공포, 혼자일 때의 두려움, 미지의 것에 대한 두려움 등이 되살아납니다. 하지만 그런 유령들을 물리칠 수 있으면 낮에 나타나는 유령들도 쉽게 물리칠 수 있지요. 밤을 두려워하지 않을 수 있는 건 우리가 빛의 동반자이기 때문입니다."

빤한 것을 굳이 설명해주는 학교 선생과 함께 앉아 있는 기분이다. 제가 댁에 가서 그것을 하면……

"퇴마 의식 말입니까?"

그 단어를 떠올린 건 아니었지만 내게 필요한 것이 바로 그것이다.

"그럴 필요 없습니다. 기자님 안에는 어둠도 많지만 빛도 아주 많아요. 그리고 이 경우엔 결국 빛이 이길 거라고 확신합니다."

눈물이 쏟아질 것 같다. 정확히 설명할 수는 없지만, 이 남자는 진정 내 영혼을 꿰뚫어보고 있다.

"때때로 밤이 이끄는 대로 휩쓸려보세요. 별을 올려다보고 무한을 느끼며 그 감각에 취해도 보시고요. 밤은 주술이 가득한 시간이지만 또한 깨달음의 길이기도 합니다. 어두운 우물 아래 갈증을 풀어주는 물이 있는 것처럼, 밤도 그 신비로써 우리를 신의 신비에 다가가게 해주고, 그 어둠 속에 우리의 영혼을 타오르게 할 불꽃을 품고 있어요."

우리는 거의 두 시간 동안 대화를 나눈다. 그는 내게 흘러가는 대로 내버려두는 것 말고는 아무것도 할 필요가 없다고, 나의 가장 큰 두려움도 근거가 없는 것이라고 말한다. 나는 내 복수심에 대해 설명한다. 그는 아무런 비판이나 판단 없이 내 말을 듣는다. 이야기를 나눌수록 나는 기분이 좋아진다.

그는 그곳을 나가 공원을 걷자고 제안한다. 공원 출입문들 중 한 곳 주변으로 흑백의 네모 칸들이 그려져 있다. 거대한 플라스틱 체스 말들도 보인다. 날씨가 추운데도 게임을 하는 사람들이 있다.

그는 거의 아무 말도 하지 않는다. 나는 거의 쉬지 않고 말을 하며, 내 삶에 대해 때로는 감사하고 때로는 악담을 퍼붓는다. 여러 개의 거대한 체스판들 중 하나 앞에서 발걸음을 멈춘다. 그는 내 말에 귀를 기울이기보다는 체스 게임에 더 집중하고 있는 것처럼 보인다. 나는 투정을 그만두고 게임의 진행을 따라가기 시작한다. 비록 한 점 관심도 없기는 하지만.

"끝까지 가세요." 그가 말한다.

끝까지 가라고요? 남편 몰래 바람을 피우고 애인의 아내 가방에 코카인을 숨긴 뒤 경찰을 부르라고요?

그가 웃는다.

"여기 체스 두는 사람들 보여요? 저들은 항상 다음 수를 두어야 합니다. 중간에 멈출 수가 없어요. 그건 패배를 받아들인다는 뜻이니까. 불가피한 순간이 오기는 하죠. 하지만 어쨌든 끝까지 싸우기는 한 거예요. 우린 이미 필요한 것을 모두 갖추고 있어요. 더 낫게 만들어야 할 것은 없습니다. 우리가 스스로 착하거나 악하다고, 공평하거나 불공평하다고 하는 생각들, 다 헛소리예요. 오늘 제네바는 구름으로 뒤덮여 있어요. 어쩌면 몇 달 동안 계속 이렇겠죠. 하지만 구름은 결국 걷힐 겁니다. 그러니 그냥 계속 가요. 마음 가는 대로 행동하세요."

하지 말아야 할 짓을 막는 말은 한마디도 안 하나요?

"네. 하지 말아야 할 것을 함으로써 스스로 깨닫게 될 거예요. 아까 말했듯이 기자님 영혼의 빛은 어둠보다 더 강해요. 그렇지만 깨닫기 위해서는 끝까지 가봐야 합니다."

내 평생 그렇게 어처구니없는 충고는 들어본 적이 없는 것 같다. 시간을 내주어 고맙다고 말한 뒤 사례를 원하는지 물으니 그는 괜찮다고 한다.

* * *

신문사에 돌아오니 편집장이 왜 이리 늦었느냐고 묻는다. 나는 워낙에 비정통적인 주제라 필요한 내용을 얻기까지 시간이 좀 걸렸다고 설명한다.

"비정통적인 주제라면 혹시 우리가 불법행위를 부추기는 건 아닐까."

젊은 사람들에게 과소비를 조장하는 유인책을 쏟아부을 때 우리는 불법행위를 부추기고 있지 않나요? 신형 차가 시속 250킬로미터까지 달릴 수 있다고 전할 때 사고를 부추기고 있지 않나요? 방법은 설명해주지도 않으면서 성공한 사람들에 대한 기사를 내보내 사람들이 스스로를 무가치하게 여기게 만들 때 우리는 우울과 자살 충동을 부추기고 있지 않나요?

편집장은 더 긴 말은 하고 싶어하지 않는다. 오늘 우리 신문 머리기사가 "아시아 국가를 위해 800만 프랑을 모금한 '유대의 행복'"이니 주술사에 관한 기사 정도면 재미있는 읽을거리가 될 수도 있을 것 같다.

나는 주어진 지면에 맞춰 육백 단어짜리 기사를 쓴다. 모두 인터넷 검색에서 찾아낸 자료들이다. 결국 치료 상담이 되어버렸던 그 주술사와의 대화에서는 아무것도 기사화할 수 없었기 때문이다.

야코프!

그가 저세상에서 되돌아와 내게 문자를 보내 커피를 마시자고 한다. 인생에 다른 재미있는 일들이 얼마나 많은데 다 제쳐두고 커피라니. 세련된 와인 감정가는 어디로 갔지? 세계 최고의 최음제인 권력을 쥔 남자는 이제 대체 어디로 간 거지?

무엇보다도, 우리 둘에게 무슨 일이든 가능했던 시절에 만났던 십대의 남자친구는 어디로 간 걸까?

그는 결혼했고, 변했고, 내게 함께 커피나 마시자는 문자를 보낸다. 조금만 더 창의력을 발휘해 샤모니에서 알몸 달리기를 하자는 제안 같은 건 할 수 없었을까? 그랬더라면 내가 더 흥미를 느꼈을 텐데.

난 답장할 생각이 없다. 내게 그리 냉담한 태도를 보이고는 몇 주 동안 침묵하며 날 모욕한 사람이다. 자기가 뭔가 함께하자고 청하는 영광을 베풀면 내가 발 벗고 달려가리라 생각하는 건가?

잠자리에 든 후 나는 헤드폰을 끼고 쿠바인 주술사와 나눈 대화를 녹음한 테이프를 듣는다. 스스로를 겁내는 본색을 드러내지 않고 단지 기자로서의 관심만을 가장하고 있었을 때, 나는 그에게 물었다. 자기 최면(그가 선호하는 용어를 쓴다면, 명상)으로 다른 사람을 잊을 수도 있느냐고. 그때 우리는 '사랑' '말에서 받은 상처' 등에 대해 이야기하던 터라, 나는 그가 내 뜻을 그런 맥락에서 이해할 수 있게끔 말을 꺼냈다.

"뭐라 딱 잘라 말하기 힘든 부분입니다." 그가 답했다. "맞아요. 상대적인 기억상실을 유도할 수는 있어요. 하지만 그 사람이 연관된 다른 사실이나 사건이 있기 때문에 어떤 사람에 대한 기억을 완전히 지운다는 것은 실질적으로 불가능해요. 게다가 잊는다는 것은 잘못된 접근법입니다. 정면으로 부딪쳐야 해요."

테이프를 모두 들은 뒤, 딴생각에 몰두해보기도 하고, 맹세도 해보고, 달력에 몇 가지를 끄적거려보기도 하지만 아무 소용이 없다. 잠들기 전 나는 야코프에게 문자를 보내 초대를 받아들이겠다고 한다.

나 자신을 통제할 수가 없다. 그것이 나의 문제다.

"당신은 믿지 않을 테니 보고 싶었다고 말하지 않을게. 다시 사랑에 빠지게 될까봐 두려워 문자에 답하지 않았다고도."

난 정말 그가 하는 말을 믿지 않는다. 하지만 그가 설명할 수 없는 것을 계속 설명하도록 내버려둔다. 우리는 여기, 하나도 특별할 것 없는 카페에 와 있다. 내 직장에서 십오 분 거리, 프랑스와의 국경 지역에 있는 콜롱주수살레브에. 몇 명 안 되는 다른 손님들은 트럭 운전사들이거나 근처 채석장의 인부들이다.

손님 중 내가 유일한 여자다. 나 말고 다른 여자는 바의 한쪽 끝에서 다른 쪽 끝으로 걸어다니며 손님들과 농담을 주고받는 화장이 진한 여자 하나뿐이다.

"당신이 내 인생에 나타나고부터 생지옥을 겪고 있어. 사무실에서 인터뷰가 끝나고 친밀함을 나누었던 그날부터 내내."

'친밀함을 나누었다'는 말은 그저 표현일 뿐이다. 나는 그에게 입으로 해주었다. 그는 내게 아무것도 해주지 않았다.

"내가 불행하다고 말할 순 없을 거야. 그렇지만 난 갈수록 외로워. 다른 사람들은 아무도 몰라. 친구들과 함께 있을 때도, 분위기도 좋고 술도 좋은데, 대화도 활기 있고 난 미소를 짓고 있는데, 갑자기 아무런 이유도 없이 더는 대화에 집중할 수가 없게 돼. 그러면 중요한 약속이 있다고 말하고 나와버리지. 무엇 때문인지 난 알아. 바로 당신, 당신이 없기 때문이야."

드디어 복수를 할 때가 왔다. 결혼생활 상담이 좀 필요하다고 생각하지 않아?

"그렇게 생각해. 하지만 마리안과 같이 가야 할 텐데, 설득이 안 돼. 뭐든지 철학으로 설명할 수 있다고 생각하는 여자야. 아내도 내가 달라졌다는 걸 알지만 다 선거 여파로 돌리더라고."

끝까지 가봐야 한다고 했던 주술사의 말이 옳았다. 이 순간 야코프는 마약 거래라는 위중한 혐의에서 자기 아내를 구했다.

"너무 많은 책임을 떠맡게 됐는데 아직 적응이 안 돼. 아내는 곧 익숙해질 거라는데. 당신은 어때?"

난 어떠냐고? 이 남자, 정확히 뭘 알고 싶은 걸까?

소다를 탄 캄파리를 앞에 두고 구석 테이블에 혼자 앉아 있다가 내가 들어서자마자 미소를 짓는 그를 본 순간, 내 모든 저항의 노력은 이미 산산이 부서졌다. 우리는 다시 십대가 되었다. 지금은 술을 마셔도 불법이 아니라는 점만 다를 뿐. 나는 얼음장 같은 그의 손을 잡는다. 그렇게 차가운 것이 추위 때문인지 두려움 때문인지 모르겠다.

난 괜찮아, 나는 말한다. 다음에는 좀더 이른 시간에 만나자고 제안한다. 서머타임이 끝나고 나니 어둠이 빨리 내린다.

그는 그러자고 말한 뒤 주위에 있는 남자들의 관심을 끌지 않으려고 애를 쓰며 조심스럽게 내 입술에 키스를 한다.

"날이 화창하고 좋을 때마다 난 너무나 힘들었어. 사무실 커튼을 열면 창밖으로 사람들이 보이지. 어떤 사람들은 결과에 대한 아무런 걱정 없이 손을 잡고 걸어다니는데, 나는 내 사랑을 내보일 수가 없어."

사랑? 쿠바인 주술사가 날 불쌍히 여겨 신비한 정령들에게 도움을 청하기라도 한 건가?

이 만남에서 어떤 일도 일어날 수 있다고 생각했지만, 지금처럼 그가 내게 자기 영혼을 열어 보이리라고는 정말이지 기대하지 못했다. 심장이 갈수록 격렬하게 고동친다. 기쁨과 놀라움으로. 왜 이런 일이 벌어지고 있는지 그에게도 나 자신에게도 묻지 않으리라.

"그런데 난 다른 사람들을 질투하는 게 아냐. 단지 그들은 행복할 수 있는데 왜 난 그럴 수 없는지 이해가 안 된다는 거야."

그가 유로화로 음료값을 치른다. 우리는 걸어서 국경을 넘은 뒤 길 건너에 주차된, 즉 스위스에 있는 우리 차를 향해 걸어간다.

더 애정을 드러낼 여지는 없다. 우리는 볼에 하는 세 번의 입맞춤으로 작별인사를 한 뒤 각자 주어진 운명을 향해 나아간다.

지난번 골프장에서 그랬던 것처럼, 차에 도착했지만 운전을 할 수가 없다. 나는 추위를 막아줄 후드를 둘러쓰고 마을 안을 정처 없이 걷기 시작한다. 우체국을 지나고 미용실을 지난다. 영업중인 술집이 하나 있지만 걸으며 긴장을 푸는 편이 나을 것 같다. 지금 무슨 일이 일어나고 있는지 알고 싶지 않다. 그저 그 일이 일어나기만을 바랄 뿐이다.

그는 말했다. "사무실 커튼을 열면 창밖으로 사람들이 보이지. 어떤 사람들은 결과에 대한 아무런 걱정 없이 손을 잡고 걸어다니는데, 나는 내 사랑을 내보일 수가 없어."

내 맘속에서 일어나고 있는 일을 아무도, 주술사도 정신분석가도 심지어 남편도 이해할 수 없을 거라고 느끼고 있을 때, 그가 내게 나타나 설명해주었다……

그건 외로움이라고. 사랑하는 사람들에 둘러싸여 있어도 느껴지는 외로움. 나를 아껴주고 내게 좋은 일이 있기만을 바라지만,

그들이 그렇게 나를 도우려 애쓰는 것은 자신들도 똑같은 감정, 즉 외로움을 느끼기 때문이다. "혼자여도 도움을 베풀 수 있다"는 말이 연대감의 표현으로 영원히 굳어져 있기 때문이다.

머리로는 다 괜찮다고 말하지만, 삶을 공정하게 바라보지 못하는 이유는 알지 못한 채, 영혼은 혼란에 빠져 헤맨다. 하지만 아침에 일어나면 우리는 아이들, 남편, 애인, 상사, 직원, 학생 등 여남은 명 정도의 사람들을 보살피며 평범한 하루로 인생을 채워나간다.

그리고 항상 얼굴에 미소를 띠고 격려의 말을 건넨다. 누구도 자신의 외로움을 다른 사람들에게 설명할 수 없기 때문이다. 사람들에게 둘러싸여 있을수록 더욱더. 하지만 분명 존재하는 그 외로움은, 결코 자신을 속일 수 없으면서도 행복한 척하기 위해 모든 에너지를 써야만 하는 우리의 내면을 갉아먹는다. 그런데도 우리는 한사코 아침마다 피어나는 장미꽃만을 보여주려 하고, 상처 입히고 피 흘리게 하는 가시 돋친 줄기는 안으로 숨긴다.

사는 동안 누구나 완벽하게 혼자라고 느끼는 순간이 있다. 그렇지만 "외로워. 옆에 있어줄 사람이 필요해. 나는 이 괴물을 죽여야 해. 동화 속에 나오는 용처럼 모두들 이 괴물을 환상이라고 생각하지만 사실은 그렇지 않아"라고 말하지 못한다. 굴욕감을 느끼게 되니까. 괴물은 환상이 아니다. 그래서 순수하고 고결한 기사가 영광스러운 모습으로 나타나, 괴물을 물리치고 영원히 심연 속으로 처넣어주기를 기다리지만 그런 기사는 결코 와주지 않는다.

그러나 희망을 잃을 수는 없다. 그래서 보통은 하지 않던 일들을 시도하며, 타당하고 필요한 것 이상을 감행하게 되는 것이다. 마음속 가시가 점점 크게 자라 우리를 압도하지만 그래도 중간에 포기하지 못한다. 인생이 거대한 체스 게임이라도 되는 것처럼 모두가 최종 점수를 확인하려 든다. 우리는 이기든 지든 상관없다고, 중요한 것은 끝까지 해내는 거라고 믿는 척한다. 진짜 감정은 보이지 않게 깊이 감춰둔다. 그러다가……

……옆에 있어줄 사람들을 찾는 대신, 자신을 더욱 고립시키면서 침묵 속에서 상처를 핥기만 한다. 또는 자신의 삶과 아무런 관련이 없는 사람들과 식사를 같이하며 의미 없는 일들에 대해 떠들어대기도 한다. 한동안은 술을 마시고 이런저런 날들을 기념하며 가까스로 정신을 딴 데로 돌려보지만, 그래도 용은 사라지지 않는다. 그러다 결국 진짜 가까운 사람들이 뭔가 잘못되었다는 사실을 발견한다. 그들은 우리를 행복하게 해주지 못했다고 자책하며, 뭐가 잘못된 거냐고 묻는다. 우리는 다 괜찮다고 말하지만, 사실은 그렇지 않다.

모두 다 끔찍해. 날 좀 내버려둬. 더이상 눈물도 나지 않고 가슴도 아프지 않아. 남은 것은 불면과 공허와 무감각뿐이야. 너희도 같은 기분이지. 스스로에게 물어봐…… 하지만 그들은 잠시 힘든 시기를 지나고 있는 것뿐이라고, 잠시 우울한 것뿐이라고 주장한다. 그들은 있는 그대로의 혹독한 그 말, 외로움이란 말을 입에 올리기를 두려워하는 것이다.

그러면서 우리는 행복을 가져다줄 유일한 것을 끊임없이 추구한다. 빛나는 갑옷을 입고 나타나 용을 무찌르고, 장미를 꺾어 가시를 잘라줄 기사를.

우리가 삶에 대해 공정하지 않다고 주장하는 이들도 많다. 그들은 우리가 외로움과 불행을 겪어 마땅하다고 생각하며 고소해한다. 우리는 모든 것을 가졌는데 그들은 그렇지 않다는 이유로.

하지만 어느 날 눈먼 사람들이 앞을 보기 시작한다. 슬퍼하던 사람들이 위안을 얻는다. 고통받던 사람들이 구원을 받는다. 기사가 나타나 우리를 구해주고 삶은 다시 정당성을 회복한다.

그러나 당신은 여전히 거짓말하고 속여야 한다. 이번에는 상황이 다르다. 모든 것을 떨치고 꿈을 찾아 떠나고 싶은 충동을 느껴보지 않은 사람이 있을까? 꿈은 항상 위험하며 대가를 요구한다. 어떤 나라에서는 그 대가로 돌에 맞아 죽기도 하고, 또다른 곳에서는 사회에서 매장되거나 외면당하기도 한다. 당신은 계속 거짓말을 하고 사람들은 여전히 그 말을 믿는 척하지만 그들은 남몰래 질투하며 등뒤에서 숙덕거린다. 당신이 가장 질이 나쁘고 위협적인 인간이라고. 당신이 불륜을 저지른 남자라면 사람들은 대개 눈감아주고 때로는 우러러보기도 하겠지만 만일 불륜을 저지른 여자, 언제나 사랑과 이해로 감싸주던 불쌍한 남편을 속이고 다른 사람과 잠자리를 한 여자라면……

하지만 이 남편이 외로움을 물리쳐줄 수 없었다는 사실은 아무도 모른다. 당신 자신도 설명할 수 없는 무언가가 결여되어 있었다는 것, 당신은 그를 사랑하며 잃고 싶지 않다는 것도. 하지만 모든 것을 그대로 유지하고 싶은 욕구보다 먼 나라에서의 모험을 약속하는 눈부신 기사가 훨씬 힘이 세다. 비록 파티에서 사람들이 빤히 쳐다보면서, 아주 나쁜 본보기라며 당신 목에 맷돌을 매달아 배 밖으로 던져버려야 한다고 자기들끼리 숙덕거린다 해도.

상황을 더욱 고통스럽게 하는 것은 모든 것을 조용히 감내하고 있는 남편이다. 그는 불평하지도 소란을 피우지도 않는다. 그는 그것이 지나가리라고 믿는다. 당신 또한 그것이 지나가리라는 것을 안다. 하지만 지금은 당신보다는 그것의 힘이 더 세다.

그렇게 상황은 흘러간다. 한 달, 두 달, 일 년…… 모든 사람이 조용히 감내하면서.

하지만 그것은 허락을 구하고 말고 할 수 있는 문제가 아니다.

뒤를 돌아보면 당신 또한 지금 당신을 비난하는 사람들과 같은 생각을 했었다. 불륜을 저지른 사람들을 매도했고, 다른 나라에서라면 투석형에 처해질 만한 일이라고 생각했다. 그러다 언젠가 당신에게 그런 일이 일어난다. 그러면 자신의 행동에 대해 백만 가지쯤 되는 변명을 생각해내며 자신에겐 행복할 권리가 있다고 말한다. 용을 무찌르는 기사는 동화에만 존재하므로 비록 그 행복이 잠시뿐일지라도. 용은 절대 죽지 않는다. 그래도 당신에겐 일생에 한 번뿐이나마 어른의 동화를 이뤄볼 권리와 의무가 있다.

그러다가 무슨 일이 있어도 피하고픈 순간, 너무나 오랫동안 미뤄왔던 순간이 온다. 함께 남을 것인가, 영원히 헤어질 것인가를 결정해야만 하는 순간.

하지만 그런 순간과 함께 오는 것은 어떤 결정을 하더라도 결국 실수가 될 거라는 두려움이다. 그리고 계속 그런 식으로 버틸 수는 없으므로, 상대방이 집에서든 침대에서든 당신을 내쫓아 대신 선택을 해주기를 소망한다. 결국 우리는 더이상 하나가 아니며 서로 완전히 다른 두 사람 또는 여러 사람으로 분열된다. 당신은 이런 일을 한 번도 겪어보지 못했기에 어디에서 끝이 날지 알 수가 없다. 사실, 이제 한 사람을, 두 사람, 아니 여러 사람을 고통스럽게 할 상황에 처해 있다……

……하지만 어떤 선택을 하건 그것은 당신을 파괴할 것이다.

차량 흐름이 아예 멈춰 있다. 하고많은 날 중에 하필 오늘!

제네바는 주민 수가 20만도 채 안 되면서도 마치 세계의 중심인 듯이 행세한다. 그리고 실제로 그렇게 믿고, 그들이 '정상회담'이라고 부르는 것을 개최하려고 자기 나라를 떠나 멀리 이곳까지 날아오는 사람들이 있다. 대개 그런 회의들은 시 외곽에서 열리기 때문에 교통에 영향을 주는 일은 거의 없다. 기껏해야 도시 상공을 날고 있는 헬리콥터 몇 대가 보일 뿐이다.

오늘은 무슨 일인지 알 수는 없지만 주요 도로 중 하나가 폐쇄되었다. 신문을 읽긴 했으나 지역소식란은 읽지 않았다. 세계의 강국들이 핵무기 확산의 위협에 대해 '중립 지역에서' 논의하기 위해 대표단을 보낸다는 것은 알고 있다. 그런데 그게 내 인생에 무슨 영향을 준단 말인가?

엄청난 영향을 준다. 늦을 순 없다. 이 멍청한 차를 놔두고 대중교통을 이용했어야 했다.

* * *

미행과 사진 촬영을 통해 의뢰인에게 배우자의 외도 증거를 제공하는 전문 사설탐정이 벌어들이는 돈이 매년 유럽에서만 7400만 스위스프랑(미화로는 8000만 달러가량)에 이른다. 다른 업종은 모두 위기에 처해 회사가 도산하고 근로자들이 해고되는 가운데, 불륜 시장만큼은 엄청난 성장을 구가하고 있는 것이다.

그리고 수익을 얻는 것은 사설탐정들만이 아니다. 소프트웨어 개발자들은 'SOS 알리바이' 같은 스마트폰 앱을 개발했다. 작동 방법은 간단하다. 설정한 시간에 사무실에서 직접 보낸 다정한 문자가 배우자에게 전달되게 한다. 그래서 자신은 이불 속에 누워 샴페인을 마시고 있는 동안 배우자의 전화기에는 예정에 없던 회의가 생겨 퇴근이 늦겠다고 알리는 문자가 뜨는 것이다. '익스큐스 머신'이라는 또다른 앱은 여러 가지 핑계를 프랑스어와 독일어, 이탈리아어 등으로 구비하고 있어서 그날 가장 편리한 것으로 고르기만 하면 된다.

하지만 사설탐정과 프로그래머를 제외하면 진정한 승자는 호텔이다. 공식 통계에 따르면 스위스의 성인 일곱 명 중 한 명이 외도를 하는데, 전국의 기혼자 수를 감안하면 애인과 은밀히 만날 공간을 찾고 있는 사람이 45만 명 정도 된다는 얘기다. 어느 호화 호텔의 지배인은 고객 유치를 위해 "신용카드 청구서에 우리 식당에서 점심을 한 것처럼 보이게 하는 시스템을 갖추고 있다"고 말한 적이 있다. 그 호텔은 오후 반나절 이용료로 600스위스프랑을 기꺼이 지불하는 사람들이 애용하는 시설이 되었다. 지금 내가 가고 있는 곳도 바로 그곳이다.

스트레스 속에 삼십 분을 보낸 뒤 나는 주차요원에게 차를 맡기고 방으로 뛰어올라간다. 호텔이 보내준 이메일 덕분에 나는 프런트에 아무것도 묻지 않고도 정확히 어디로 가야 할지 알고 있다.

프랑스와의 국경 지역에 있던 카페에서 지금 내가 있는 곳에 오기까지, 우리가 진정 원하는 것이 이것임을 확인하기 위해 더 필요한 것은 없었다. 설명도, 사랑의 맹세도, 심지어는 또 한번의 만남조차 없었다. 두 사람 다 너무 많은 생각을 하다 뒷걸음칠 것을 우려해, 간단한 질문과 대답만으로 결정을 내린 것이다.

이제 더는 가을이 아니다. 다시 봄이 찾아와, 나는 다시 열여섯, 그는 열다섯이 되었다. 나는 신비롭게도 내 영혼의 처녀성을 회복했다(육체의 처녀성은 잃은 지 오래니까). 우리는 키스한다. 세상에, 이게 어떤 건지 잊고 살았어. 지금껏 나는 그저 내가 원하는 것에만, 그것을 위해 어떻게 해야 하고 언제 그만두어야 하는지에만 골몰하며 살아왔고, 남편의 그런 태도도 그대로 받아들였다. 모두 잘못된 일이었다. 우리는 더이상 서로에게 온전히 자신을 내맡기지 않고 있었다.

어쩌면 이 남자는 이제 그만 멈출 것이다. 우리는 키스 이상을 해본 적이 없다. 그 길고 달콤했던 키스를 나누려고 우리는 학교의 후미진 구석을 찾아들곤 했다. 하지만 나는 모두가 날 바라보기를, 그래서 부러워하기를 바랐다.

그는 멈추지 않는다. 그의 혀에서 담배와 보드카 냄새가 섞인 씁쓸한 맛이 난다. 나는 쑥스럽고 긴장되어, 그와 출발선이 같으려면 내게도 담배와 보드카가 필요하다고 생각한다. 그를 부드럽게 밀치고 미니바로 가, 조그만 병에 든 진을 단번에 삼킨다. 목구멍이 타들어가는 느낌이다. 담배를 청한다.

그가 한 개비를 주면서 우리 방은 금연실이라는 사실을 일깨운다. 그런 바보 같은 규칙까지 통틀어 모든 규칙을 깨뜨리는 이 짜릿한 기분! 담배 한 모금을 빨아들이니 속이 울렁거린다. 술 때문인지 담배 때문인지 모르겠지만, 어쨌든 안전한 쪽을 택하자는 생각에 화장실로 가 변기에 담배를 버린다. 내 뒤를 따라온 그가 뒤에서 날 붙잡고 목덜미와 귀에 키스를 하며 몸을 바짝 붙여온다. 내 엉덩이에 그의 발기가 느껴진다.

내 도덕률은 다 어디로 갔을까? 이곳을 나가 정상적인 삶으로 돌아가면 내 머릿속은 과연 어떤 상태일까?

그가 나를 다시 방으로 이끈다. 나는 몸을 돌려 담배와 침과 보드카 맛이 나는 그의 입과 혀에 키스를 한다. 나는 그의 입술을 깨물고 그는 학창시절 이후 처음으로 내 가슴을 만진다. 나는 옷을 벗어 구석에 던진다. 아주 짧은 순간, 벗은 몸이 창피하다. 그 봄날의 학교에서와 달리 난 이제 소녀가 아니다. 우리는 거기 그대로 서 있다. 커튼은 열려 있고, 레만 호수만이 반대편 호반 건물 속 사람들로부터 우리를 가려준다.

누군가 우리를 보고 있다면 더 좋겠다. 그런 상상이 내 젖가슴을 애무하는 그의 입술보다 날 더 흥분시킨다. 나는 난잡한 여자, 나를 돈으로 산 남자와 호텔에서 뒹굴며 요구하는 건 뭐든지 다 해주는 창녀다.

하지만 그런 느낌은 오래가지 않는다. 나는 그를 생각하며 하루에도 몇 번씩 자위를 하던 열여섯 살로 되돌아간다. 그의 머리를 가슴에 끌어당기며 유두를 깨물어달라고 한다. 아픔과 쾌감으로 나는 조그맣게 비명을 지른다.

그는 옷을 그대로 입고 있고 나는 완전히 발가벗었다. 내 다리 사이로 그의 머리를 밀어내리며 입으로 해달라고 말한다. 하지만 그는 나를 침대로 내동댕이친 후 옷을 벗고 내 몸 위로 올라온다. 그의 손이 침대 옆 탁자 위에서 무언가를 찾는다. 그러자 우리는 균형을 잃고 바닥으로 떨어진다. 풋내기라는 확실한 표시. 그래, 우리는 풋내기가 맞지만 전혀 부끄럽지 않다.

그가 찾던 것을 손에 넣는다. 콘돔이다. 그는 내게 그것을 입으로 끼워달라고 한다. 나는 미숙하고 조금은 어색하게 그 말에 따른다. 그 물건이 왜 필요한지 이해할 수 없다. 설마 내게 무슨 병이 있다거나 이 남자 저 남자와 자고 돌아다닌다고 생각하는 건 아니겠지. 하지만 나는 그의 뜻에 따르기로 한다. 라텍스에 묻어 있는 윤활제의 맛이 불쾌하게 느껴지지만 어떻게든 방법을 찾아내야 한다. 이렇게 콘돔을 끼우는 것이 처음이라는 걸 내색하지 않는다.

콘돔을 다 끼우자마자 그는 내게 침대에 누우라고 한다. 세상에, 드디어 일이 벌어지는구나! 나는 행복한 여자다.

하지만 그는 질을 통해 들어오지 않고 뒤에서 나를 가지려 한다. 겁이 난다. 나는 뭐하는 거냐고 묻지만 그는 대답하지 않고 탁자에서 또다른 무언가를 집어 내 항문에 바른다. 바셀린이나 그 비슷한 것 같다. 그리고 그는 내게 자위하라고 말하고는 아주 천천히 내 안으로 들어온다.

그의 말대로 하자 나는 섹스가 금기이던 십대 시절로 다시 돌아간 느낌이 든다. 그리고 아프다. 아, 이럴 수가, 너무나 고통스럽다. 자위는커녕 그냥 이불을 붙잡고 입술을 깨물며 고통 속에 비어져나오는 비명을 참는다.

"아프다고 말해. 한 번도 이렇게 해본 적 없다고 말해. 소리질러." 그가 명령한다.

다시 한번 그의 말에 복종한다. 거의 사실이라고 할 수 있다. 네다섯 번쯤 해봤지만 한 번도 좋았던 적은 없다.

그의 움직임이 점점 더 격렬해진다. 그는 쾌락에 젖어 신음하고 나는 통증으로 신음한다. 그는 내 머리를 마치 동물처럼, 말의 갈기처럼 붙들어쥐고 점점 속도를 내며 질주한다. 단 한 번의 동작으로 내 안에서 빠져나온 그가 콘돔을 벗겨내고 내 몸을 뒤집더니 내 얼굴에 사정한다.

그는 신음 소리를 내지 않으려고 노력하지만 그의 자제력이 지고 만다. 그리고 내 몸 위로 쓰러진다. 이 모든 것이 두렵기도 하고 매혹적이기도 하다. 그는 욕실로 가 쓰레기통에 콘돔을 던져넣고 돌아온다.

그는 내 옆에 누워 다시 담배에 불을 붙이고는, 보드카 잔을 재떨이 삼아 내 배 위에 올려놓는다. 우리는 오래도록 아무 말 없이 천장을 응시한다. 그가 나를 애무한다. 이제 그는 좀 전의 난폭한 남자가 아니라, 은하계와 천문학에 대해 이야기하던 학창 시절의 젊은 낭만주의자가 되어 있다.

"냄새를 남기면 안 돼."

그의 말이 나를 거칠게 현실로 되돌려놓는다. 그는 이번이 처음이 아닌 게 분명하다. 그래서 콘돔도 있었던 것이고, 모든 것을 우리가 이 방에 들어오기 전의 상태로 되돌려놓으려는 현실적인 고려들을 할 수 있는 것도 다 그 때문일 것이다. 나는 마음속으로 그를 욕하고 미워하지만, 미소로 마음을 감추며 냄새를 없애는 방법에 대해 묻는다.

집에 가서 남편을 안기 전에 샤워만 하면 된다고 그는 말한다. 바셀린이 팬티에 자국을 남길 테니 팬티를 감추라는 조언도 덧붙인다.

"남편이 집에 있으면, 안으로 뛰어들어가면서 볼일이 급하다고 말해."

역겹다. 나는 그렇게 오랫동안 암호랑이처럼 행동할 수 있기만을 기다려왔는데 결국은 암말처럼 이용당하고 말았다. 하지만 그것이 인생이다. 현실은 결코 십대의 낭만적 환상에 근접하지 못한다.

완벽하네, 그렇게 해야겠다.

"우리 다시 만났으면 좋겠어."

그렇다. 이 간단한 말 한마디에 지옥 같았던 마음이 다시 천국이 되었다. 나의 행동은 실수나 착오가 아니었다. 응, 나도 다시 만나고 싶어. 오늘은 초조하고 쑥스러웠지만 다음에는 더 나을 거야.

"사실, 오늘 대단했어."

그래, 대단했어. 그런데 난 그걸 방금 깨달았지 뭐야. 우리 둘 다 이건 결국 끝나게 되어 있는 이야기란 걸 알고 있어. 하지만 지금은 상관없어.

나는 더이상 아무 말도 하지 않는다. 그저 그의 옆에 있는 이

시간을 음미한다. 그가 담배를 다 피우기를 기다렸다가 옷을 입고 먼저 아래층으로 내려가기 전까지.

들어올 때와 같은 문으로 나갈 것이다.

똑같은 차를 타고 매일 돌아가는 똑같은 곳으로 돌아갈 것이다. 그곳에 뛰어들어가며 볼일이 급하다고 말할 것이다. 목욕을 하고 내 몸에 남아 있는 그의 흔적을 지울 것이다.

그리고 그때야 비로소 나는 남편과 아이들에게 입을 맞출 것이다.

그 호텔방에서 우리 두 사람은 제각기 다른 것을 원했다. 나는 상실된 낭만을 원했고, 그는 사냥꾼의 본능에 이끌렸다. 나는 사춘기의 그 소년을 찾으려 했고, 그는 선거 전 자신을 인터뷰하러 왔던 매력적이고 대담한 여자를 원했다.

나는 내 인생이 다른 방향을 향할 수 있을 거라 믿었고, 그는 주의회의 지루하고 끝없는 토의를 벗어나고 싶어했다.

그에게 그것은 단순하지만 위험한 오락에 불과했다. 나에게 그것은 용서받을 수 없고 잔인한 어떤 것, 이기심과 뒤섞인 자아도취의 표출이었다.

남자들이 외도를 하는 것은 그들의 유전자에 새겨진 특성이다. 여자의 경우는 자존감이 부족해서일 것이다. 게다가 여자는 자신의 몸뿐 아니라 결국은 마음 한구석까지 내주고 만다. 진정한 범죄다. 절도다. 은행을 터는 것보다 나쁜 짓이다. 언젠가 발각되는 날(그리고 항상 발각되기 마련이다) 자기 가족에게 되돌릴 수 없는 상처를 주게 되니까.

남자에게 그것은 그저 '멍청한 실수'일 뿐이다. 여자에게 그것은 자신을 애정으로 감싸, 엄마와 아내로서 지지하는 모든 사람에게 저지르는 정신적 살인이다.

남편 옆에 누워, 마리안 옆에 누워 있을 야코프를 상상한다. 그의 머릿속을 채우는 걱정은 다른 것들이다. 내일 있을 정치 관련 회의들, 마무리해야 할 일들, 바쁜 일정. 반면에 천치 같은 나는 천장을 응시한 채 그 호텔에서 보낸 일분일초를 떠올리며 내가 주연을 맡은 포르노 영화를 계속 돌려보고 있다.

그날 창문 밖을 바라보던 생각이 난다. 그 순간 나는 누군가 망원경으로 모든 걸 훔쳐보고 있기를, 제 몸을 만지며, 뒤에서 정복당하는 복종적이고 굴종적인 내 모습을 보고 있기를 바랐다. 그런 생각만으로도 몸이 달아올랐다! 미칠 듯한 흥분을 느끼며, 나는 전혀 모르던 내 어떤 면을 발견하게 되었다.

나는 이제 삼십대가 되었다. 이젠 어린애가 아니고, 스스로에 대해 새로이 알 것은 남지 않았다고 생각했다. 하지만 아니었다. 나도 나를 모른다. 이제 수문을 열어버렸으니, 더 멀리 나아가

머리로만 알고 있던 것을 모조리 시도해보고 싶다.

이제 그만할래, 그 사람을 사랑하는 게 아니야, 외로움이 만들어낸 환상일 뿐이었어, 라는 말은 할 수 없다.

난 어쩌면 그를 사랑하지 않는지도 모른다. 그러나 그가 내 안에 일깨워놓은 것을 사랑하는 것만은 분명하다. 그는 존중 없이 나를 대했고 내 자존감을 발가벗겼다. 내가 또다시 다른 사람의 기분에 맞추려고만 애를 쓸 때, 그는 아무런 구애도 받지 않고 자신이 원하는 바대로 행동했다.

내 정신이 어떤 비밀스럽고 낯선 곳으로 흘러들어간다. 이번에는 내가 군림한다. 발가벗은 그의 모습이 보인다. 하지만 이제 명령을 내리는 사람은 나다. 나는 그의 손과 발을 묶고 그의 얼굴 위에 앉아, 오르가슴을 더이상 참을 수 없을 때까지 음부를 애무하게 한다. 그러고는 그를 엎드리게 한 다음 뒤쪽에서 손가락을 쑤셔넣는다. 처음에는 하나, 다음엔 둘, 다시 세 손가락을. 그가 고통과 쾌감으로 신음하는 동안 나는 다른 손으로 그의 성기를 주무르며 손가락을 타고 흘러내리는 뜨거운 액체를 느낀다. 나는 손을 입으로 가져가 손가락을 하나씩 핥은 후 나머지는 그의 얼굴에 문지른다. 더 해달라고 애걸하는 그에게 나는 싫다고 말한다. 결정하는 사람은 나야!

잠들기 전, 나는 자위로 연달아 두 번 오르가슴을 느낀다.

매일 아침 똑같은 장면. 남편은 아이패드로 일간신문을 읽고, 아이들은 학교에 갈 준비를 하고, 태양은 창문을 통해 흘러들어오고, 나는 뭔가 걱정거리가 있는 척을 한다. 사실은 누군가 의심이라도 할까봐 죽을 만큼 겁내고 있으면서.

"당신, 오늘은 기분 좋아 보이네."

좋아 보일 테고 실제로도 좋지만, 그래서는 안 된다. 어제의 내 경험은 모두에게, 특별히 내게 위험한 일이었다. 그의 말 속에 의심의 기미라도 있나? 그렇진 않은 것 같다. 남편은 내 말은 뭐든 믿는다. 바보라서가 아니라—결코 아니지—나를 신뢰하기 때문이다.

그래서 내 기분은 더욱 엉망이 된다. 나는 신뢰받을 자격이 없는 사람이다.

아니, 난 신뢰할 만한 사람이다. 내가 그 호텔로 이끌려간 것은 거짓된 어떤 것에 내몰렸기 때문이다. 그게 괜찮은 핑계가 될까? 아니, 고약한 핑계다. 강요한 사람은 아무도 없었으니까. 언제라도 나는 주장할 수 있을 것이다. 외로웠다고, 이해하고 참아주는 사람이 있었을 뿐 내게 필요한 관심을 쏟아주는 사람은 없었다고. 내가 하는 일에 거역하고, 대항하고, 이의를 제기할 만큼 관심을 쏟아주는 사람이 필요했다고도 말할 수 있을 것이다. 꿈에서일지언정 누구에게나 있을 수 있는 일이라고 우길 수도 있을 것이다.

하지만 본질적으로는 아주 단순한 일이다. 나는 어떤 남자와 잠자리를 했고, 그렇게 한 것은 그것을 원했기 때문이다. 그게 전부다. 그 어떤 지성적 심리적 정당화도 있을 수 없다. 난 그저 그 남자와 자고 싶었을 뿐이다. 그게 다다.

결혼을 안정이나 지위나 돈을 위해 하는 사람들을 알고 있다. 그들에게 사랑은 가장 하찮은 것이다. 하지만 나는 사랑 때문에 결혼했다.

그러면 나는 왜 그런 짓을 했을까?

외롭기 때문에. 그런데 왜?

"당신 행복해 보여서 정말 좋다." 남편이 말한다.

나는 말한다. 그래, 정말로 행복해. 가을 아침은 눈부시고 집은 깔끔하고 나는 사랑하는 남자와 함께 있으니까.

남편이 자리에서 일어나 내게 키스한다. 아이들은 우리의 대화를 잘 이해하지도 못하면서 웃는다.

"그리고 나는 사랑하는 여자와 함께 있지. 그런데 왜 지금 그 얘기를 하는 거야?"

하면 안 돼?

"지금은 아침이야. 오늘 저녁 잠자리에서 다시 해줘."

맙소사, 난 도대체 누군가? 이런 말을 왜 하고 있는 건가? 남편이 아무것도 의심하지 않도록? 왜 다른 날 아침처럼 가족의 평안을 돌보는 능숙한 아내처럼 행동하지 않은 거지? 이런 애정 표현은 뭐란 말인가. 너무 다정하게 행동하면 의심을 사게 될 텐데.

"난 당신 없인 못 살아." 남편이 다시 앉으며 말한다.

혼란스럽다. 하지만 이상하게도 어제 일에 대해서는 전혀 죄책감이 들지 않는다.

출근을 하니 편집장이 나를 칭찬한다. 내 기사가 오늘 신문에 나왔다.

"그 쿠바인 기사 칭찬 메일이 편집국 앞으로 쇄도했어. 그자가 누군지 다들 알고 싶어해. 주소만 나가게 해도 한동안 일거리가 넘칠 텐데 말이지."

쿠바인 주술사! 그가 신문을 읽는다면 기사 속에 자기가 한 말은 하나도 없다는 사실을 알게 될 것이다. 나는 모든 내용을 주술 관련 블로그에서 가져왔다. 보아하니 내 위기는 결혼생활의 문제에만 국한되지 않은 것 같다. 이젠 훌륭한 직업인이라 할 수도 없게 될 것 같다.

주술사가 내 눈을 들여다보며 자신의 신분을 노출시키지 말라고 위협하던 순간에 대해 편집장에게 설명한다. 편집장은 그런 말을 정말로 믿으면 안 된다며, 딱 한 사람한테만 주소를 주면 안 되겠느냐고 묻는다. 자기 아내.

"요즘 상당히 스트레스에 시달리더라고."

모든 사람이, 그 주술사도 포함해, 상당히 스트레스에 시달린다. 나는 장담할 수는 없지만 얘기해보겠노라고 말한다.

편집장은 당장 전화를 해보라고 한다. 쿠바인 주술사에게 전화를 걸어 통화하는데 그의 반응이 놀랍다. 그는 내게 솔직하게 말해줘서, 그리고 자신의 신분을 지켜줘서 고맙다면서 기사 주제에 대한 내 식견을 칭찬한다. 나도 그에게 고맙다고 한 뒤 독자 반응을 알려주고 다시 한번 만나면 어떻겠느냐고 묻는다.

"그때 두 시간이나 얘기했잖아요! 지금 있는 자료만으로도 충분할 텐데요!"

언론 보도는 그런 식으로 하는 게 아니에요, 나는 설명한다. 기사에 실린 내용 중 우리 대화에서 가져온 것은 거의 없어요. 대부분 제가 조사한 내용이잖아요. 이제 그 주제에 대해 다른 방식으로 접근할 필요가 있어요.

편집장이 아직도 옆에 서서 통화 내용을 들으며 손짓을 한다. 주술사가 전화를 끊으려 하자 나는 기사에 부족한 것이 많다고 우긴다. 이 '영적인' 탐구에서 여성의 역할에 대해 좀더 심도 있게 조사할 필요가 있으며, 또 내 상사의 아내가 그를 만나고 싶어한다고. 주술사가 웃음을 터뜨린다. 그와 한 약속을 절대 깨지는 않겠지만, 사실 다들 그가 어디 사는지, 어느 요일에 일하는지 알고 있다고 나는 주장한다.

받아들이든 말든 알아서 하세요. 더 얘기하고 싶지 않으시면 전 다른 사람을 찾아볼 거예요. 신경쇠약 직전의 환자들을 치료한다며 전문가라 주장하는 사람들은 사방에 널렸어요. 주술사님이 쓰는 방법이 남다르긴 하지만, 영적 치유를 하는 사람이 이 도시에 단 한 명뿐인 건 아니니까. 먼저 연락해온 사람들도 많아요. 대부분 아프리카 사람들인데, 자기들이 하는 일을 좀더 알리고, 돈도 벌고, 추방될 위기에 처했을 때 보호막이 되어줄 중요 인사들을 만나려는 거죠.

쿠바인은 잠시 머뭇거리더니 결국은 허영심과 경쟁에 대한 두려움에 백기를 든다. 우리는 베리에에 있는 그의 집에서 만날 약속을 정한다. 그가 어떻게 사는지 어서 봤으면 좋겠다. 기사에도 활기를 불어넣어줄 것이다.

* * *

베리에에 있는 주술사의 집, 우리는 사무실로 개조한 작은 거실에 있다. 벽에는 인도에서 들여온 것 같아 보이는 도해들이 걸려 있는데, 에너지 중심점의 위치와 발바닥 경혈이 표시되어 있다. 가구 위에 놓인 크리스털도 몇 개 보인다.

주술사와 나는 이미 주술 의식에 있어서의 여성의 역할에 대해 매우 흥미로운 대화를 나눈 적이 있다. 주술사는 인간은 모두 출생과 함께 계시의 순간을 경험하는데, 그런 순간은 여자들에게 더 흔히 나타난다고 설명한다. 농사의 신은 항상 여성이며 동굴에 살던 원시 부족들이 약초를 쓰게 된 것도 여자들의 채취 활동을 통해서였다. 여성은 영적 정서적 세계에 훨씬 더 민감하며, 그 때문에 예전엔 '히스테리'라 칭했고 지금은 '양극성기분장애'라고 불리는 위기, 즉 하루에도 몇 번씩 절대적 희열에서 극심한 슬픔을 오가는 상태로 인해 고통받기 쉽다. 쿠바인 주술사에 따르면 정령들은 남자보다는 여자와 더 잘 소통하는데, 그것은 여자들이 말로 표현되지 않는 언어를 훨씬 잘 이해하기 때문이다.

나는 되도록 그 사람의 언어라고 여겨지는 방식으로 말을 하려고 노력한다. 예컨대 악령이라든가 하는 존재가 그런 과민성을 공략해 원치 않는 일을 하도록 유도할 가능성도 있을까요?

그는 내 질문을 이해하지 못한다. 나는 바꾸어 말한다. 여자들이 행복에서 슬픔을 오갈 정도로 불안정하다면……

"제가 불안정이라는 단어를 썼나요? 그렇지 않아요. 외려 반대죠. 여자들은 매우 민감하지만 남자들보다 훨씬 꿋꿋해요."

예를 들어, 사랑할 때가 그렇죠. 나는 내게 일어났던 일을 그에게 모두 이야기하고 흐느껴 울기 시작한다. 그는 냉정하다. 하지만 심장이 돌로 된 사람은 아니다.

"불륜에 관한 한, 중재는 거의 혹은 전혀 도움이 안 됩니다. 이 경우, 그 사람은 이 상황을 즐기고 있군요. 그런 사람들은 자기 결혼생활은 안전하게 유지하면서 동시에 모험을 즐깁니다. 이상적인 상황이죠."

사람들은 왜 불륜을 저지를까요?

"그건 제 영역이 아닙니다. 지극히 개인적인 견해야 있지만 기사화할 만한 내용은 아니죠."

제발 도와주세요.

그는 향을 몇 개 피운 뒤, 내게 가부좌를 하고 자기 앞에 앉으라고 하고는 본인도 같은 자세로 앉는다. 좀 전에는 냉정하던 사람이 이젠 날 돕기 위해 애쓰는 친절한 현자처럼 보인다.

"결혼한 사람이 다른 상대를 찾으려 한다고 해서 반드시 배우자와의 관계가 삐걱거리고 있다는 뜻은 아닙니다. 그리고 나는 섹스가 주된 동인이라고도 믿지 않아요. 무료하거나 삶에 대한 열정이 부족하거나 도전할 만한 일이 별로 없어서인 경우가 더 많지요. 여러 요인이 복합적으로 작용하는 겁니다."

그런데 그런 일은 왜 일어날까요?

"우리가 신으로부터 멀어져 파편화된 삶을 살고 있기 때문입니다. 다시 합일을 원하지만 되돌아가는 길을 몰라요. 그래서 끊임없는 불만족 상태에 있게 되는 거죠. 사회는 규율을 정하고 법을 만들지만 그런다고 문제가 해결되는 건 아니에요."

다른 관점을 찾은 듯하여 마음이 가벼워진다. 그의 눈을 보니 알 것 같다. 직접 겪어본 사람으로서 하는 말이라는 것을.

"애인 옆에만 있으면 발기부전이 되는 남자를 만난 적 있어요. 하지만 그 사람은 애인과 함께 있는 게 좋았고 여자도 그 남자와 함께 있으면 기분이 좋았죠."

나는 참지 못하고 묻는다. 혹시 본인 얘기가 아닌지.

"맞아요. 그 일 때문에 아내가 떠났어요. 그런 극단적인 결정을 할 만한 일이 아니었는데 말이죠."

그래서 어떻게 대응하셨어요?

"도움을 줄 영들을 불러낼 수도 있었겠지만 그랬다면 내세에서 대가를 치러야 됐겠죠. 하지만 아내가 왜 그렇게 행동했는지 이해해야만 했어요. 내가 아는 주술을 동원해 아내를 찾아오고 싶은 유혹을 떨치려고 그 주제에 대해 공부하기 시작했죠."

의도한 듯 보이지는 않지만, 이제 쿠바인 주술사에게선 흡사 교수 같은 분위기가 풍긴다.

“수많은 사람이 제기하는 의문에 대해 오스틴에 있는 텍사스 대학교에서 연구를 했습니다. 남자들은 왜 여자들보다 바람을 더 많이 피우는가? 사랑하는 사람들에게 고통을 주게 될 자기 파괴적 행동이라는 것을 알면서도 말이에요. 결론은 남자나 여자나 바람피우고 싶은 욕구는 똑같다는 거였어요. 단지 여자들이 자제를 더 잘한다 뿐이지.”

그가 손목시계를 본다. 나는 부디 계속 말해달라고 청하면서, 어쩌면 이 사람도 자기 마음을 열어 보일 수 있어서 내심 좋을 거라고 생각한다.

“정서적 개입 없이 오직 성적 충동을 해소하기 위해 남자들이 행하는 짧은 접촉은 종의 보존과 확산을 가능하게 했어요. 똑똑한 여자라면 그걸로 남자들을 탓하면 안 됩니다. 남자들도 그러지 않으려고 노력하지만 생물학적으로 저항이 힘든 존재들입니다. 내가 너무 이론적으로 얘기하고 있나요?”

아니요.

“이런 생각 해본 적 있어요? 인간은 거미나 뱀을 자동차보다 더 무서워하죠? 교통사고로 인한 사망이 압도적으로 더 많은데도 말입니다. 우리의 의식이 아직도 동굴 원시인 시절, 즉 뱀이 치명적이었던 시절에 머물러 있어서 그래요. 여러 여자를 거느리고자 하는 남자의 욕구도 마찬가지입니다. 원시시대 남자들은 사냥을 나가 자연을 보고 배웠어요. 종의 보존이 우선인 자연은 가능한 한 많은 여자를 임신시켜야 한다고 가르쳤지요."

여자들은 종의 보존에 대해 생각하지 않았을까요?

"했지요. 하지만 종에 대한 남자들의 책무는 길어봐야 십일 분간 지속되는 반면 여자들에게는 아이 하나가 최소한 아홉 달의 임신 기간을 의미해요. 돌보고 먹이고, 거미나 뱀을 비롯한 위험에서 보호하는 일은 차치하고 말이죠. 그래서 여자들의 본능은 다르게 발전했습니다. 애정과 자제력이 더 중요하게 된 거죠."

그는 지금 자기 이야기를 하고 있다. 자기가 한 일을 정당화하려고 애쓰는 것이다. 나는 주위를 돌아보며 도해들과 크리스털과 향을 바라본다. 마음 깊은 곳에서는 우리 모두 똑같다. 똑같은 실수를 저지르고, 똑같은 의문을 품은 채 살아간다.

쿠바 남자는 다시 손목시계를 보더니 시간이 다 되었다고 말한다. 다른 고객을 맞을 시간이라며, 고객들이 대기실에서 마주치지 않도록 신경쓰고 있다고 말한다. 그가 자리에서 일어나 나를 문까지 배웅한다.

"무례하다 생각 마시고, 부탁인데 다시는 절 찾지 마세요. 할 말은 이미 다 해드렸습니다."

성경에 이런 대목이 있다.

저녁때 다윗이 그의 침상에서 일어나 왕궁 옥상을 거닐다 보니 한 여인이 목욕을 하는데 심히 아름다웠다. 다윗이 사람을 보내 그 여인을 알아보게 하였다.

그가 아뢰되, "그 여인은 엘리암의 딸이요 헷 사람 우리아의 아내 밧세바입니다" 하니, 다윗이 전령을 보내어 그 여자를 자기에게 데려오게 하고 더불어 동침하매 그 여자가 자기 집으로 돌아갔다. 그 여인이 임신하매 사람을 보내 다윗에게 이르되 "내가 임신하였나이다" 했다.

그러자 다윗은 충실한 전사 우리아에게 명령하여 전장에 나가 위험한 임무를 수행하게 했다. 우리아는 죽고 밧세바는 궁전으로 가 왕과 함께 살았다.

다윗은—위대한 본보기이자 누대에 걸친 우상이며 두려움을 모르는 전사인 그가—간음을 저질렀을 뿐 아니라 경쟁자의 충성과 선의를 이용해 그를 죽음에 이르게 할 명령을 내린 것이다.

성경을 들먹이며 간음이나 살인을 정당화하려는 것은 아니다. 그냥 이 이야기를 학교에서 배웠던 생각이 난다. 어느 봄날 야코프와 키스를 했던 바로 그 학교에서.

다시 그와 키스하기까지 십오 년이 걸렸고, 마침내 이루어졌을 때 그것은 내가 상상하던 것이 아니었다. 추잡하고 이기적이고 불길하게 느껴졌다. 하지만 그럼에도 난 좋았고, 또다시 할 수 있기를 바랐다. 야코프와 나는 두 주 동안 네 번 만났다. 초조함은 점차 사라졌다. 우리는 정상적으로도, 색다르게도 잠자리를 했다. 그를 묶고, 쾌감을 도저히 견딜 수 없을 때까지 내 아래를 핥게 하는 환상은 아직 실현하지 못했다. 하지만 언젠간 그렇게 하고 말 것이다.

서서히, 마리안은 내 이야기 속에서 중요성을 잃어갔다. 나는 어제도 그 여자의 남편과 함께 있었다. 그것은 바로 이 모든 일에서 그녀가 얼마나 하찮은 존재인지 보여준다. 나는 이제 쾨니히 부인이 우리 관계를 알게 된다거나 심지어 이혼을 생각하게 되기를 원치 않는다. 그래야만 내가 힘든 노력과 감정의 통제를 통해 성취한 모든 것, 내 아이들과 남편과 직업, 그리고 이 집을 포기하지 않고도 연인이 주는 쾌락을 누릴 수 있을 테니까.

숨겨둔 코카인을 곧 들킬지도 모르는데 어떻게 하면 좋을까? 그걸 사는 데 많은 돈이 들었다. 되팔 생각은 안 든다. 방되브르 교도소 문을 두드리는 거나 다름없는 짓이다. 다시는 직접 사용하지 않겠다고 다짐했다. 좋아할 만한 사람들에게 선물할 수도 있겠지만 내 평판에 영향이 있을 테고, 설상가상으로 더 구해달라고 부탁하는 사람이 있을지도 모른다.

야코프를 침대로 끌어들이겠다는 꿈을 성사시키고 나자, 구름 위로 떠올랐다가 다시 현실로 추락한 느낌이다. 나는 그게 사랑이라고 생각했지만 사실은 그저 한순간의 매혹, 당장이라도 사라질 감정임을 깨달은 것이다. 또한 그 감정을 유지해야겠다는 생각도 전혀 없다. 모험도, 일탈의 쾌락도, 새로운 성적 경험과 즐거움도 이미 모두 누렸기 때문이다. 그리고 이 모든 것에 대해 한 점 뉘우침도 없다. 반듯하게 살아온 그 긴 세월 끝에 마땅히 받을 만한 선물을 스스로에게 주고 있는 것뿐이다.

마음이 편안하다. 적어도 오늘까지는 그랬다.

한동안은 잠을 잘 이루었는데, 그간 심연에 처박혀 있던 용이 이제 다시 모습을 드러낸 것 같다.

나 자신이 문제일까, 아니면 크리스마스가 다가오기 때문일까? 일 년 중 이맘때가 가장 우울하다. 호르몬장애라든가 체내 특정 화학물질의 결핍 증상과는 다르다. 제네바는 다른 나라들처럼 그렇게 부산스럽지 않아서 그나마 다행이다. 언젠가 크리스마스를 뉴욕에서 보낸 적이 있다. 어디를 가나 보이던 조명과 반짝이 장식과 캐럴을 부르는 사람들, 그리고 멋지게 꾸민 창문, 순록, 종, 가짜 눈송이, 온갖 크기의 알록달록한 장식이 달린 나무들, 너나없이 지어 보이는 미소…… 나는 내가 괴상한 거라고, 나 혼자 완벽한 이방인처럼 느끼는 거라고 확신했다. 한 번도 LSD를 해본 적은 없지만, 그렇게 알록달록한 색깔을 한 번에 다 보려면 보통 양의 세 배는 흡입해야 할 것 같았다.

이곳에서는 기껏해야 중심가 몇 군데에 등장하는 변변찮은 장식이 다인데 그것도 그나마 관광객들 때문인 듯하다. (사세요! 아이들에게 스위스에서 산 선물을 갖다주세요!) 하지만 아직 그런 중심가엔 가보지 않았으므로, 이 이상한 기분이 크리스마스 때문일 리는 없다. 12월은 내내 행복해야 하는 달이라고 알려주는 듯한, 굴뚝에 매달아놓은 산타클로스 인형도 내 주변에는 보이지 않는다.

늘 그렇듯 나는 침대에서 뒤척인다. 늘 그렇듯 남편은 잠들어 있다. 사랑을 나눈 뒤다. 예전보다 횟수가 잦아졌는데, 남편에게 숨기는 게 있어서인지 내 성욕이 강해져서인지는 잘 모르겠다. 확실한 것은 남편과 있으면 예전보다 훨씬 더 달아오른다는 것이다. 그이는 내가 늦게 들어와도 아무것도 묻지 않는다. 질투하는 기색도 내비치지 않는다. 집에 오자마자 욕실로 달려가야 했던 첫날을 제외하고, 나는 사전에 모든 냄새와 흔적이 남은 옷을 없애라는 야코프의 말에 따르고 있다. 지금은 항상 여벌 팬티를 챙겨가고 호텔에서 샤워를 한 다음 완벽하게 화장한 모습으로 엘리베이터에 탄다. 긴장을 드러내거나 의혹을 불러일으키는 행동은 하지 않는다. 두 번쯤 아는 사람과 마주쳤는데 나는 부러 인사를 건넸다. 그들이 '저 여자, 남편 말고 만나는 사람이 있는 거야?' 하고 생각하든 말든 개의치 않았다. 그게 자존심을 지키는 데도 좋고 전적으로 안전하기도 하다. 결국, 자기 집이 있는 도시의 호텔 엘리베이터 안에 있다는 건 그들 역시 나만큼 켕기는 데가 있다는 뜻이다.

잠이 들었다가 몇 분 후 다시 깬다. 프랑켄슈타인의 괴물이 탄생했고, 지킬 박사의 괴물이 본색을 드러내려는 것 같다. 아직은 두렵지 않지만, 어서 몇 가지 행동 규칙을 정해놓아야 한다.

나는 정직하고 친절하고 배려심도 있고 전문적일 뿐 아니라, 어려운 순간을 맞닥뜨릴 때, 특히 인터뷰에서 상대가 공격적인 태도를 보이거나 내 질문을 회피하려 들 때 냉정을 유지하는 면도 있다.

반면에 좀더 즉흥적이고 제멋대로이고 조급한 면도 있다. 그런 성향이 이제 야코프를 만나는 호텔방에만 국한되지 않고 일상생활에까지 영향을 미치기 시작했다. 가령 손님들이 줄을 서 있는데도 판매원이 그중 한 명과 잡담을 나누고 있으면 곧잘 짜증을 낸다. 장도 꼭 필요할 때만 보고, 이젠 가격이나 유효기간도 살피지 않는다. 누군가 동의할 수 없는 얘기를 하면 반드시 대응한다. 정치를 논하기도 한다. 모두가 싫어하는 영화를 옹호하고 모두가 좋아하는 영화를 비판한다. 황당하고 엉뚱한 의견을 내놓은 뒤 사람들이 놀라는 모습을 즐긴다. 요컨대, 과거엔 늘 신중한 여자 역할을 해왔지만 이젠 그만두었다.

사람들도 알아보기 시작했다. "많이 달라졌네!" 그것은 대략 이런 뜻이다. '뭔가 숨기는 게 있구나.' 그리고 그 뜻은 곧 이렇게 바뀐다. '뭔가 숨겨야 한다면 그건 해선 안 되는 짓을 하고 있기 때문이겠지.'

물론 나의 피해망상일 수도 있다. 하지만 오늘 나는 내 안에 있는 서로 다른 두 존재를 느낀다.

다윗은 자기 사람들을 시켜서 그 여자를 데려오라고 명령만 하면 되었다. 누구도 설명을 요구하지 않았다. 그러다 문제가 발생하자 여자의 남편을 최전선으로 보내버렸다. 내 경우는 다르다. 스위스 사람들은 매우 신중하지만 그런 특성이 전혀 드러나지 않을 때가 있다.

하나는 도로 위에서의 상황. 신호등이 초록색으로 바뀐 후 잠시라도 머뭇거리면 즉시 경적이 울린다. 깜빡이를 켜고 차선을 바꾸더라도, 항상 백미러에 뒤차 운전자의 화난 얼굴이 비친다.

두번째는 변화라는 위험한 사건과 연관이 있다. 변하는 것이 집이건 직장이건 행동이건. 이곳에서는 모든 것이 안정되어 있고 모두가 예상대로 행동한다. 제발 달라지겠다고, 별안간 스스로를 쇄신하겠다고 나서지 마. 그건 사회 전체를 위협하는 짓이야. '완성된' 상태가 되려고 열심히 노력했잖아. 우린 '보수공사 중'인 상태로 퇴보하고 싶지 않아.

우리 가족은 빅토르 프랑켄슈타인의 남동생 윌리엄이 살해당한 장소에 와 있다. 수백 년 동안 이곳은 늪이었다. 칼뱅의 무자비한 손이 제네바를 점잖은 도시로 변모시키자, 병자들은 이곳으로 옮겨져 거친 환경에 노출된 채 굶주리다 죽어갔다. 도시 사람들은 그렇게, 전염병에 감염되지 않을 수 있었다.

플랭팔레는 방대한 구역으로 도심에서 유일하게 초목을 찾아보기 힘든 곳이다. 겨울바람이 불면 뼛속까지 시리고, 한여름 태양 아래서는 땀이 줄줄 흐른다. 왜 그렇게 두는지 모르겠다. 하지만 모든 것의 존재에 늘 합당한 이유가 있는 것은 아니니까.

토요일이라 곳곳에 골동품 노점이 펼쳐져 있다. 관광명소가 된 이 시장은 여행 안내서에 '가볼 만한 곳'으로 실리기도 한다.

16세기 물건들이 비디오 녹화기와 뒤섞여 있고, 아시아의 오지에서 온 골동품 동상들이 흉측한 80년대 가구들과 함께 진열되어 있다. 시장은 인파로 붐빈다. 감정가 몇 명이 작품 하나를 진득하게 살펴보며 노점상과 오래 이야기를 나눈다. 관광객과 구경꾼을 비롯해 사람들 대다수가 절대로 필요하지 않을 물건을 눈여겨보고 헐값이라는 이유로 결국은 사간다. 집으로 돌아가면 한 번쯤 쓰고 난 뒤 차고에 보관하며 생각할 것이다. '아무짝에도 쓸모가 없긴 한데, 그래도 엄청 싸게 샀잖아.'

나는 줄곧 귀한 크리스털 화병부터 19세기 초반의 정교한 장난감들에 이르기까지 뭐든 만지고 싶어하는 아이들을 단속하느라 바쁘다. 하지만 적어도 아이들은 비디오게임을 넘어서는 세계가 존재한다는 사실을 배우고 있다.

아이가 입과 팔다리가 움직이는 철제 광대 인형을 사줄 수 있는지 내게 묻는다. 집에 돌아가는 순간 사그라들 관심이라는 걸 남편은 안다. 남편은 그것이 '헌' 장난감이라며 집에 가는 길에 새 장난감을 살 수도 있다고 말한다. 아이들의 관심거리는 그 즉시 구슬 상자로 바뀐다. 예전엔 남자아이들이 뒷마당에서 구슬을 가지고 놀곤 했다.

내 눈은 조그만 그림에 고정되어 있다. 나체의 여자가 침대에 누워 있고 천사가 그녀에게서 멀어지고 있는 그림이다. 노점상에게 값을 묻는다. 그는 가격(푼돈이다)을 말하기에 앞서, 그림이 이 지역 무명 화가가 그린 복제화라는 사실부터 알려준다. 알려줘서 고맙다고 하고는 다른 곳으로 가려는데 아무 말 없이 쳐다보던 남편이 얼른 값을 치른다.

왜?

"고대 신화의 한 장면이야. 집에 가서 얘기해줄게."

그와 다시 사랑에 빠지고 싶다. 그이를 사랑하지 않은 적은 없지만—항상 사랑했고 앞으로도 그럴 것이다—우리가 함께하는 생활은 무료함에 가까운 어떤 것으로 변했다. 사랑은 지속될 수 있겠지만 열정에는 치명적이다.

극도로 힘든 시간을 지나고 있다. 야코프와는 미래가 없고, 함께 삶을 이룩한 남자에게는 등을 돌리고 말았다.

'사랑이면 충분하다'고 말하는 사람은 그게 누구든 거짓말을 하는 것이다. 그건 사실이 아니고, 사실이었던 적도 없다. 사람들이 책과 영화의 내용을 믿는다는 것이 큰 문제다. 연인이 손잡고 해변을 거닐고, 석양을 바라보고, 알프스가 내다보이는 근사한 호텔에서 날마다 열정적인 사랑을 나눈다. 나도 남편과 함께 그런 것들을 다 해보았다. 하지만 마법이 지속되는 것은 기껏해야 한두 해뿐이다.

그러다 결혼할 때가 온다. 집을 고르고 장식하고, 태어날 아이들을 위한 방을 꾸미고, 키스하고 꿈을 꾸며, 머지않아 모든 것이 제자리를 잡고 우리 상상대로 꾸며질 빈 거실에서 샴페인으로 건배한다. 첫아이가 태어난 뒤 이 년이 지나면 집은 살림살이로 가득찬다. 뭔가를 더 들여놓았다가는 남들에게 과시하려고 (훗날 우리 자손들의 손을 통해 헐값에 처분되어 결국 플랭팔레 시장으로 나올) 골동품이나 사고 닦으며 삶을 허비하는 사람처럼 보일 것이다.

결혼한 지 삼 년이 지나면 부부는 상대가 뭘 원하고 생각하는지 정확히 알게 된다. 식사 모임이나 파티에서는 허구한 날 똑같은 얘기를, 매번 놀라는 척하거나 때로는 맞장구를 쳐가며 들어주어야 한다. 섹스는 열정에서 의무로 바뀌고, 자연히 횟수도 점점 뜸해진다. 그러다 머지않아 일주일에 한 번, 그보다 더 줄어들기도 한다. 여자들은 모였다 하면 남편의 만족을 모르는 정열 운운하지만 순전히 거짓말이다. 다들 알지만 지기 싫은 것이다.

그러다 혼외정사의 시기가 온다. 여자들은 연인에 대해, 그의 만족을 모르는 정열에 대해 얘기한다—여자들은 정말로 그런 것들에 대해 얘기를 한다! 그 정열이라는 것은 대개 황홀한 자위의 세계 속에서 발휘되는 것이므로 그들의 말에 진실성이 전혀 없는 것은 아니다. 다만 그 현실성이라는 건 상대가 어떤 사람인지 가리지도 않고 무조건 처음 나타난 남자와 연애하려 드는 여자들의 세계, 딱 그만큼이다. 그녀들은 비싼 옷을 사 입으며 단정한 척하지만, 육감적인 모습을 드러내려는 열의는 열여섯 소녀보다 강하다. 차이가 있다면 소녀는 자기가 어떤 힘을 지니고 있는지 정확히 알고 있다는 것뿐.

마침내, 체념하는 시기. 남편은 일에 파묻혀 집밖에서 많은 시간을 보내고 아내는 필요 이상으로 긴 시간을 아이들 보살피는 일에 몰두한다. 우리 부부는 지금 이 단계에 있다. 그리고 나는 이 상황을 바꾸기 위해 무슨 일이라도 기꺼이 할 것이다.

사랑만으론 충분치 않다. 남편에 대한 열정을 되찾아야 한다.

사랑은 그저 감정에 불과한 것이 아니다. 그것은 기예다. 그리고 다른 모든 기예와 마찬가지로 사랑에도 영감뿐만 아니라 큰 노력이 필요하다.

* * *

왜 천사는 여자만 침대에 홀로 남겨두고 멀어지는 거야?

"천사가 아니야. 그리스의 사랑의 신 에로스지. 침대에 있는 여자는 프시케야."

나는 와인을 한 병 따서 잔에 따른다. 불을 지피지 않은 벽난로—중앙난방장치가 설치된 집에 대개는 장식용으로 존재하는—위에 남편이 그림을 놓는다. 그리고 이야기를 시작한다.

"옛날에 모두가 감탄하며 바라보는 아름다운 공주가 있었어. 하지만 아무도 감히 나서서 청혼을 하는 이가 없었지. 절망에 빠진 왕이 아폴로 신에게 상의를 하자, 신은 프시케에게 상복을 입혀 산꼭대기에 홀로 놔두라고 했어. 그러면 날이 밝기 전에 뱀이 공주를 찾아와 결혼을 할 거라고. 왕은 그 말에 따랐지. 공주는 너무나 무섭고 추웠지만 밤새 남편이 나타나기를 기다렸어. 결국 공주는 잠이 들고 말았는데, 깨어나 보니 아름다운 궁전에서 여왕이 되어 있는 거야. 남편은 밤마다 찾아왔고 둘은 사랑을 나누었지. 그런데 남편은 처음부터 프시케에게 한 가지 조건을 내세웠어. 원하는 것은 다 가져도 좋지만 자신을 완전히 신뢰해야 하고 절대로 자기 얼굴을 봐서는 안 된다고."

끔찍하다고 생각하지만 그의 말에 끼어들지 않는다.

"공주는 오랫동안 행복하게 살았어. 안락함, 애정, 기쁨을 다 누렸고, 날마다 찾아오는 남편을 사랑했지. 그런데 가끔은 자기가 흉측한 뱀과 결혼한 건 아닌가 싶어서 무서웠어. 그래서 어느 날 아침 일찍 등불을 켜고 자기 옆에 누워 잠들어 있는 에로스를 보고 말았어. 믿을 수 없이 아름다운 남자였지. 하지만 에로스는 빛 때문에 잠에서 깼고 사랑하는 여자가 자신의 유일한 청을 들어주지 않았음을 알고 떠나가버렸지. 남편을 되찾겠다는 필사적인 심정으로 프시케는 에로스의 어머니 아프로디테가 내는 여러 과제를 수행했어. 말할 필요도 없이, 시어머니는 프시케의 미모를 엄청 질투했고 이 부부의 화해를 막으려고 별짓을 다 했지. 그런데 프시케가 이 과제들을 해결하는 과정에서 어떤 상자를 열었다가 깊은 잠에 빠지고 만 거야."

이야기의 결말이 점점 궁금해진다.

"에로스 역시 아내를 사랑했고 좀더 너그럽지 못했던 자기 행동을 후회하고 있었어. 그래서 가까스로 성안에 들어가 화살촉 끝으로 아내를 건드려 깨웠지. 그리고 말했어. '당신은 호기심을 못 이겨 하마터면 죽을 뻔했군. 확인을 해야 안심할 수 있다는 당신 생각이 우리 관계를 무너뜨리고 말았어.' 하지만 사랑이 있으면 영원히 무너져버리는 건 없는 거야. 에로스와 프시케도 그런 확신으로 신들의 신 제우스를 찾아가, 둘의 결합이 무효가 되지 않게 해달라고 간청했어. 제우스는 강력한 논거와 협박을 활용해가며 둘의 명분을 옹호했고, 마침내 아프로디테의 지지를 얻을 수 있었어. 그날 이후로 프시케(우리의 무의식적이지만 논리적인 측면을 말하겠지)와 에로스(이건 사랑이겠고)는 영원히 함께하게 되었대."

나는 와인을 한 잔 더 따른다. 남편의 어깨에 머리를 기댄다.

"이걸 받아들이지 못한 채, 마법 같고 신비한 인간관계에 대해

늘 해답을 찾으려 하는 사람들은 삶에서 가장 좋은 부분을 놓치게 되는 거야."

오늘 나는 벼랑에 서서 추위와 두려움에 떨고 있는 프시케가 된 기분이다. 하지만 오늘밤을 견디고 삶의 신비와 믿음에 순응한다면 나는 궁전에서 깨어나리라. 내게 필요한 것은 시간뿐이다.

마침내 두 부부 모두가 함께 파티에 참석하는 중요한 날이 다가온다. 이 지역의 주요 텔레비전 프로그램 진행자가 여는 연회다. 어제 우리는 호텔 침대 위에서 파티에 대해 이야기했다. 야코프는 옷을 입고 호텔방을 나가기 전에 늘 그렇듯 담배를 피우고 있었다.

나는 이미 회답을 보낸 뒤라 초대를 거절할 수 없었다. 야코프도 마찬가지였으므로 그제야 마음을 바꾼다면 '그의 경력에 큰 해'가 될 터였다.

남편과 함께 방송국에 도착하니 파티 장소가 꼭대기 층이라고 안내해준다. 엘리베이터에 타려는데 전화가 울려 대기하던 줄에서 빠져나와 로비에서 편집장과 통화를 한다. 그때 다른 사람들이 도착하면서 나와 남편에게 미소를 짓고 분별 있게 고갯짓으로 인사를 한다. 거의 모두 내가 아는 사람들 같다.

쿠바인 주술사와의 대화에 대해 쓴 기사—두번째 기사를 한 달 전에 썼는데 어제야 신문에 나갔다—가 큰 인기를 끌고 있다고 편집장이 말한다. 기사 하나를 더 써서 연재를 완결하자고 한다. 나는 그 사람이 더는 원치 않는다고 대답한다. 편집장은 다른 사람을 찾으라며, 상투적인 의견(심리학자, 사회학자 등)보다 재미없는 것은 없으니 반드시 '업계' 사람이어야 한다고 한다. 나는 '업계' 사람을 아무도 모르지만, 얼른 끊어야겠기에 생각해 보겠다고 한다.

야코프와 마리안이 우리 옆을 지나가며 고갯짓으로 인사한다. 편집장이 전화를 막 끊으려던 참인데, 나는 서둘러 대화를 이어간다. 저 부부와 같이 엘리베이터를 타고 올라갈 순 없어! 소 치는 목동과 개신교 목사를 만나게 하면 어떻겠느냐고 제안한다. 스트레스나 무료함을 어떻게 다스리는지, 두 사람의 대화를 기록하면 재미있지 않겠느냐고. 편집장은 아주 좋은 아이디어이긴 한데 '업계' 사람을 찾으면 더 좋을 거라고 한다. 좋아요, 해보죠. 문은 이미 닫혔고 엘리베이터는 올라갔다. 이제 겁내지 않고 전화를 끊어도 된다.

편집장에게 파티에 늦겠다고 말하고 전화를 끊는다. 이 분 늦었다. 우리는 시계가 항상 정확한 스위스에 살고 있다.

그렇다. 지난 몇 달간 난 참 이상하게 행동했다. 하지만 한 가지 바뀌지 않은 게 있다면 나는 여전히 파티를 싫어한다는 점이다. 사람들이 파티를 즐기는 이유를 이해할 수 없다.

그렇다. 사람들은 파티를 즐긴다. 오늘의 칵테일파티처럼 진짜 파티가 아니라 직업상의 행사일지라도 사람들은 옷을 잘 차려입고 화장을 한다. 친구들에게는 조금은 지겹다는 투로 말한다. 미남에다 지적이고 화면도 잘 받는 다리위스 로슈뱅이 진행하는 〈파르도네 무아〉 방송 10주년 축하연 때문에 화요일에는 유감스럽게도 바쁠 것 같다고. 이름 좀 있는 사람들은 모두 참석할 것 같다고, 나머지 사람들은 연예 잡지에 실리는 사진들로 만족해야 할 거라고.

이런 파티에 참석하면 지위도 높이고 이름도 알릴 수 있다. 가끔 우리 신문도 비슷한 행사를 취재하는데, 다음날이 되면 온갖 보좌관들이 신문사로 전화를 걸어 자기들이 모시는 인사들의 사진이 신문에 실리는지 묻고, 그렇게 해주면 정말로 감사하겠다고 말한다. 행사 초대 손님이 되는 것 다음으로 좋은 것은 마무리된 행사에 대중의 관심을 집중시키는 역할로 인정받는 것이다. 그리고 이를 위해 가장 좋은 방법은 그날을 위해 특별히 준비한 의상(비록 그렇다고 인정은 안 하지만)을 입고 다른 파티나 연회 참석자들에게서도 볼 수 있는 미소 띤 모습으로 신문에 실리는 것이다. 연예면 편집자가 아닌 게 얼마나 다행인지. 빅토르 프랑켄슈타인의 괴물이 된 현재 상태로 그런 일을 했다면 난 일찌감치 해고되고 말았을 것이다.

엘리베이터 문이 열린다. 로비에 사진기자 두세 명이 있다. 도시의 경관을 360도로 보여주는 연회장 안으로 남편과 함께 들어간다. 영원히 하늘에 걸려 있을 것 같던 구름이 다리위스에게 협조하기로 결심하고 그 회색 외투를 살짝 들어올린 듯, 창 아래쪽으로 빛의 바다가 보인다.

오래 있고 싶진 않아, 나는 남편에게 말한다. 그리고 긴장을 풀기 위해 강박적으로 말을 하기 시작한다.

"당신이 원하면 언제든 나갈 수 있어." 그가 내 말을 끊으며 말한다.

지금 우리는 나를 절친한 친구 대하듯 하는 수많은 사람들과 바삐 인사를 나누고 있다. 이름도 모르는 사람들이지만 나 역시 같은 태도로 응대해준다. 대화가 길어지는데 여전히 이름이 생각이 안 나면 자주 이용하는 내 나름의 방법도 있다. 남편을 소개한 뒤 잠자코 있는 것이다. 남편이 자기소개를 하고 상대방의 이름을 물으면 나는 그 대답을 듣고 크고 또렷한 목소리로 반복한다. 여보, 아무개 기억 안 나?

어찌나 우스꽝스러운지!

사람들과 인사를 마치고 구석으로 가 불평한다. 왜 사람들은 자기를 기억하느냐고 습관처럼 묻는 거지? 정말이지 너무 난처해. 하나같이 자기가 너무나 중요한 사람인 거지. 직업상 날마다 새로운 사람들을 만나는 나 같은 사람 머릿속에도 자기 이름이 뚜렷이 각인되어 있을 거라고 믿는 거야.

"좀 너그러워져봐, 다들 즐기고 있잖아."

남편은 자기가 무슨 말을 하는지 모른다. 사람들은 즐기는 척할 뿐이다. 그들이 진정으로 바라는 것은 이름을 알리고 관심을 받는 것, 가끔씩 사업 계약 체결에 도움을 줄 누군가를 만나는 것이다. 레드카펫을 걸어내려가며 스스로를 대단히 아름답고 힘있다 생각하는 이런 사람들의 운명을 쥐고 있는 것은 편집국에서 박봉을 받고 일하는 한 남자다. 기사 배열을 담당하는 그는 이메일로 사진들을 받은 후, 우리의 조그맣고 전통적이고 인습적인 세계에 누가 출현할지 또는 출현하지 말아야 할지 결정한다. 바로 이 남자가 해당 파티에 대한 개략적인 설명과 함께 파티 사진을 실을 지면을 남겨두고 거기 들어갈 유명인의 사진을 고르는 사람이다. 스스로를 대단히 중요한 인물이라고 생각하는 익명의 인간들 중에서, 약간의 운이 따르는 한두 사람은 그런 식으로 인정을 받게 된다.

다리위스가 무대에 올라와 자신이 십 년 동안 진행한 프로그램에서 인터뷰한 주요 인물들과의 경험에 대해 말하기 시작한다. 나는 긴장이 약간 풀려 남편과 창가로 간다. 내 안의 레이더가 이미 야코프와 마리안을 감지했다. 나는 좀 떨어져 있기를 원하고 야코프 역시 그럴 거라고 생각한다.

"당신, 어디 안 좋아?"

이럴 줄 알았다. 넌 오늘 지킬 박사야, 하이드야? 빅토르 프랑켄슈타인이야, 그자가 만든 괴물이야?

아냐, 여보. 단지 어제 나랑 잔 남자를 피하려는 것뿐이야. 이 안에 있는 사람들 모두가 다 알고 있는 건 아닌지, 우리 이마에 '애인'이라고 쓰여 있지는 않은지 의심이 들어.

나는 미소를 지으며 난 이제 파티에 다니기엔 너무 늙었다고 말한다. 남편이 지겹도록 들은 말이다. 지금 이 순간 집에 있다면, 그래서 보모에게 맡기고 온 애들을 내가 직접 봐주고 있다면 좋았을 것이다. 술도 그다지 즐기지 않는데다 내게 인사를 건네는 사람들 때문에 혼란스럽다. 모른 척할 수도 없고 대화를 시도하면 흥미로운 척 듣다가 질문으로라도 대응해줘야 한다. 그래야 무례해 보일까 염려하지 않고도 손에 있는 전채요리를 입에 넣고 마저 씹을 수 있으니까.

영사막이 내려오더니 이 프로그램의 가장 중요한 초대 손님들을 보여주는 비디오가 상영된다. 내가 취재를 했던 사람들도 있지만 대부분 제네바를 방문했던 외국인들이다. 우리 모두 알다시피, 이 도시에는 항상 중요한 사람들이 오가고, 이 프로그램 출연은 그들에게 필수다.

"그럼 가자. 저 사람한테 얼굴은 보여줬잖아. 이만하면 우린 사교 의무를 다한 거야. 가서 영화나 한 편 빌려 보자."

아니다. 조금 더 남아 있을 것이다. 야코프와 마리안이 여기에 있으니까. 행사도 다 끝나지 않은 상태에서 자리를 뜨면 의심스럽게 보일 것이다. 다리위스는 프로그램에 초대 손님으로 나왔던 사람들 몇몇을 호명하기 시작했고, 불려나간 사람들은 그때의 경험에 대해 짧게 몇 마디씩 하고 있다. 지루해서 죽을 지경이다. 혼자 온 남자들이 주위를 둘러보며 조심스럽게 독신녀들을 찾기 시작한다. 한편 여자들은 다른 여자를 쳐다보며 옷은 어떻게 입었는지, 화장은 어떻게 했는지, 함께 온 사람이 남편인지 연인인지 살핀다.

나는 창밖의 도시를 멍하게 바라보며, 어서 시간이 흘러 의심받지 않고 조용히 자리를 뜰 수 있게 되기만을 기다리고 있다.

"여보!"

응?

"당신이잖아, 저 사람이 당신 이름을 부르잖아!"

다리위스가 방금 나를 무대로 불렀는데 나는 듣지 못한 것이다. 맞다, 나는 전직 대통령과 함께 이 프로그램에 출연해 인권에 대해 논의한 적이 있다. 하지만 난 그리 중요한 사람이 아니다. 이런 일이 있으리라고는 상상도 못했다. 미리 언질이 있었던 것도 아니어서 할말도 준비하지 못했다.

하지만 다리위스는 내게 손짓을 한다. 사람들이 모두 미소를 지으며 나를 바라본다. 나는 사회자를 향해 걸어간다. 그사이 나는 평정을 회복하고 은근히 좋아하고 있다. 마리안은 불려나가지 않았고 앞으로도 마찬가지일 테니까. 야코프 역시 부름을 받지 못했다. 오늘밤 행사의 취지는 즐기자는 것이지 정치 연설이나 듣자는 게 아니니까.

나는 간이무대—텔레비전 송신탑 꼭대기에 있는 연회장의 두 구역을 잇는 계단이다—위로 올라가 다리위스의 볼에 입을 맞춘 후 프로그램 출연 당시에 관한 재미없는 이야기를 시작한다. 남자들은 계속 여자들을 물색하고 있고, 여자들은 계속 서로를 곁눈질하고 있다. 무대와 가까이 있는 사람들은 내가 하는 말에 관심 있는 척한다. 나는 남편에게 시선을 고정한다. 대중 앞에서 연설을 할 때는 청중 속에서 자신을 응원해줄 한 사람을 골라야 한다.

즉흥 연설 도중, 나는 결코 있어서는 안 될 일을 목도한다. 야코프와 마리안이 남편 옆에 서 있다. 모든 것이 채 이 분도 안 되는 사이에 벌어졌다. 내가 무대로 올라가는 동안, 웨이터가 서빙을 하고 손님들 대부분이 흥밋거리를 찾아 무대로부터 눈길을 돌리던 그 짧은 동안에.

나는 감사의 말과 함께 최대한 빨리 연설을 마친다. 손님들이 박수를 친다. 다리위스가 내 볼에 입을 맞춘다. 어서 남편과 쾨니히 부부가 있는 곳으로 가려는데, 사람들 때문에 앞으로 나아갈 수가 없다. 그들은 내가 하지도 않은 말에 대해 칭찬하고, 연설하는 모습이 멋졌다, 주술사 관련 연속 기사가 좋았다 하면서 기삿감을 제안하고, 명함을 내밀며 '아주 흥미로운' 사건의 '취재원'이 되어주겠다고 넌지시 말한다. 이 모든 인파를 뚫고 나오기까지 십 분이 걸린다. 임무를 거의 완수하고 목적지에 다가가자 세 사람이 나를 보고 미소짓는다. 그들은 날 칭찬하며 훌륭한 연설가라고 치켜세우고, 나에게 나쁜 소식을 전한다.

"쾨니히 부인이 저녁을 함께하자시네. 당신 지금 피곤하고 아이들도 보모한테 맡기고 왔다고 말씀드렸는데도."

"같이해요. 저녁식사 안 하셨죠?" 마리안이 말한다.

야코프는 얼굴에 거짓 미소를 띠며 동의한다. 도살장에 끌려가는 양처럼.

눈 깜짝할 사이에 머릿속으로 이천 가지쯤 되는 핑계가 스쳐간다. 그렇지만, 왜? 내겐 언제라도 이용 가능한 코카인이 있는데. 그 계획을 밀고 나갈지 말지 알아보는 데 이보다 더 좋은 기회가 있을까?

게다가 나는 이 저녁식사가 어떤 식으로 흘러갈지 심히 궁금하다.

우리야 물론 좋지요, 쾨니히 부인.

* * *

마리안이 택한 곳은 아르뮈르 호텔 레스토랑이다. 감각이 좀 떨어진다. 외국 손님을 접대할 일이 있으면 다들 찾는 곳이 여기니까. 퐁듀가 훌륭하고, 직원들 언어 구사 능력도 상당하고, 구시가 한복판에 위치해 있긴 하지만, 제네바 사람 입장에서 보면 새로움이라고는 찾아볼 수 없는 곳이다.

쾨니히 부부가 우리보다 먼저 도착해 있다. 야코프는 담배를 피우기 위해 추위를 견디며 밖에 서 있다. 마리안은 안에 들어가 있다. 남편에게 어서 들어가 쾨니히 부인에게 말벗이 되어주라며, 나는 쾨니히 씨가 담배를 다 피우면 같이 들어가겠다고 한다. 그이는 반대로 하는 편이 낫지 않겠느냐고 하지만, 나는 굽히지 않는다. 여자 둘만 앉아 기다리게 하는 건 예의가 아니잖

아. 아주 잠깐이어도 마찬가지야.

"초대를 하다니, 나 역시 전혀 예상 못했어." 남편이 들어가자마자 야코프가 말한다.

나는 아무런 문제도 없다는 듯 행동하려 애쓴다. 죄책감이 들어? 왜? (그 악마 같은 여자하고의) 불행한 결혼생활이 끝장날까봐 걱정돼?

"그런 게 아니고, 그게……"

그 여자가 나온다. 악마 같은 미소와 함께 내 볼에 (또!) 세 번 번갈아 입맞추며 인사를 하더니, 제 남편에게 담배를 끄고 빨리 들어가라고 명령한다. 속내가 드러나는 행동이다. 너희 둘, 의심스러워. 뭔가 꾸미고 있는 거야. 하지만 봐, 난 영리해. 너희들이 생각하는 것보다 훨씬 영리하고 똑똑하다고.

메뉴도 평이하다. 퐁듀와 라클레트. 남편은 치즈가 지겹다며 다른 것을 고른다. 소시지. 이 역시 외부 손님용 메뉴에 있는 음식이다. 그리고 와인. 하지만 야코프는 향을 맡고 잔을 돌리고 맛을 보고 고개를 끄덕이는 행동을 하지 않는다. 처음 만났던 날은 내게 잘난 척하려고 그런 멍청한 짓을 했던 것이다. 음식이 나오기를 기다리며 잡담을 나누는 동안 첫번째 병이 비워지고 곧 두번째 병이 도착한다. 나는 남편에게 이젠 그만 마시라고, 안 그러면 또 차를 두고 가야 할 텐데 여기는 지난번보다 훨씬

면 곳이라고 이른다.

음식이 나온다. 우리는 세번째 와인을 딴다. 잡담이 이어진다. 주의회 의원의 일상에 대해 이야기하고, 스트레스에 대한 내 기사 두 편의 성공을 축하하고("약간 특이한 접근법이었어요"), 금융비밀주의가 사라지면 부동산 가격이 정말로 떨어질 것인지, 또 그런 정책의 결과로 수천 명의 은행가들이 싱가포르나 두바이로 이주하여 결국 스위스에서 사라지게 될 것인지, 새해 전야 파티는 열리게 될 것인지에 대해 의견을 주고받는다.

언제쯤 황소가 경기장에 나올까 기다린다. 하지만 황소가 나오지 않아 나는 방어를 푼다. 술을 조금 과하게 마셨더니 느긋해지고 기분이 좋아지려는 참인데, 바로 그 순간 문이 활짝 열린다.

"저는요, 얼마 전에 친구들이랑 질투라는 어리석은 감정에 대해 얘기를 나눴어요." 마리안 쾨니히가 말한다. "그것에 대해 어떻게 생각하세요?"

이런 저녁식사 자리에선 아무도 거론하지 않을 법한 그런 주제에 대해 어떻게 생각하느냐고? 이 여잔 교묘하게 말하는 법을 알고 있다. 하루종일 그 생각만 했을 게 뻔해. 질투를 '어리석은 감정'이라고 하면서, 내가 속을 들킨 것처럼 조마조마하게 만들고 싶은 거야.

"저는 부모님이 서로 지독하게 질투하시는 모습을 보며 자랐습니다." 남편이 말한다.

뭐지? 사생활 얘기를 한단 말이야? 모르는 사람한테?

"그래서 저는 결혼을 하면 절대로 그렇게 살지 않겠다고 다짐했어요. 처음에는 힘들었죠. 모든 것을, 심지어 사랑이나 배우자 간의 신의처럼 통제가 불가능한 것까지 모두 통제하려는 게 우리 본능이니까요. 하지만 전 해냈어요. 아내는 날마다 사람들을 만나고 가끔은 평소보다 늦게 들어오기도 하지만, 저는 비난하거나 눈치 준 적이 한 번도 없습니다."

이런 말도 들어본 적이 없다. 남편이 질투가 심한 가정에서 자랐다는 것도 몰랐다. 저 악마 같은 여자가 결국 모두를 제 명령에 복종시키는구나. 함께 저녁 먹어, 담배 꺼, 내가 고른 화제에 대해 얘기해.

남편이 방금 그런 얘기를 한 데는 두 가지 이유가 있다. 첫째는 이 식사 초대가 의심스러워 날 보호하려는 것. 둘째는 내가 얼마나 소중한 사람인지 사람들 앞에서 말해주려는 것이다. 팔을 뻗어 남편의 손을 잡는다. 상상도 못했던 얘기다. 난 내가 뭘 하든 남편이 관심이 없다고만 생각했다.

"그럼 린다, 당신은 어때요? 남편 때문에 질투 안 나요?"

나?

그런 게 있을 리 없잖아요. 이이를 전적으로 신뢰해요. 질투란

자존감 없는 병들고 불안정한 사람들이 하는 거라고 생각해요. 열등감에 시달리면서 누구든 자기들 부부 관계를 위협할 수 있다고 믿는 사람들 말이에요. 부인은 어떻게 생각하세요?

마리안은 자기가 놓은 덫에 걸렸다.

"말했듯이, 질투는 어리석은 감정이라고 생각해요."

그래요. 이미 말씀하셨죠. 하지만 남편이 바람피우는 걸 알게 된다면 어떻게 하시겠어요?

야코프의 얼굴이 하얗게 질린다. 잔에 남은 와인을 마저 마시려던 그가 내 질문을 듣고 중간에 멈춘다.

"이이는 불안정한 사람들을 일상적으로 만나는 것 같아요. 결혼생활이 무료해서 죽을 것 같은 사람들, 결국 그렇게 시시하고 반복적인 삶을 살도록 타고난 사람들 말이에요. 그쪽 업계에도 평기자로 일하다 바로 퇴직하고 마는 그런 사람들이 많을 것 같은데요."

많죠. 나는 덤덤한 목소리로 대답한다. 퐁듀를 조금 더 먹는다. 여자가 내 눈을 빤히 쳐다본다. 당신 내 얘기 하는 거 알거든, 하지만 내 남편이 의심하는 걸 원치 않아. 나는 그 여자나, 압박을 견디지 못하고 죄다 털어놓은 게 뻔한 야코프에 대해서는 조금도 신경이 쓰이지 않는다.

이런 평정심이 나도 놀랍다. 어쩌면 와인 때문인지도, 아니면 이 상황을 즐기고 있는 괴물 때문인지도 모른다. 어쩌면 뭐든 다 안다고 생각하는 저 여자에게 맞서는 짜릿함 때문인지도. 계속 말씀하시죠. 나는 녹인 치즈에 빵 한 조각을 적시며 청한다.

"다들 아시겠지만, 사랑받지 못하는 그런 여자들은 제게 아무런 위협이 안 돼요. 두 분과는 달리 전 야코프를 완전히 신뢰하진 않아요. 이미 몇 번 바람피운 것도 알고 있고요. 육체는 나약하니까요……"

야코프는 불안한 듯 웃더니 와인을 한 모금 더 마신다. 병이 빈 것을 보고 마리안이 웨이터에게 손짓한다.

"하지만 전 그걸 우리 관계의 일부로 보려고 노력해요. 그런 걸레 같은 여자들이나마 내 남자를 탐하고 따라다니지 않는다면 이 사람은 분명 완전히 재미없는 사람인 거겠죠. 질투는커녕 전 어떤지 아세요? 흥분돼요. 저는요, 가끔 알몸으로 남편한테 다가가, 다리를 벌리고, 그 여자들과 했던 걸 그대로 해달라고 말해요. 느낌이 어땠는지 말해달라고 할 때도 있어요. 그렇게 섹스를 하면 여러 번 절정을 느끼거든요."

"다 마리안의 상상 속 얘기예요." 야코프가 말하지만 별로 설득력이 없다. "아내가 다 지어낸 얘기예요. 얼마 전에는 로잔에 있는 난교클럽에 가지 않겠느냐고 묻더라고요."

물론 그 말은 농담이 아니었지만 모두가 웃음을 터뜨린다. 마리안까지도.

경악스럽게도 야코프는 '불성실한 수컷' 역할을 즐기고 있다. 남편은 마리안의 대답이 매우 흥미로운 듯, 좀 전에 말씀하신 '흥분'이라는 것에 대해 좀더 말해달라고 청한다. 그리고 난교클럽의 주소를 묻더니 눈을 빛내며 나를 바라본다. 우리도 뭔가 색다른 것을 시도해볼 때가 왔다고 남편이 말한다. 나는 그가 이 자리의 참기 힘든 분위기를 바꿔보려고 그러는 건지, 아니면 정말로 그걸 시도해보고 싶은 건지 알 수가 없다. 마리안은 주소는 모르지만 전화번호를 알려주면 문자로 보내주겠다고 한다.

행동을 개시할 시간이다. 질투심이 많은 사람들은 일반적으로 남들 앞에서 정반대의 모습을 보이려고 애쓴다는 말로 시작한다. 그런 사람들은 은근한 암시를 던진 후 자기 배우자의 행동을 살피면서 어떤 정보를 얻고 싶어하는데요, 정말 그런 식으로 정보를 얻을 수 있다고 믿는다면 너무 순진한 거죠. 가령 내가 그쪽 남편과 바람을 피운다면 부인은 전혀 모르게 할 수도 있어요. 그런 덫에 걸려들 정도로 멍청하진 않으니까.

말투가 살짝 바뀐다. 놀란 남편이 나를 쳐다본다.

"여보, 그 말은 좀 과한 것 같은데?"

아니, 그렇지 않아. 이 대화를 내가 시작한 것도 아니고, 쾨니히 부인의 의도가 뭔지도 난 모르겠어. 우리가 여기 온 뒤로 계속 뭔가 암시하듯 말하고 있는데 난 그게 짜증이 난단 말이야. 게다가 본인 말고는 아무도 관심 없을 화제로 자꾸 유도하면서 내내 날 빤히 쳐다보는 모습, 당신도 봤어?

마리안은 어안이 벙벙한 얼굴로 나를 쳐다본다. 모든 걸 자기 뜻대로 통제하는 데 워낙 익숙하다보니 내가 이런 반응을 보일 줄은 몰랐던 것 같다.

나는 덧붙인다. 알고 보니까 강박적 질투에 사로잡히는 사람들이 그런 성향을 보이는 것은 배우자가 불륜을 저질러서가 아니라 늘 관심받고 싶은데 그러지 못해서더라고. 야코프가 웨이터를 불러 계산서를 요구한다. 잘됐군. 저들이 우리를 초대했으니 비용도 저들이 부담해야지.

나는 손목시계를 보고 굉장히 놀란 척한다. 보모와 약속한 시간이 벌써 지나버렸어! 나는 자리에서 일어나 저녁 잘 먹었다고 인사한 뒤 외투를 찾으러 휴대품 보관소로 간다. 화제는 이미 아이들 교육 문제로 옮겨갔다.

"부인께서는 아까 제 말이 정말로 부인 들으라고 한 말이라고 생각하는 걸까요?" 마리안이 남편에게 묻는 소리가 들린다.

"아닐 겁니다. 그럴 이유가 없잖아요."

우리는 별말 없이 밖으로 나와 차가운 바깥공기를 마신다. 나는 화가 나고 불안해서 강박적으로 설명한다. 나 들으라고 한 얘기 맞아. 여자가 어찌나 신경과민인지, 선거 날에도 은근히 빗대는 투로 자꾸만 내게 말을 걸었어. 과시욕이 강한 여자인데, 저 얼간이 때문에 질투가 나서 미칠 지경인 거야. 저 인간은 맨날 행동거지 조심하느라 절절매고 저 여잔 제 남편을 정치판에서 성공시키겠다고 조종을 하는데, 실상 내심은 자기가 직접 나서서 사람들에게 이게 옳네 저게 그르네 잘난 체하고 싶은 거야.

남편은 내가 술을 너무 마셨다며 진정하라고 말한다.

우리는 성당 앞을 걷는다. 도시는 다시 안개에 감싸여 모든 것이 공포 영화의 한 장면처럼 보인다. 마리안이 단도를 품고 길모퉁이에 숨어 나를 기다리는 상상을 한다. 프랑스와의 전투가 끊이지 않았던 중세에는 그런 일이 종종 있었다고 하니까.

추위도 산책도 진정 효과가 없다. 차를 찾아 집에 온 후, 나는 곧바로 침실로 가 발륨을 두 알 삼킨다. 남편은 보모에게 수고비를 건넨 뒤 아이들을 재운다.

열 시간을 내리 잔다. 다음날, 아침에 일어나 늘 하던 일들을 하는데 남편이 평소보다 덜 다정하다는 생각이 들기 시작한다. 감지하기 힘든 정도의 변화이긴 한데, 어제 일 때문에 심기가 불편한 것 같다. 난 뭘 어떻게 해야 할지 모르겠다. 진정제 두 알을 한 번에 먹은 것은 어제가 처음이다. 나른하다. 외롭고 불행해서 느끼던 것과는 완전히 다른 종류의 무력감이다.

출근하러 집을 나서며 자동적으로 전화기를 확인한다. 야코프에게서 문자가 와 있다. 잠시 망설여지지만 호기심이 미움을 이기고 만다.

오늘 아침 아주 이른 시간에 보낸 문자다.

"당신이 다 망쳤어. 전에는 우리 사이를 몰랐는데 이젠 확신한다고! 당신은 그 여자가 놓지도 않은 덫에 걸린 거야."

빌어먹을 슈퍼마켓에 들러 장을 봐야 한다. 사랑받지 못하고 낙담한 여자가 되어. 마리안 말이 맞다. 나는 그 여자와 같은 침대에서 자는 멍청한 개가 취미 삼아 즐기는 섹스 파트너에 불과하다. 울음을 그칠 수가 없다. 눈물이 흘러 다른 차들이 흐릿하게 보이는 상태로 위험하게 차를 운전한다. 경적 소리, 내게 고함치는 소리가 들린다. 속도를 늦추려고 하니 더 많은 경적 소리와 더 많은 고함 소리가 들린다.

마리안이 의심하게 만든 것이 멍청한 짓이라면, 내가 가진 모든 것—남편과 가족과 직업—을 위험에 빠뜨린 건 더욱 멍청한 짓이다.

진정제 두 알의 효과가 아직 남아 있어 몸은 나른한데다 신경은 극도로 예민해진 상태에서 운전을 하고 있으니, 급기야 내 목숨까지 위험에 빠뜨리고 있다는 생각이 든다. 골목에 차를 세우고 울음을 터뜨린다. 크게 흐느끼는 소리에 누군가 다가와 도움이 필요하냐고 묻는다. 아니라고 대답하자 그 사람은 멀어진다. 하지만 사실은 도움이 필요하다. 아주 많이. 나는 내면 깊은 곳으로, 그 안에 있는 수렁으로 점점 빠져든다. 나는 빠져나오는 법을 알지 못한다.

증오가 눈앞을 가린다. 야코프는 이미 어제 저녁식사의 여파에서 벗어났을 것이고, 이제 결코 나를 보려 하지 않을 것이다. 내 잘못이다. 한계선을 넘어가려 하고, 항상 나 자신을 의심하고, 모두가 내 행동을 의심한다고 생각한 잘못. 야코프에게 전화해 사과하고 싶지만 그는 전화를 받지 않을 것이다. 남편에게 전화해 괜찮은지 물어보는 게 더 나을까? 그이 목소리를 안다. 제아무리 자제력의 도사라지만 그이가 화가 나 긴장해 있으면 나는 알 수 있다. 하지만 알고 싶지 않다. 정말로 겁이 난다. 뱃속이 울렁거린다. 나는 운전대를 움켜쥔 채 울부짖는다. 소리를 내지르며 소동을 피운다. 지구상에서 유일하게 안전한 곳, 바로 내 차 안에서. 아까 내게 다가왔던 사람이 이제는 멀리서 나를 주시하며 혹시 내가 무슨 멍청한 짓이라도 할까 살피고 있다. 아니, 난 아무 짓도 하지 않을 것이다. 그저 울고 싶을 뿐. 그게 그렇게 대단한 요구인가?

나 자신을 학대했다는 생각이 든다. 시간을 되돌리고 싶지만 그건 불가능하다. 잃어버린 내 자리를 되찾을 계획을 세우고 싶지만 똑바로 생각을 할 수가 없다. 내가 할 수 있는 건 수치와 증오에 사로잡힌 채 우는 것뿐이다.

어떻게 그렇게 멍청하리만치 순진했을까? 마리안이 날 빤히 쳐다보며 날 떠보는 거라고 생각하다니. 죄책감 때문이었다. 범죄자처럼. 그 여자가 나를 만만하게 보지 못하도록, 제 남편 앞에서 창피를 주고 무너뜨리고 싶었다. 그 남자에 대한 내 마음이 사랑이 아니란 건 나도 안다. 하지만 그는 내가 잃어버렸던 기쁨을 조금씩 되찾게 해주었고 목까지 차올라 날 익사시킬 것 같았던 외로움의 물구덩이에서 날 지탱해주었다. 이제 그런 시간은 영원히 사라졌다는 생각이 든다. 현실로 돌아와야 한다. 슈퍼마켓으로, 매일 똑같은 나날로, 예전엔 내게 그리도 중요했으나 지금은 감옥으로 변해버린 안전한 가정으로. 아직 남아 있는 조각들이나마 주워모아야 한다. 여태 있었던 일들을 남편에게 다 고백할까?

그이는 분명 이해할 거다. 언제나 가족을 최우선으로 생각하는 착하고 현명한 사람이니까. 하지만 이해해주지 않는다면? 더는 안 되겠다고, 한계에 도달했다고, 처음에는 우울증을 호소하더니 급기야 애인에게 버림받았다고 애통해하는 여자와 사는 데 질렸다고 한다면?

마음이 조금 진정되면서 생각이 돌아오기 시작한다. 곧 일을 하러 가야 하고 이 골목에서 하루를 다 보낼 수는 없다. 거리에는 크리스마스 장식을 문에 달아놓은 행복한 사람들의 집이 늘어서 있고, 오가는 사람들은 내가 여기 있다는 사실을 알아차리지도 못한다. 나의 세상이 무너지는 것을 이렇게 속수무책으로 바라보고만 있을 수는 없다.

심사숙고해야 한다. 지금 당장 해야 할 일을 목록으로 작성해야 한다. 다가오는 며칠, 몇 달, 몇 년 동안, 나는 상처 입은 동물의 모습을 감춘 채 헌신적인 아내로 살 수 있을까? 자기 절제는 내 강점이 아니지만 불안정한 사람처럼 행동해서는 안 된다.

눈물을 닦고 정면을 바라본다. 차에 시동을 걸까? 아직 아니다. 좀더 기다린다. 이렇게 되어 다행이라고 생각할 수 있는 유일한 이유가 있다면 그건 거짓된 삶이 너무 힘들었다는 사실이다. 남편이 뭔가 의심하게 되기까지 얼마나 걸렸을까? 남자들은 아내가 오르가슴을 가장할 때 알아챌까? 가능한 얘기지만 나로서는 알 길이 없다.

차에서 나와 필요한 액수 이상의 주차비를 정산한다. 이렇게 하면 근처를 정처 없이 걸어다녀도 될 것이다. 회사에 전화해 변변찮은 변명을 한다. 아이가 설사를 심하게 해서 병원에 데려가야겠다고. 상사는 내 말을 믿는다. 어쨌든 스위스 사람들은 거짓말을 하지 않으니까.

하지만 나는 거짓말을 한다. 날마다 거짓말을 해왔다. 자존감도 잃어버렸고 이젠 내가 어디를 향해 가고 있는지도 모른다. 스위스 사람들은 현실 세계에서 산다. 나는 환상의 세계에 산다. 스위스 사람들은 자기 문제를 해결할 줄 안다. 나는 내 문제를 해결하지 못해서, 이상적인 가족과 완벽한 애인이 있는 상황을 만들었다.

* * *

내가 사랑하는 도시를 거닌다. 관광객들을 위한 장소를 제외하면, 상점이나 기업체의 건물들은 마치 50년대에서 그대로 멈춘 듯 현대화에 대한 의지가 전혀 없어 보인다. 춥다. 하지만 다행히 바람은 불지 않아 견딜 만하다. 생각을 딴 데로 돌리고 마음을 진정시키기 위해 서점과 정육점과 옷가게에 들른다. 거리로 다시 나올 때마다, 차가운 공기에, 뜨겁게 타오르던 나의 마음이 조금은 식어가는 느낌이다.

적당한 남자를 사랑하도록 스스로를 훈련할 수 있을까? 물론

할 수 있다. 문제는 부적당한 남자를 잊는 일이다. 그냥 지나치는 길이었고, 문이 열려 있으니 허락도 구하지 않고 들어온 그 남자를.

내가 야코프에게 원하는 것은 정확히 뭘까? 우리 관계의 끝이 불행하리라는 것은 처음부터 알고 있었지만 이렇게 굴욕적인 방식이리라고는 상상하지 못했다. 어쩌면 나는 그 관계에서 모험과 기쁨만을 원했는지도 모른다. 아니, 어쩌면 그 이상의 것을 원했는지도. 그와 함께 살면서 그가 경력을 쌓아가도록 돕고, 아내에게선 얻을 수 없었던 지지를 보내주고, 처음 만났을 때 그가 토로했던 대로 아내는 주지 않는다는 애정을 쏟아주는 그런 삶을. 다른 사람의 정원에서 꽃을 뽑듯이 그를 그의 가정에서 뽑아다가 내 땅에 심고 싶었는지도. 꽃은 그렇게 다루면 금세 시들어버린다는 것을 알면서도.

질투가 파도처럼 일어난다. 하지만 이번에는 눈물 대신 분노가 치밀 뿐이다. 걸음을 멈추고 눈에 띄는 버스정류장으로 가 벤치에 앉는다. 사람들이 오가는 모습을 바라본다. 다들 자기만의 세상에 빠져 너무나 바쁘다. 스마트폰 화면에 들어갈 정도로 조그마한 세상. 그들은 화면에서 눈과 귀를 떼지 못한다.

버스들이 왔다가 또 간다. 사람들은 버스에서 내려 재빨리 걷는다. 아마도 추위 때문인 것 같다. 어떤 사람들은 천천히 버스에 탄다. 집에, 직장에, 학교에 가고 싶지 않은가보다. 하지만 분노나 열의를 드러내는 사람은 없다. 그들은 행복하지도 슬프지도 않으며, 태어나는 순간 우주가 지워준 의무를 기계적으로 수행하는 불쌍한 영혼들일 뿐이다.

어느 정도 시간이 지나자 긴장이 조금 풀린다. 내 마음속의 수수께끼를 몇 개 풀었다. 하나는 이 정류장의 버스들처럼 왔다가 사라지곤 하는 증오의 원인이다. 어쩌면 나는 내 인생에서 가장 중요한 것, 바로 가족을 잃어버린 건지도 모른다. 행복을 찾기 위한 전투에서 패배했다. 굴욕스러울 뿐 아니라 어디로 나아가야 할지도 모르겠다.

그리고 내 남편은? 오늘밤 남편과 솔직한 대화를 나누며 모든 것을 고백해야겠다. 그러면 자유로워질 것 같다. 비록 결과를 고통스럽게 감당해야 할지라도. 거짓말하는 데 지쳤다. 남편에게도, 상사에게도, 나 자신에게도.

하지만 지금 그 생각은 하고 싶지 않다. 무엇보다도 내 사고를 좀먹고 있는 건 질투다. 몸을 일으킬 수 없다. 내 몸에 한없이 무거운 쇠사슬이 매달려 있는 느낌이다.

그러니까 그 여자는 제 남편과의 잠자리에서, 그와 내가 했던 걸 그대로 해가며, 그의 외도 경험담을 즐겨 듣는단 말이지? 그가 침대 옆 탁자에서 콘돔을 집을 때 알아봤어야 했다. 침대에서 날 대하는 방식에서 내가 그저 많은 여자들 중 하나라는 걸 깨달았어야 했다. 그 망할 호텔을 나올 때마다 그런 느낌이 들었다. 다시는 만나지 말자 다짐했다. 하지만 그 또한 내 거짓말 중 하나에 지나지 않음을, 전화만 걸려오면 언제든 그가 원하는 시간, 원하는 장소에 달려갈 것임을 나 자신도 알고 있었다.

그래, 모두 다 알고 있었다. 그러면서 내가 원하는 건 섹스와 약간의 모험일 뿐이라고 스스로 설득하려 했다. 하지만 그건 거짓이었다. 오늘 깨달았다. 하루하루 잠 못 이루는 밤과 공허한 낮을 보내며 늘 부인하려 했지만, 맞다. 난 사랑에 빠져 있었다. 사랑에 미쳐 있었다.

무얼 어떻게 해야 할지 모르겠다. 결혼한 사람들 모두가 남몰래 누군가에게 빠져들고 마는 경험을 하는 모양이다(사실, 그렇다고 확신한다). 그것은 금지된 것이다. 인생을 흥미롭게 만드는 것은 금지된 것과의 유희이지만 금지선을 넘어서는 사람은 흔치 않다. 일곱 명 중 한 명꼴이라는 기사를 읽은 적이 있다. 그리고 내 경우처럼, 환상에 완전히 휩쓸릴 정도로 정신을 잃는 사람은 백 명 중 한 명에 불과할 것이다. 대부분의 사람들은 처음부터 이것이 순간의 불장난이자 오래갈 리 없는 스치는 만남이라는 걸 안다. 일말의 감상이 섞여 있다면 섹스를 좀더 관능적으로 만들고 오르가슴의 순간에 "사랑해"라는 말을 듣는 정도. 그 이상은 아니다.

그런데 내 남편이 정부를 두었다면? 나는 어떻게 반응할까? 이성적으로 행동하진 못할 것이다. 인생이 공정하지 않다고, 나는 쓸모없는 사람이라고, 이젠 늙어가고 있다고 말하겠지. 분노로 절규하고 질투로 악을 써대겠지. 사실은 질투가 아니라 부러움일 텐데. 그는 하는데 왜 난 못하지, 같은. 그리고 문을 요란하게 닫으며 집을 나간 뒤 아이들을 친정으로 데리고 가겠지. 두세 달 뒤에는 후회를 하고 집으로 돌아갈 구실을 애써 찾으며 남편도 그걸 원할 거라 생각할 거야. 넉 달쯤 뒤에는 처음부터 다시 시작해야 할지도 모른다는 생각으로 공포에 질릴 테고. 다섯 달쯤 뒤에는 남편에게 '아이들을 위해' 돌아오라고 말할 방법을 찾겠지. 하지만 때는 이미 늦어서, 그는 삶을 다시 즐겁게 만들어준, 훨씬 어리고 생기 넘치는 예쁜 정부와 살고 있겠지.

전화가 울린다. 편집장이 아이는 좀 어떤지 묻는다. 나는 버스 정류장에 있어서 잘 안 들린다고, 괜찮다고, 곧 신문사로 가겠다고 말한다.

공포에 질린 사람은 현실을 보지 못하고 환상 속에 숨고 싶어 한다. 이런 상태로는 한 시간도 버틸 수 없다. 정신을 좀 추슬러야 한다. 일이 기다린다. 일을 하면 도움이 될지도 모른다.

일어나 차가 있는 곳으로 걸어간다. 낙엽들이 뒹굴고 있다. 파리 같았으면 모두 치워졌을 것이다. 하지만 이곳은 제네바, 훨씬 부유한 도시인데 낙엽은 그대로 있다.

한때 이 낙엽들은 이제 내면으로 침잠하여 휴식의 계절을 준비하고 있는 나무들의 일부였다. 나무는 자기를 감싸주고 먹여주고 숨쉬게 해준 푸른 외투에 대해 아무런 배려도 없는 건가? 없다. 자신의 몸에서 살며 꽃이 피도록 가루받이해주고 자연을 살아 있게 해준 벌레들은 생각했을까? 아니다. 나무는 그저 자기만 생각했다. 나뭇잎이나 벌레 같은 것들은 필요에 의해 버려지고 만다.

나는 이 도시의 바닥을 구르는 낙엽이다. 영원하리란 생각 속에 살다가 이유도 모른 채 죽어버린 나뭇잎. 태양과 달을 사랑했고 오랫동안 저 버스들과 덜컹거리는 전차들이 오가는 모습을 지켜보았던 나뭇잎. 하지만 아무도 그 나뭇잎에게 겨울이 존재한다는 사실을 알려주는 세심함을 베풀지 않았다. 마음껏 살던 나뭇잎들은 어느 날 누렇게 변하기 시작했고, 그러자 나무는 이들에게 작별을 고했다.

나무는 낙엽들이 다시는 돌아오지 않을 것을 알기에 "또 봐" 하지 않고 "잘 가" 했다. 그리고 바람에게 낙엽들을 가지에서 떨어뜨려 멀리 보내달라고 부탁했다. 나무는 휴식을 취해야만 성장할 수 있다. 성장한 나무는 존중받을 것이다. 그리고 아름다운 꽃들을 더욱 많이 피울 수 있을 것이다.

* * *

이제 그만. 내겐 일이 최고의 치유법이다. 눈물도 흘릴 만큼 흘렸고 생각도 할 만큼 했으니까. 하지만 아직 그 무엇도 떨칠 수가 없다.

아무 생각 없이 기계적으로 걷다가 차를 세워둔 곳에 도착하니 붉은색과 파란색 제복을 입은 교통경찰 한 사람이 기계로 내 차의 번호판을 스캔하고 있다.

"이거 본인 차 맞습니까?"

네.

그는 계속 자기 일을 한다. 나는 아무 말도 하지 않는다. 스캔된 번호판이 벌써 시스템에 입력되었다. 본청으로 전달돼 처리되고 나면, 수취인 이름과 주소가 투명하게 들여다보이는 창이 달린 공문서 봉투에 소박한 경찰 인장이 인쇄된 통지서가 담겨 발부될 것이다. 나는 벌금 100프랑을 삼십 일 안에 물어야 할 것이다. 아니면 변호사비로 500프랑을 쓰며 벌금에 이의를 제기할 수도 있다.

"이십 분 초과하셨어요. 여기 최대 주차 시간은 삼십 분입니다."

나는 그냥 고개만 끄덕인다. 교통경찰은 놀란 듯하다. 나는 다시는 안 그러겠다며 봐달라고 사정하지도 않았고, 그를 보고도

달려와서 제지하지 않았다. 그에게 익숙한 어떤 반응도 보이지 않은 것이다.

차 번호판을 스캔했던 기계에서 딱지가 나온다. 슈퍼마켓 같다. 그는 딱지를 (악천후로부터 보호하기 위해) 비닐봉투에 넣은 후 앞유리 쪽으로 다가가 와이퍼에 끼워놓는다. 내가 차 키 버튼을 누르자, 툭 소리와 함께 전조등이 깜빡거린다.

교통경찰은 방금 전 자기 행동이 얼마나 어리석었는지 깨닫는다. 나와 마찬가지로 그 역시 기계적으로 일을 처리하고 있던 모양이다. 차문 열리는 소리에 정신이 번쩍 들었는지 그가 나에게 걸어와 직접 딱지를 건네준다.

우리는 둘 다 만족스럽게 자리를 뜬다. 그는 불평에 대응할 필요가 없었고, 나는 내게 딱 어울리는 것을 받았다. 처벌.

남편이 극도의 자제력을 발휘하고 있는 것인지 아니면 정말로 그런 일 따위에는 신경도 쓰지 않는 것인지 잘 모르겠다. 하지만 곧 알게 되겠지.

일을 마치고 정시에 집에 도착한다. 조종사 훈련, 시장에 넘쳐나는 크리스마스트리, 철도 교차로에 도입할 전자제어시설 등 세상에서 가장 사소한 소식들에 대한 기사를 쓰며 또 하루를 보냈다. 그럴 수 있어서 무척 다행이었다. 나는 몸도 마음도 생각을 깊이 할 수 있는 상태가 아니었다.

저녁식사를 준비한다. 마치 지금이 우리가 함께 보낸 수천 번의 저녁 시간과 하나 다를 바 없는 일상적인 시간인 것처럼. 티브이를 얼마간 함께 본다. 티브이보다 태블릿이나 비디오게임에 더 푹 빠진 아이들은 자기들 방으로 올라가 그날 기분에 따라 테러리스트나 병사 들을 죽인다.

그릇들을 식기세척기에 넣는다. 남편은 곧 아이들을 재우러 갈 것이다. 지금까지 우리는 내내 꼭 해야 할 일상적인 일들에 대해서만 얘기했다. 그가 항상 이런 식이었는데 내가 의식하지 못했던 것인지, 오늘 유난히 이상한 것인지 구분이 안 된다. 곧 알게 되겠지.

남편이 위층에 있는 동안 나는 올해 들어 처음으로 벽난로에 불을 지핀다. 불을 바라보니 마음이 안정된다. 나는 앞으로 털어놓을 일에 대해 그가 이미 알고 있다고 생각하지만, 도움이 될 만한 것들은 가능한 한 모두 동원하고 싶다. 그래서 와인을 한 병 따고 접시에 다양한 종류의 치즈를 담는다. 와인을 한 모금 마신 뒤 불꽃을 응시한다. 불안하거나 두렵지 않다. 이중생활은 충분히 했다. 오늘 무슨 일이 일어나든 지금보단 나을 것이다. 결혼을 끝내야 한다면 그렇게 해야겠지. 크리스마스 전, 늦가을의 어느 날, 벽난로를 바라보며 교양 있는 대화와 함께 끝내리라.

아래층으로 내려온 남편은 내가 준비해둔 것들을 보고도 아무런 말이 없다. 그냥 내 옆으로 와 소파에 앉아 불을 바라본다. 자기 잔의 와인을 마시더니 내가 다시 잔을 채우려 하자 됐다는 듯 손을 젓는다.

나는 멍청한 소리를 한다. 오늘 기온이 영하로 떨어졌대. 그는 고개만 끄덕한다.

보아하니 내가 먼저 말을 꺼내야 할 것 같다.

어젯밤 저녁식사 자리에서 있었던 일은 정말 후회스러워……

"당신 잘못이 아니잖아. 그 여자 정말 이상했어. 앞으로는 그런 모임에 함께 가자고 하지 말아줘."

그의 목소리는 차분하다. 하지만 최악의 폭풍 전야에는 바람이 멈추고 모든 것이 괜찮은 듯 보이는 순간이 있다는 사실을 우리는 어릴 때부터 배워 알고 있다.

나는 더 밀고 나간다. 마리안, 그 여자가 질투를 드러낸 거야. 현대적이고 개방적인 모습의 가면 뒤에 숨어서.

"맞아. 질투를 느끼면 '여태까지 힘들게 이룬 모든 것을 잃어버릴 수도 있다'는 생각이 들지. 그럼 그 외에 다른 것들에는 눈이 멀어버려서 즐거웠던 경험들, 행복했던 순간들, 거기서 생겨난 유대감 같은 것들을 볼 수 없게 돼. 어떻게 증오가 부부의 역사를 모두 지워버릴 수 있어?"

남편은 내가 말을 꺼낼 수 있도록 분위기를 만들어주고 있다. 그가 말을 잇는다.

"누구나 그런 생각을 할 때가 있잖아. '아, 내 인생이 기대했던 대로 풀리지 않는구나.' 하지만 인생이, 너는 날 위해 뭘 했느냐고 묻는다면 뭐라 대답할까?"

나한테 묻는 거야?

"아니, 나 자신한테 묻는 거야. 노력 없이 이루어지는 건 아무것도 없어. 믿음을 가져야 돼. 그러려면 편견이라는 장애물을 무너뜨려야 해. 또 그럴 용기를 내려면 두려움을 극복해야 하고. 이런 식으로 계속 이어지는 거지. 우리, 주어진 날들에 만족하며 살아가자. 삶이 우리 편이라는 사실을 잊지 말고. 삶은 언제나 더 좋은 곳으로 나아가려고 하잖아. 우리가 거기에 힘을 합해야지."

나는 와인 한 잔을 더 따른다. 남편은 불속에 장작을 더 넣는다. 고백할 용기를 언제쯤 낼 수 있을까?

하지만 남편은 내가 말하게 놔두지 않을 모양이다.

"꿈을 꾼다는 건 그리 단순한 게 아냐. 오히려 반대지. 아주 위험할 수가 있거든. 꿈을 꾼다는 건 강력한 엔진을 가동하는 거야. 삶의 진정한 의미를 더는 외면할 수 없게 되지. 꿈을 꿀 때는 어떤 대가를 치를지도 선택해야 해."

지금이다. 더 머뭇거릴수록 우리 두 사람에게 더 큰 고통을 안길 것이다.

나는 잔을 든다. 그리고 마음을 어지럽히는 문제가 있다고 말한다. 그는 지난번 함께 외출했던 날 밤, 내가 우울증인 것 같아 두렵다고 털어놓았을 때 이미 충분히 들어 알고 있다고 대답한다. 나는 내가 하려는 말은 그게 아니라고 한다.

하지만 남편은 내 말을 끊고 이야기를 이어간다.

"꿈을 찾는 사람에겐 대가가 따라. 습관을 버려야 할 수도 있고 역경을 헤쳐나가야 할 수도 있고 실망을 하게 될 수도 있어. 하지만 그 대가가 아무리 커도, 꿈을 찾지 않은 사람이 치르는 대가보다는 적을 거야. 꿈을 찾지 않은 사람들은 어느 날 뒤돌아보면 이런 마음의 소리를 듣게 될 테니까. '인생을 허비하고 말았구나.'"

그런 말을 들어도 내 마음은 조금도 편해지지 않는다. 내가 하려는 말이 뜬구름 잡는 소리가 아니라 지극히 구체적이고 위협적인 진실이라면 어떨 것 같아?

그가 웃는다.

"난 당신 때문에 생기는 질투를 잘 조절했어. 그럴 수 있어서 다행이라고 생각해. 왠지 알아? 난 늘 스스로에게 당신의 사랑을 받을 자격이 있는 사람이라는 걸 보여줘야 하니까. 난 우리의 결혼생활과 유대를 지키기 위해 싸워야 해. 절대 아이들 때문이 아니야. 당신을 사랑해. 당신을 내 곁에 두기 위해서라면 무엇이든, 정말로 무엇이든 견딜 거야. 하지만 당신이 날 떠나겠다면 잡을 순 없겠지. 언젠가 떠나고 싶어지면, 당신 행복을 찾아 떠나도 돼. 내 사랑은 그 무엇보다 강하니까, 절대로 당신 행복을 막진 않을 거야."

눈물이 차오른다. 남편이 무슨 말을 하고 있는지 잘 모르겠다. 그저 질투에 대해 생각하는 바를 말하는 것인지, 아니면 내게 무언가 전달하고 있는 것인지.

"외로움이 두렵진 않아." 그이가 말을 이어간다. "내가 두려운 건 자기기만이야. 현실을 있는 그대로 보지 못하고 내가 보고 싶은 대로 볼까봐."

남편이 내 손을 잡는다.

"당신은 내 인생의 축복이야. 내가 세상에서 가장 훌륭한 남편은 아닐지 몰라. 난 감정 표현에 서툰 사람이니까. 당신에게 그게 필요하다는 것도 알아. 이런 내 성향 때문에 당신은 어쩌면 스스로 내게 중요한 사람이 아니라는 생각이 들거나 자기 확신이 생기지 않을 수 있다는 것도 알아. 하지만 정말 그런 건 아냐. 이렇게 우리 불 앞에 앉아 뭐든 다 얘기해도 좋지만, 질투에 대해서만은 얘기하지 말자. 질투에 대해선 얘기하고 싶지 않아. 어디 우리 둘만 여행을 가는 것도 좋을 것 같은데. 다른 도시나 전에 함께 갔던 곳에 가서 새해를 맞으면 어떨까?"

애들은 어떻게 하고?

"부모님한테 부탁하면 좋아하실걸?"

남편이 말을 끝맺는다.

"사랑을 하면 그 어떤 것도 받아들여야 해. 사랑은 우리가 어릴 때 갖고 놀던 만화경 같은 거니까. 똑같은 건 없고 항상 변하지. 그걸 이해하지 못하면, 우리 행복을 위해서만 존재하는 것 때문에 오히려 고통받게 되어버려. 최악은 뭔지 알아? 그 여자 같은 사람들이야. 제 결혼생활에 대해 다른 사람들이 어떻게 생각하는지 항상 걱정하는 사람들. 난 그런 건 관심없어. 당신이 어떻게 생각하는지, 내게 중요한 건 그것뿐이야."

남편의 어깨에 머리를 기댄다. 내가 하려던 말은 이제 중요하지 않다. 그이는 다 알고 있고 상황에 잘 대처하고 있다. 나로선 절대 불가능할 것 같은 방식으로.

“간단해요. 불법적인 일만 하지 않는다면 금융시장에서야 돈을 벌 수도 있고 잃을 수도 있는 거죠.”

왕년의 재계 거물이 세계 최상위 부자의 태도를 유지하려 애쓰고 있다. 하지만 대형 금융사들이 그가 의도적으로 속여왔다는 것을 알아내면서 그의 재산은 일 년도 안 되어 증발해버렸다. 나는 이 사람의 말에 관심을 가지려고 노력중이다. 결국, 편집장에게 스트레스 해소법에 대한 연재 기사를 그만두자고 제안한 건 나였으니까.

내가 모든 걸 망쳐버렸다고 원망하던 야코프의 문자를 받은 지 일주일이 됐다. 정처 없이 거리를 걷던 날, 범칙금 통지서를 받고 다시 떠올렸던 그날, 남편과 대화를 나눈 바로 그날로부터.

"언제든 아이디어를 팔 줄 알아야 합니다. 누구든 성공하려면 남들이 원하는 걸 팔 줄 알아야 해요." 왕년의 거물이 말을 이어 간다.

오, 거물 양반아, 당신이 과시적인 태도와 진중한 분위기를 연출하면서 럭셔리 호텔 스위트룸에 있어도, 멋들어진 차림으로 런던 수제 양복점에서 맞춘 흠잡을 데 없는 양복을 입고 미소를 짓고 있어도, '자연스러운' 인상을 주려고 흰머리를 몇 가닥 남기고 세심히 염색한 그 머리로 자신감 넘치게 말해봐야, 내가 당신보다 더 잘 이해하는 것이 있어요. 아이디어를 팔러 돌아다니는 게 전부는 아니라는 것. 살 사람을 찾아야 한다는 것. 그것은 사업이나 정치나 사랑에 모두 적용되지요.

친애하는 왕년의 백만장자씨. 내가 무슨 말을 하는지 이해하시리라 생각해요. 도표도 제시하고 보좌진을 대동해 발표도 하시겠죠…… 하지만 사람들이 원하는 건 결과랍니다.

사랑 역시 결과를 원한다. 비록 모두가 그 사실을 부인하며 사랑은 그 자체로 존재 의미가 있다고 말하긴 하겠지만. 그런데 정말 그럴까? 나는 남편이 러시아에 갔을 때 사다준 외투를 입고 앙글레 정원을 거닐며 가을의 경치를 즐기다가, 미소 띤 얼굴로 하늘을 올려다보며 "당신을 사랑해. 그거면 충분해" 하고 말할 수도 있겠지. 하지만 그게 진실일까?

물론 아니다. 사랑하지만, 나는 그 보답으로 구체적인 것들을 원한다. 맞잡은 손, 키스, 뜨거운 섹스, 함께 나눌 꿈, 가족을 꾸려 아이들을 키우고 사랑하는 사람 옆에서 늙어가리라는 희망.

"매 단계 아주 명확한 목표가 필요합니다." 내 앞에서 짐짓 자신에 찬 미소를 띠고 있는 이 애처로운 인물이 설명한다.

나는 분명, 다시 미쳐가고 있는 것이다. 듣는 말이나 읽는 글, 심지어는 이 짜증나는 인물과의 지루한 인터뷰까지, 모든 것을 내 마음이 처한 상황과 연결시키고 만다. 하루 이십사 시간 그 생각만 한다. 거리를 걸을 때도, 요리를 할 때도. 생각에서 벗어나게 해주기는커녕 내가 빠진 심연으로 더 깊이 곤두박질치게 만드는 말들을 들으며 삶의 소중한 순간을 허비하고 있으면서도.

"낙관주의는 전염성이 있어요……"

이 거물 양반은 말을 멈출 수가 없나보다. 나를 납득시킬 거라고, 내가 자기 말을 신문에 내줄 거라고, 그래서 다시 구제될 수 있을 거라고 확신하는 것이다. 이런 사람들을 인터뷰하면 좋다. 질문만 하나 던져주면 몇 시간이고 혼자서 말을 한다. 쿠바인 주술사와 대화했을 때와는 달리, 이번엔 단 한 마디도 주의깊게 듣지 않는다. 녹음기를 켜놓았으니 나중에 이 독백을 육백 단어로 간추릴 것이다. 대화로 치면 사 분 정도에 해당하는 분량이다.

낙관주의는 전염성이 있다고 그는 말한다.

정말로 그렇다면, 우리는 그저 함박웃음을 지으며 사랑하는 사람에게 다가가 미리 준비해온 갖가지 계획과 아이디어를 펼쳐 보이기만 하면 될 것이다. 그게 효과가 있을까? 아니다. 정말로 전염성이 있는 것은 두려움이다. 생의 마지막까지 함께할 누군가를 찾지 못하게 될 것 같은 끊임없는 두려움. 그 두려움을 이유로 우리는 무슨 일이든 저지를 수 있어서, 부적당한 사람을 받아들이고는 그 사람이야말로 하느님이 우리 삶에 보내준 유일한 사람이라고 믿어버린다. 안정을 찾던 마음이 순식간에 절절한 사랑으로 둔갑하면서 삶에 대한 씁쓸함과 괴로움을 덜고 나면, 감정은 이제 상자에 넣어 머릿속 벽장 맨 뒤에 처박아놓아도 되는 때가 온다. 그리고 상자는 그곳에 영원히 남아 보이지 않는 곳에 숨겨져 있게 되는 것이다.

"어떤 사람들은 내가 우리나라에서 인맥이 제일 좋은 사람이라고들 해요. 창업자나 정치인, 기업가 들을 많이 알지요. 우리 회사의 현재 상황은 일시적인 겁니다. 머지않아 내가 재기하는 모습을 보게 될 겁니다."

나 또한 인맥이 좋은 사람이다. 그가 아는 사람들과 같은 부류를 많이 알고 있다. 하지만 난 재기를 도모하고 싶지 않다. 단지 그중 한 사람과의 '인맥'을 교양 있게 끊고 싶을 뿐이다.

명확하게 끝나지 않은 것들은 늘 일말의 여지와, 미처 탐사하지 못한 가능성과, 모든 것이 다시 예전으로 돌아갈 수 있을지도 모른다는 기회를 남기기 때문이다. 그런 여지가 남아 있는 상황을 좋아하는 사람들이 내 주변에 많긴 하지만, 나는 그런 것에 익숙하지 않다.

내가 지금 뭘 하고 있지? 경제학과 사랑을 비교해? 금융 세계와 감정 세계 사이에 다리를 놓으려는 건가?

야코프에게서 마지막으로 연락이 온 지 일주일이 지났다. 그 밤 벽난로 앞에서 이야기를 나누고 남편과의 관계가 정상으로 돌아온 지도 일주일이 됐다. 우리는 부부 관계를 다시 공고히 할 수 있을까?

올해 봄까지 나는 정상적인 사람이었다. 그러던 어느 날 내가 가진 모든 것이 갑자기 사라질 수 있음을 깨닫고는, 나는 분별 있게 처신하지 못하고 공황에 빠져버렸다. 그뒤로 이어진 것은 무기력, 무감각, 반응과 변화에 대한 무능이었다. 잠 못 이루는 밤과 삶의 기쁨을 느끼지 못하는 낮을 수없이 보낸 후, 나는 내가 가장 두려워하던 것을 행동에 옮겼다. 위험을 무릅쓰고 반대 방향으로 걸어간 것이다. 그런 선택을 하는 사람이 나만이 아님을, 사람들에게는 자기 파괴 경향이 있음을 나는 알고 있다. 우연이었는지 아니면 인생이 날 시험하고 싶었던 건지, 한 사람을 만났다. 그는 내 머리채를 쥐고 흔들어—말 그대로도, 비유적으로도—쌓여가던 먼지를 털어내고 다시 숨쉴 수 있게 해주었다.

모든 것이 다 거짓이다. 그것은 마약중독자가 마약을 할 때 느끼는 행복 같은 것이다. 조만간 그 효과는 사라지고 전보다 더한 절망이 찾아든다.

거물 양반이 돈 이야기를 시작한다. 묻지 않았는데도 그는 이야기한다. 이자가 그토록 하고 싶은 말은 자기가 가난하지 않다는 것, 그리고 앞으로도 수십 년간 지금의 생활방식을 유지하며 살 수 있다는 것이다.

더는 들어줄 수가 없다. 나는 인터뷰에 응해줘서 감사하다고 말한 뒤 녹음기를 끄고 외투를 가지러 간다.

"오늘 저녁에 시간 있어요? 한잔하면서 이 대화를 마무리해도 좋을 것 같은데." 그가 제안한다.

처음 있는 일은 아니다. 사실, 내겐 거의 매번 일어나는 일이다. 마리안은 인정하지 않을지 모르겠지만, 나는 예쁘고 똑똑하다. 그리고 나는 내 매력을 이용해 사람들이 보통은 기자에게 하지 않을 만한 얘기들을 끌어낸 적도 많다. 물론 모두 기사화될 수 있다는 경고를 한 상태에서 말이다. 하지만 남자들…… 아, 정말 남자들이란! 그들은 약점을 감추기 위해 물불을 가리지 않는 종족이어서 열여덟 소녀라도 별 노력 없이 그들을 이용해먹을 수 있을 것이다.

나는 초대는 감사하지만 이미 저녁 약속이 있다고 말한다. 갑자기 묻고 싶은 질문이 떠오른다. 그와 그의 기업 왕국에 대한 부정적 언론 보도가 넘쳐날 때 최근의 여자친구는 어떻게 반응했는지. 하지만 그 답은 익히 상상할 수 있고 신문사에도 아무런 흥밋거리가 되지 못한다.

* * *

나는 밖으로 나와 길을 건너, 조금 전, 내가 그곳을 걷고 있는 모습을 상상했던 앙글레 정원으로 향한다. 31 데상브르* 가 모퉁이에 있는 옛날식 아이스크림 가게에 간다. 데상브르, 이 거리 이름이 좋다. 그 이름을 떠올릴 때마다 머지않아 또 한 해가 끝나고, 다시 다음해를 위해 거창한 결심을 하게 되리라는 생각이 든다.

초콜릿이 든 피스타치오 아이스크림을 주문한다. 부두로 걸어가 아이스크림을 먹으며 제네바의 상징인 하늘로 솟구치는 분수를 바라본다. 분수가 내 앞에 물방울 커튼을 만들고 있다. 관광객들이 다가와 사진을 찍는다. 빛이 부족한 사진이 나올 것이다. 그냥 엽서를 사는 게 더 낫지 않을까?

---

* 12월 31일이라는 의미.

나는 세계 곳곳의 여러 기념물들을 직접 가서 보았다. 사람들의 기억 속에서 그 이름은 잊힌 지 오래지만, 아름다운 말에 올라탄 모습으로 영원히 기억에 남을 위풍당당한 남자들. 이제는 교과서에조차 나오지 않는 어떤 승리들을 상징하며 하늘을 향해 왕관이나 칼을 치켜들고 있는 여자들. 이름마저 역사에 묻힌 어느 예술가를 위해 억지로 포즈를 취하던 몇 날 며칠 동안 순수함을 영원히 잃어버린, 돌에 조각된 이름 없는 외로운 아이들.

극소수의 경우를 제외하면, 결국 도시의 랜드마크가 되는 것은 동상이 아니라 뜻밖의 사물들이다. 에펠이 만국박람회를 위해 철탑을 세웠을 때 그는 그것이 루브르와 개선문, 그리고 여러 웅장한 정원들을 제치고 파리의 상징이 되리라고는 꿈도 꾸지 못했다. 사과는 뉴욕을 상징한다. 그다지 붐비지도 않는 다리 하나가 샌프란시스코의 상징이다. 타호 강 위에 놓인 또다른 다리는 리스본의 엽서들을 아름답게 채색한다. 바르셀로나에서는 아직 완공되지도 않은 성당이 도시의 가장 상징적인 기념물이다.

제네바도 마찬가지다. 레만 호수와 론 강은 바로 이 지점에서 합류하여 매우 강한 조류를 형성한다. 그 수압을 잘 활용하기 위해(우리는 활용의 귀재들이니까) 이곳에 수력발전소를 지었는데, 인부들이 밸브를 잠그고 집에 돌아간 후 강한 수압 때문에 터빈이 터지고 말았다.

그래서 어떤 기술자의 아이디어로 그 자리에 분수를 설치해 여분의 물을 배출시켰다.

시간이 흐르며 공학 기술로 문제는 해결되었고 분수는 불필요해졌다. 하지만 시민들은 투표를 통해 분수를 그대로 두기로 결정했다. 제네바에는 이미 분수가 많았고, 이 분수는 호수 한가운데에 있었다. 어떻게 하면 눈에 잘 띄게 할 수 있을까?

그렇게 해서 돌연변이 기념물이 생겨났다. 강력한 펌프가 설치되었고, 그후로 그곳은 일 초에 500리터의 물을 시속 200킬로미터로 쏘아올리는 막강한 분출구가 되었다. 특별한 이름도 없다. 그저 '제 도', 즉 '물의 분출구'라 불리며, 수많은 남자와 말과 영웅적인 여자와 외로운 아이들의 조각상을 제치고 이 도시의 랜드마크로 자리잡았다.

언젠가 나는 드니즈라는 스위스 과학자에게 '제 도'에 대해 어떻게 생각하는지 물은 적이 있다.

"우리 몸은 거의 물로 이루어져 있어요. 그 물을 통해 전기적 신호가 흐르고 정보를 주고받아요. 그런 정보들 중 하나는 사랑이라는 이름으로 불리며 유기체 전체에 관여하죠. 사랑은 항상 변해요. 저는 '제 도'가 인간의 예술이 그려낼 수 있는 가장 아름다운 사랑의 기념물이라고 생각해요. 그것 역시 단 한순간도 똑같지 않으니까요."

야코프의 사무실로 전화를 건다. 개인 전화로 걸 수도 있지만, 그렇게 안 한다. 사무실로 그를 만나러 가겠다고 비서에게 알린다.

그 여자는 나를 안다. 확인을 좀 해야겠다며 잠시 기다리라고 한다. 일 분 후 다시 전화기를 든 비서가 미안하지만 일정이 꽉 차 있으니 새해에 약속을 정하면 어떻겠느냐고 묻는다. 나는 아니라고, 그를 당장 만나야겠다고, 긴급한 일이라고 말한다.

'긴급하다'는 말이 항상 잘 통하는 건 아니지만, 이 경우엔 내게 유리할 공산이 크다. 이번에는 이 분이 지나 돌아온 비서가 다음 주 초는 어떻겠느냐고 묻는다. 나는 이십 분 내로 도착하겠다고 말한다.

그러곤 인사를 한 뒤 전화를 끊는다.

야코프는 내게 빨리 옷을 입으라고 재촉한다. 어쨌건 이 사무실은 정부가 비용을 대는 공공장소여서 발각될 경우 그가 감옥에 갈 수도 있다. 나는 목재 패널이 붙어 있는 벽과 아름다운 프레스코화가 그려진 천장을 주의깊게 바라본다. 나는 누워 있다. 오래된 가죽 소파에 아무것도 걸치지 않은 발가벗은 모습으로.

야코프는 점점 불안해한다. 양복과 넥타이 차림의 그가 초조한 표정으로 손목시계를 확인한다. 점심시간은 끝났다. 그의 개인 비서는 이미 돌아와 있다. 아까 조용히 노크하기에 "회의중입니다"라고 했더니 더는 방해하지 않았다. 그뒤로 사십 분이 지났고 그사이 몇 건의 공청회와 약속들이 취소되었을 것이다.

내가 도착했을 때, 야코프는 내게 인사를 건네고 형식적인 태도로 책상 앞 의자를 가리켰다. 굳이 여자의 육감 같은 게 없어도 그가 겁먹고 있다는 걸 알 수 있었다. 그는 만나자고 한 이유가 뭐냐고 물었다. 곧 바캉스라 처리할 중요한 안건이 많아서 일정이 빡빡한 걸 모르느냐고 했다. 자기 아내가 우리 사이를 의심하고 있다고 말한 문자를 읽지 않았느냐고. 우선 상황이 진정되기를 기다렸다가 그때 다시 만나자고 했다.

"물론 난 모두 부인했어. 억측이 지나치다며 심하게 충격받은 척했어. 내 품위를 손상시키지 말라고, 그런 불신이 이젠 진저리 난다고, 내 행동거지에 대해 누구든 붙잡고 물어보라고도 했지. 질투는 열등감의 표시라고 한 게 당신 아니냐고도 했어. 난 할 수 있는 건 다 했어. 그랬더니, 그 여자가 이러는 거야. '오버하지 마. 내가 뭐라고 그랬어? 그냥 요즘 당신이 왜 그렇게 자상하고 친절했는지 알겠다는 것뿐이니까. 그건……'"

나는 그가 말을 끝내도록 내버려두지 않았다. 자리에서 일어나 그의 옷깃을 붙잡았다. 그는 내가 자기를 공격하려는 줄 알았지만, 나는 그에게 긴 키스를 퍼부었다. 야코프는 전혀 반응하지 않았다. 애초에 내가 어떤 극적인 짓을 하기 위해 거기에 왔으리라 짐작하고 있었을 테니까. 하지만 나는 그의 넥타이를 풀며 계속 그의 입과 목에 키스했다.

야코프가 나를 밀어냈다. 나는 그의 따귀를 때렸다.

"문은 잠가야 할 거 아냐! 나도 당신 보고 싶었어."

19세기풍 가구로 고급스럽게 장식된 사무실을 가로지른 그가 문을 잠그고 돌아왔을 때 나는 팬티만 입고 있었다.

내가 그의 옷을 거칠게 벗기는 동안 그는 내 가슴을 빨기 시작했다. 쾌감으로 신음하는 내 입을 그가 손으로 막았지만 나는 머리를 뒤로 젖힌 채 계속 낮은 신음 소리를 뱉었다.

당신도 알겠지만 위태로운 건 내 평판이야. 걱정 마.

우리가 잠시 멈추고 무슨 말을 한 것은 그 순간이 유일했다. 나는 곧바로 무릎을 꿇고 그를 입으로 애무해주었다. 이번에도 그는 내 머리를 잡고 속도를 조절했다. 빠르게, 더 빠르게. 하지만 나는 그가 내 입에 사정하기를 원치 않았다. 그를 밀쳐내고 가죽 소파에 기댄 채 다리를 벌렸다. 그가 입으로 나의 아래쪽을 애무하기 시작했다. 첫번째 오르가슴을 느꼈을 때 나는 소리지르지 않으려고 손을 물었다. 쾌감이 파도처럼 밀려들었고 나는 계속 내 손을 물었다.

그의 이름을 부르며 내 안으로 들어오라고, 원하는 건 뭐든 해도 좋다고 말했다. 그가 내 안으로 들어오며 내 어깨에 손을 올린 채 거칠게 흔들었다. 그리고 더 깊이 들어오기 위해 내 벌린 두 다리를 어깨 쪽으로 밀어붙였다. 속도가 계속 빨라졌지만 나는 아직 사정하지 말라고 했다. 좀더, 조금 더, 조금만 더.

그가 나를 바닥에 개처럼 엎드리게 하더니 나를 때리며 또다시 내 안으로 들어왔고 나는 격렬하게 허리를 움직였다. 그의 억누른 신음 소리를 듣고 이제 곧 사정할 것임을, 더는 자제할 수 없음을 알았다. 나는 그에게서 몸을 빼고 바닥에 바로 누워 그에게 다시 들어오라고, 내 눈을 보면서 우리가 사랑을 나눌 때마다 주고받던 더러운 말들을 해달라고 했다. 나는 여자가 남자에게 할 수 있는 가장 저속한 말들을 했다. 그는 부드럽게 내 이름을 부르며 사랑한다 말해달라고 애원했다. 하지만 나는 온갖 상스러운 말들만을 내뱉으며 계속 나를 창녀처럼 대해달라고, 노예처럼 아무것도 아닌 하찮은 존재로, 존중할 가치가 없는 사람처럼 대해달라고 그에게 요구했다.

짜릿했다. 쾌감이 파도처럼 쉼 없이 밀려들었다. 그가 최대한 사정을 참고 있는 동안, 나는 절정에 오르고 또 오르기를 반복했다. 우리 몸은 난폭하게 부딪쳤고, 이제 그는 문 뒤에서 누가 듣든 개의치 않고 깊이 울리는 신음 소리를 토하고 있었다.

나는 그의 눈을 응시한 채, 매 움직임마다 내 이름을 부르는 그의 목소리를 들었다. 그러다 사정이 임박한 순간 콘돔이 없다는 것을 깨달았다. 나는 다시 자세를 바꿔 그의 몸을 뺀 후, 그에게 내 얼굴과 입안에 사정하라고, 사랑한다 말하라고 요구했다.

야코프가 내가 요구한 그대로 하는 동안 나는 자위를 하며 그와 동시에 절정에 올랐다. 그는 나를 꼭 껴안고 내 어깨에 머리를 기댄 채 입가를 닦아주며 날 사랑한다고, 정말로 보고 싶었다고 여러 번 말했다.

그러던 그가 지금은 내게 옷을 입으라고 재촉하고, 나는 꿈쩍도 하지 않는다. 그는 유권자들의 칭송을 받는 바른생활 사나이로 되돌아가 있다. 그는 뭔가 문제가 있음을 눈치채지만 그게 무엇인지 정확히 알지 못한다. 그는 내가 여기 온 이유가 자신이 굉장한 연인이어서가 아니라는 걸 깨닫기 시작한다.

"원하는 게 뭐야?"

마무리. 끝내길 원해. 가슴이 미어지고 정신이 아득해지지만 당신 눈을 쳐다보며 끝났다고 말하고 싶어. 이제 다신 안 된다고.

지난 한 주 동안 겪었던 고통은 정말 견디기 힘들었어. 눈물이 마르도록 울었고, 생각에 빠져 길을 잃었어. 그 생각 속에서 나는 당신 아내가 일하는 대학 캠퍼스로 이끌려갔고 그곳에서 정신병원에 수감된 나를 보았어. 직장일과 엄마 노릇 말고는 모든 일에서 실패했다고 생각했어. 매 순간 생사의 기로에 서 있는 것 같았고, 처음 그랬던 것처럼, 우리가 함께 미래를 기대하는 십대였다면 당신과 함께할 수 있었을 모든 것을 꿈꾸며 지냈어. 하지만 어느 순간 내가 절망의 한계에 도달했다는 걸, 더는 내려갈 곳이 없다는 걸 깨달았지. 그래서 위를 쳐다보았더니 누군가 내게 손을 내밀고 있는 거야. 바로 남편이었어.

그이도 알고 있었던 게 분명해. 하지만 사랑이 더 강했던 거야. 난 정직하게 모든 것을 말하고 마음의 짐을 덜고 싶었는데, 그럴 필요가 없었어. 그이는 내가 삶에서 어떤 결정을 내리든 항상 내 곁에 있어주리라는 걸 알게 해주었고, 그래서 내 짐도 가벼워졌어.

정작 그이는 비난하지도 심지어 탓하지도 않는 일들로 나는 그간 스스로를 탓하고 매질하고 있었던 거야. 그걸 깨닫고 나니까 이런 생각이 들었어. '난 이 남자에게 자격 없는 여자구나. 그이는 날 모르는구나.'

하지만 그이는 날 알아. 내가 자존감과 자긍심을 회복하게 된 것도 바로 그래서야. 별거를 하더라도 그이는 즉시 새로운 상대를 어렵지 않게 찾을 수 있을 텐데, 그런 남자가 어떻게든 내 곁에 머무르고 싶어한다면 그건 나도 나름대로 가치가 있는, 아니 상당히 가치 있는 사람이기 때문일 거라는 생각이 들었거든.

스스로 더럽다고 느끼거나 그를 속인다는 생각을 하지 않고도 다시 그 사람 옆에서 잠들 수 있다는 것을 알았어. 내가 사랑받고 있다는 느낌, 그런 사랑을 받을 만한 가치가 있는 사람이라는 느낌이 든 거야.

나는 자리에서 일어나 옷을 모아 들고 그의 개인 화장실로 간다. 야코프는 안다. 내 벗은 몸을 보는 것은 이번이 마지막이 되리라는 것을.

사무실로 되돌아온 후, 하던 말을 이어간다. 앞으로 긴 치유 과정이 필요하겠지. 아마 당신도 같은 생각이겠지만, 마리안은 오로지 이 불장난이 얼른 끝나 예전과 같은 사랑과 안정감을 느끼며 당신을 안을 수 있기를 바랄 거야.

"그래. 하지만 아내는 내게 아무 말도 하지 않아. 무슨 일이 생겼는지 안 뒤로 예전보다 더 마음을 닫아버렸어. 원래 다정다감한 여자는 아니었는데 이젠 거의 로봇처럼 변해서 전보다 더 일에 몰두하고 있어. 그게 그 여자 나름의 도피인 거지."

나는 치마 매무새를 가다듬고 신발을 신은 후 가방에서 꾸러미 하나를 꺼내 그의 책상에 놓는다.

"그게 뭐야?"

코카인.

"당신이 그런 걸 하는 줄은……"

당신은 그 무엇도 알 필요 없지, 나는 생각한다. 열렬히 사랑하는 남자를 얻기 위해 내가 어디까지 갈 수 있었는지 그가 알 필요는 없다. 그 열정은 아직도 남아 있지만 불꽃은 날이 갈수록 약해진다. 그리고 언젠가는 완전히 꺼질 것이다. 이별은 모두 고통스러운 법, 내 몸 구석구석 고통이 느껴진다. 우리가 단둘이 만나는 건 오늘이 마지막이다. 앞으로도 축하 행사며 칵테일파티며, 선거와 기자회견에서 다시 만나겠지만 오늘 같은 만남은 이제 절대로 없을 것이다. 방금처럼 그렇게 사랑을 나눌 수 있어서 좋았고, 시작했을 때와 같은 방식으로 끝맺을 수 있어서 좋았다. 우리 둘 다 자신을 완전히 서로에게 내맡겼으니. 나는 오늘이 마지막이 될 줄 알았다. 그는 알지 못했다.

"나더러 저걸로 뭘 하라는 거야?"

버려. 비싸게 주고 샀지만, 그냥 버려. 그럼 당신이 나를 중독에서 해방시켜주는 거야.

무슨 중독을 말하는지 정확히 설명하지 않는다. 그 중독엔 이름이 있다. 야코프 쾨니히라는 이름.

놀라는 그의 표정을 보니 웃음이 나온다. 야코프의 볼에 세 번의 입맞춤으로 작별인사를 한 후 밖으로 나간다. 대기실에서 보좌관을 보며 고갯짓을 한다. 그는 쌓여 있는 서류더미에 집중하는 척하며 시선을 피하고는 중얼거리듯 잘 가라 인사한다.

나는 밖으로 나와 남편에게 전화해서, 새해는 집에서 아이들과 맞고 싶다고 말한다. 여행을 원한다면 크리스마스에 가자고도.

"저녁 먹기 전에 산책이나 할까?"

나는 고개를 끄덕하지만 움직이지는 않는다. 호텔 건너편에 있는 공원과 그 너머 꼭대기에 사계절 내내 눈을 얹고 있는 융프라우가 오후의 햇살을 받아 빛나는 광경을 응시한다.

인간의 뇌는 대단히 흥미롭다. 잊고 있던 어떤 냄새를 다시 맡으면 그 냄새가 되살아나고, 기억에서 지워버린 목소리도 다시 들으면 생생하게 되살아난다. 영원히 파묻혀 있을 것만 같던 감정들도 같은 장소에 돌아가면 새롭게 고개를 든다.

나는 우리가 처음으로 인터라켄에 갔던 시절을 돌이켜본다. 그때 우리는 싸구려 호텔에 묵으며 이 호수에서 저 호수로 몇 번씩이나 도보 여행을 했고, 매번 새로운 길을 발견하는 느낌이었다. 남편은 경로 대부분이 산길로 이루어진 조금은 특별한 마라톤 대회에 참가할 계획이었다. 나는 그의 모험심이, 불가능에 도전하고 항상 자기 몸을 한계치까지 밀어붙이는 태도가 자랑스러웠다.

그 경기에 참가할 만큼 정신 나간 사람이 남편 하나만은 아니었다. 전 세계에서 사람들이 몰려와 호텔들은 꽉 차고 인구가 오천 명인 이 작은 도시의 여러 술집과 식당에서 서로 어울렸다. 가을의 인터라켄이 어떤지는 잘 모르지만, 지금 창문을 통해 보니 전보다 텅 비고 먼 느낌이 든다.

이번에는 더 좋은 호텔에 묵고 있다. 멋진 스위트룸이다. 탁자에 놓인 카드에 지배인의 인사말과 함께 샴페인 한 병을 선물한다는 메시지가 쓰여 있다. 그 샴페인은 이미 우리가 다 비웠다.

남편이 내 이름을 부른다. 현실로 되돌아온 나는 남편과 함께 아래층으로 내려가 해질녘의 거리를 산책한다.

* * *

기분이 괜찮은지 남편이 물으면 나는 거짓말을 할 것이다. 그의 행복을 깨고 싶지 않으니까. 하지만 사실을 말하자면, 내 마음의 상처가 치유되려면 오랜 시간이 걸릴 것이다. 남편은 벤치

하나를 보면서 어느 아침 그곳에 앉아 커피를 마시고 있던 우리에게 네오히피족 외국인 몇 명이 다가와 돈을 요구하던 일을 떠올린다. 어느 교회 앞을 지나는데 종이 울린다. 그이가 내게 키스하고 나도 응한다. 내 감정을 감추려고 있는 힘을 다한다.

날이 추워 우리는 손을 잡고 걷는다. (나는 장갑 끼는 것을 싫어한다.) 근사한 술집에 들러 술을 조금 마신다. 기차역까지 걷는다. 남편이 지난번과 똑같은 기념품을 산다. 도시의 상징이 그려진 라이터다. 그 시절, 그는 담배를 피웠고 마라톤을 했다.

이제 그는 담배를 피우지 않으며, 날마다 조금씩 숨이 가빠지는 느낌이라고 한다. 함께 걸을 때 걸음을 빨리하면 그는 늘 숨을 헐떡거린다. 그는 감추려 애쓰지만 니옹의 호숫가에서 함께 달렸을 때도 그가 평소보다 훨씬 힘들어했다는 걸 나는 알고 있다.

전화기가 진동한다. 핸드백 속에서 전화기를 찾기까지 시간이 한참 걸린다. 마침내 찾아내지만 전화는 이미 끊겨 있다. 화면에 뜬 부재중 전화의 발신자는 우울증을 앓다가 약 덕분에 다시 행복해진 내 친구다.

"통화하고 싶으면 해. 난 괜찮아."

나는 왜 그래야 하느냐고 따져 묻는다. 나랑 있는 게 별로 즐겁지 않은 거냐고. 몇 시간을 전화통 붙잡고 수다 떠는 것 말고는 별 할 일도 없는 사람에게 방해받고 싶은 거냐고.

남편 역시 나에게 화를 낸다. 샴페인 한 병을 마신데다 좀 전에 아쿠아빗*까지 두 잔을 마셔서 그런 것뿐일 수도 있다. 그가 짜증을 드러내니 나는 진정이 되고 마음이 편해진다. 나와 나란히 걷고 있는 이도 감정과 느낌이 있는 인간인 것이다.

마라톤이 없는 인터라켄은 정말 이상하네, 나는 말한다. 유령 마을 같아.

"여긴 스키장이 없네."

생길 수 없을 것이다. 이곳은 골짜기 양옆으로 높은 산이 솟아 있고 그 끝엔 호수들이 자리한 지형이니까.

길가의 술집에 들어가 술을 마신다. 그가 진 두 잔을 더 주문한다. 나는 자리를 옮겨서 마시자고 제안하지만 남편은 알코올로 추위를 이길 작정이다. 이래본 지도 참 오랜만이다.

"기껏 십 년밖에 안 된 건 나도 아는데, 우리 여기 처음 왔을 때 난 젊었어. 야망도 있었고, 야외 활동을 즐겼고, 미지의 것들 때문에 주눅들지도 않았지. 내가 그렇게 많이 변한 건가?"

당신 이제 겨우 서른 살이야. 늙은이 행세할 거야?

그는 대답하지 않는다. 술을 단숨에 들이켜고 허공을 응시한다. 그는 더이상 완벽한 남편이 아니다. 그런데 이상하게도 그래

* 감자를 재료로 증류한 술.

서 난 기분이 좋다.

우리는 술집을 나와 호텔로 돌아가기 위해 걷는다. 가는 길에 근사하고 매력적인 식당을 하나 발견하지만 우린 이미 다른 식당을 예약해두었다. 그리고 아직은 시간이 이르다. 안내판을 보니 저녁식사는 일곱시부터라고 한다.

"진이나 한잔 더 하자."

내 옆의 이 남자는 누군가? 인터라켄이 잊어버린 기억을 일깨우고 판도라의 상자가 열린 것일까?

나는 아무 말도 하지 않는다. 겁이 나기 시작한다.

나는 예약해놓은 이탈리아 식당을 취소하고 여기에서 저녁을 먹을까, 하고 묻는다.

"상관없어."

상관없다고? 내가 우울증이 아닐까 생각했을 때 겪었던 모든 증상이 이제 그에게 옮겨간 걸까?

나한텐 상관이 있어. 나는 우리가 예약해둔 식당에 가고 싶어. 우리가 사랑의 서약을 했던 바로 그 식당이잖아.

"이 여행을 시작한 게 잘못이야. 내일 돌아가고 싶어. 의도는 좋았지. 우리가 맨 처음 사랑하던 그때로 다시 돌아가보고 싶었어. 하지만 그게 가능할까? 턱없는 소리. 이제 우린 나이가 들었잖아. 예전에는 존재하지 않았던 압박 속에서 살고 있어. 가족을 위해 돈을 벌어야 하고, 교육, 의료, 식생활 등을 책임져야 해. 주말을 재미있게 보내려고 애쓰는 것도 다들 그렇게 사니까 그런 거잖아. 밖에 나가기 싫은 생각이 들면 우리에게 무슨 문제가 있는 건가 생각하게 되고."

난 나가고 싶지 않은데. 난 아무것도 하지 않는 편이 더 좋아.

"나도 그래. 하지만 아이들은 어쩔 거야? 애들은 뭔가 다른 것을 원하잖아. 집안에 처박혀 컴퓨터나 붙들고 있으라고 놔둘 수는 없어. 그러기엔 아이들이 너무 어려. 그래서 억지로라도 데리고 나가고, 우리 부모가 우리와 했던 것들, 우리 조부모가 우리 부모와 했던 것들을 그대로 하는 거야. '평범한' 삶이지. 우리는 정서적으로 끈끈한 가족이야. 우리 중 하나가 도움이 필요하면 나머지 한 사람이 무엇이든 할 준비가 되어 있으니까."

이해해. 예를 들면, 추억이 있는 장소로 여행을 한다든가.

진을 한 잔 더 마신다. 그는 한참 침묵 속에 앉아 있다가 내 말에 대답한다.

"맞아. 하지만 추억이 현재를 채울 수 있다고 생각해? 전혀 그렇지 않아. 사실, 추억은 날 숨막히게 해. 점점 내가 그때의 나와 다른 사람이라는 생각이 들어. 여기 도착해 샴페인 한 병을 마셨을 때까지는 모든 게 괜찮았어. 그런데 지금은 처음 인터라켄에 왔을 때 꿈꾸던 삶에서 내가 얼마나 멀어졌는지 알 것 같아."

뭘 꿈꿨는데?

"유치했지. 그래도 내 꿈이었어. 실현시킬 수도 있었고."

그러니까 그게 뭐냐고.

"내가 가진 걸 모두 팔아 배를 한 척 산 다음 당신과 함께 세상을 유람하고 싶었어. 아버진 내가 당신 뒤를 잇지 않는다고 대노하셨겠지만 상관없었을 거야. 항구에 내려 막일을 하면서 여정을 이어갈 수 있을 때까지 돈을 벌고 다시 항해를 떠나는 거야. 한 번도 본 적 없는 사람들과 어울리고 안내책자에는 나오지 않는 장소들을 발견하는 거지. 모험. 내 유일한 소망은 모험이었어."

그는 진을 한 잔 더 시키더니 전에 없이 순식간에 들이켠다. 나는 더 마시지 않는다. 아직 식사 전이라 그런지 벌써 속이 울렁거린다. 나는 그렇게 말하고 싶다. 당신의 소망대로 했더라면 나는 세상에서 가장 행복한 여자가 되었을 거라고. 하지만 아무 말 않는 편이 나을 것이다. 이 사람 기분만 더 우울해질 테니까.

"그리고 우리 첫애가 태어났어."

그래서? 애들 있는 부부들 중에서도 당신이 말한 그대로 이루며 사는 사람들이 수백만 쌍은 될걸?

그는 잠시 생각에 잠긴다.

"수백만까지는 아니겠지. 수천은 될지 몰라도."

그의 눈빛이 바뀐다. 이제 노여움은 사라지고 슬픔이 자리잡았다.

“때로 잠시 멈춰서 전체를, 우리의 과거와 현재를 분석해보는 시간을 가져야 할 것 같아. 무엇을 배웠고 어떤 실수를 했는지. 난 항상 그런 순간을 두려워했어. 물론 대충 속여넘길 순 있지. 난 항상 최선의 선택을 했다고. 몇 가지 소소한 희생은 불가피했다고, 대단한 것들은 아니었다고 변명하면 되는 거니까.”

나는 좀 걷자고 한다. 남편의 눈빛이 좀 흐릿해지기 시작했다.

그이가 주먹으로 탁자를 내리친다. 웨이트리스가 겁을 먹은 것 같다. 내가 마시려고 진을 한 잔 더 주문했더니 웨이트리스는 거절한다. 이제 곧 저녁식사 시간이 시작되니 바를 닫아야 한다고 말하고는 계산서를 가져온다.

남편이 어떻게 반응할까 궁금하다. 하지만 그는 그냥 지갑을 꺼내더니 계산대에 지폐 한 장을 던진다. 그가 내 손을 잡고 바깥의 찬 공기 속으로 나간다.

“이룰 수도 있었는데 이루지 못한 일들을 생각하다보면 캄캄한 구덩이 속으로 빠져드는 기분이 들어 두려워져……”

나도 그 기분 알아. 당신에게 내 맘을 털어놓았던 날, 그 식당에서 우리 그런 얘기 했었잖아.

그는 내 말을 듣는 것 같지 않다.

“……저 깊은 곳에서 어떤 목소리가 들려올 것만 같아. 모두

다 말이 안 된다고 말하는 목소리가 말야. 우주는 수십억 년 전부터 있었고, 우리가 죽은 후에도 계속 존재하겠지. 우리는 거대한 신비의 미세한 입자 속에서 살고 있고, 어릴 때 궁금해하던 질문들에 대해 아직도 답을 얻지 못하고 있잖아. '다른 행성에도 생명체가 있을까?' '하느님이 선하시다면 왜 사람들이 고난과 고통을 겪도록 놔두시는 걸까?' 등등. 그리고 더 심한 것은, 시간은 계속 흐르고 있다는 사실이야. 난 가끔 별다른 이유도 없이 어마어마한 공포를 느껴. 회사나 차 안에서 그런 경우도 있고, 때로는 아이들을 재우다 그러기도 해. 아이들을 다정하게 바라보다가 덜컥 겁이 나는 거야. 아이들한테 무슨 일이 생기지는 않을까 하고. 지금은 안정과 평온이 보장되는 나라에 살고 있지만 미래에는 알 수 없잖아."

그래, 이 남자의 말을 이해할 수 있다. 그런 생각을 하는 사람들이 우리만은 아닐 것이다.

"그리고 당신이 아침이나 저녁을 준비하는 모습을 보다가 가끔, 지금부터 오십 년 뒤, 또는 그보다 더 빨리 우리 둘 중 하나는 홀로 누워 과거의 행복을 떠올리며 매일 밤 눈물을 흘리게 되겠지, 그런 생각을 해. 아이들은 다 자라 멀리 있을 테고. 혼자 남은 사람은 병들어 늘 낯선 사람의 도움을 필요로 하며 살겠지 하는 생각."

남편은 말문을 닫고 우리는 침묵 속에 걷는다. 새해 전야 파티를 알리는 안내판을 지나친다. 남편이 안내판을 거칠게 발로 찬다. 지나가던 행인 두엇이 우리를 쳐다본다.

"미안해. 이런 말 할 생각은 아니었어. 매일 계속되는 압박감에서 벗어나 기분전환이나 좀 하라고 여기까지 데려왔는데. 술김에 하는 말이라고 생각해."

정신이 아뜩하다.

여기저기 맥주 캔이 흩어져 있는 가운데 활기찬 대화를 나누고 있는 젊은 남녀 무리를 지난다. 보통은 낯을 가리고 진중한 남편이 그들에게 다가가 함께 술을 마시지 않겠느냐고 묻는다.

젊은 애들이 놀란 것 같다. 나는 사과를 하며, 우리 둘 다 술을 많이 마셨다고, 더 마셨다간 큰일난다고 넌지시 알려준다. 남편의 팔을 끌고, 가던 길을 간다.

이런 일, 얼마 만에 해보는 거지? 남편은 항상 보호하고, 도움을 주고, 문제를 해결하는 사람이었다. 그런데 지금은 내가, 그가 미끄러지고 넘어지지 않도록 붙잡아주고 있다. 남편은 그새 기분이 또 바뀌었는지 어느새 들어본 적 없는 노래를 부르고 있다. 아마도 이 지역 노래인가보다.

교회 앞에 다가가자 종이 또 한번 울린다.

좋은 징조네, 나는 말한다.

"종소리를 들어봐. 종소리는 하느님의 소리와 같아. 그런데 하느님은 우리 말을 듣고 있을까? 우리 나이 겨우 서른을 넘겼는데, 사는 게 더이상 재미있지 않아. 아이들을 위해서가 아니라면 이 모든 게 다 무슨 의미일까?"

나는 무슨 말인가 해보려 한다. 하지만 할말이 없다. 우리는 사랑의 맹세를 나누었던 식당에 도착해, 촛불 아래에서 우울한 저녁을 먹는다. 스위스에서 가장 아름답고 가장 비싼 도시들 중 하나인 그곳에서.

잠에서 깨니 벌써 날이 밝아 있다. 꿈도 꾸지 않고 잠을 잤고 중간에 깨지도 않았다. 시계를 보니 아홉시다.

남편은 아직 자고 있다. 나는 욕실로 가 양치를 하고 두 사람분의 아침식사를 주문한다. 룸서비스를 기다리는 동안 가운을 걸치고 창가로 가 밖을 바라보며 시간을 보낸다.

그때 무언가 눈에 들어온다. 패러글라이더가 하늘을 수놓고 있다! 그들은 호텔 맞은편 공원에 착륙한다. 초보자들인지 대부분 뒤쪽에서 조종을 해주는 강사와 함께 타고 있다.

저들은 어떻게 저런 미친 짓을 할까? 우리는 정녕 목숨을 거는 일 말고는 무료함에서 벗어날 길이 없는 상태에 도달한 것인가?

패러글라이더가 또하나 착륙한다. 그리고 또하나. 친구들이

쾌활하게 웃으며 모든 과정을 카메라에 담고 있다. 이곳의 산들은 엄청나게 높은데, 저 위에 올라가면 어떤 경치가 펼쳐질까 궁금하다.

저 사람들 모두가 굉장히 부럽다. 하지만 내겐 뛰어내릴 용기가 없을 것 같다.

초인종이 울린다. 웨이터가 들어와 은쟁반과 장미 한 송이가 꽂힌 화병, (남편이 마실) 커피, (내가 마실) 홍차, 크루아상, 따뜻한 토스트, 호밀 빵, 각종 잼, 계란, 오렌지주스, 지역 신문 등 우리를 즐겁게 해줄 모든 것을 내려놓는다.

키스로 남편을 깨운다. 이런 행동이 얼마 만인지 기억도 나지 않는다. 남편은 깜짝 놀라더니 이내 미소를 짓는다. 우리는 탁자에 앉아 앞에 놓인 성찬을 음미한다. 어젯밤의 폭음에 대해서도 잠깐 이야기를 나눈다.

"내겐 필요한 일이었던 것 같아. 하지만 내가 한 말, 너무 심각하게 받아들이진 마. 풍선이 터지면 모두 깜짝 놀라지만, 그래봐야 터진 풍선일 뿐이야. 해롭지 않아."

그의 약점들을 발견하게 되어 기분이 좋았다는 말을 하고 싶지만 나는 그냥 웃으며 크루아상을 먹는다.

남편도 패러글라이더들을 발견한다. 그의 눈이 환해진다. 우리는 옷을 입고 오전 시간을 보내기 위해 아래층으로 내려간다.

곧장 프런트로 간다. 남편은 오늘 떠날 거라고 말하며, 여행가방을 아래로 내려줄 것을 부탁하고 숙박비를 치른다.

정말 그렇게 하고 싶어? 내일 아침까지 있으면 안 돼?

"그러고 싶어. 과거로 되돌아갈 수 없다는 걸 깨달았어. 어젯밤만으로 충분해."

우리는 유리 천장을 드리운 긴 로비를 가로질러 문까지 걸어간다. 어느 안내책자를 보니 이 로비가 예전에는 길이었다는 설명이 있다. 지금은 양쪽의 두 건물이 이 로비로 이어져 있다. 이곳의 관광업은 스키장 없이도 융성하는 듯하다.

문에 도착하자 남편은 밖으로 나가지 않고 왼쪽으로 꺾어 호텔 콩시에르주에게 다가간다.

"우리 두 사람, 패러글라이딩을 하려는데 어떻게 하면 됩니까?"

우리? 난 눈곱만큼도 할 생각이 없는데?

콩시에르주가 남편에게 안내책자를 하나 건네준다. 필요한 정보가 다 있다.

"그런데 꼭대기까지는 어떻게 올라가죠?"

콩시에르주는 꼭대기까지 직접 올라갈 필요가 없다고 설명한다. 길이 매우 험하다고. 그냥 시간을 정하고 나면 업체에서 호텔로 데리러 온다는 것이다.

너무 위험하지 않을까요? 산맥 사이 허공으로 뛰어내리는 거잖아요. 경험도 전혀 없이 말이에요. 어디서 관할하죠? 강사들과 장비는 정부가 관리를 하나요?

"부인, 저는 여기에서 십 년을 일했고 저도 패러글라이딩을 일 년에 한 번은 합니다. 그동안 단 한 건의 사고도 없었어요."

그는 미소짓고 있다. 지난 십 년 동안 같은 말을 수천 번 반복해야 했을 것이다.

"할까?"

뭐라고? 당신 혼자 하지그래?

"좋아. 그럼 당신은 카메라를 들고 이 아래에서 기다려. 나 혼자 할 수 있어. 이건 내 인생에 필요한 경험이야. 해보고 싶었던 일이기도 하고. 이걸 볼 때마다 항상 겁이 났었어. 바로 어젯밤에 우리 그런 얘기 했잖아. 모든 것이 제자리를 찾게 되면 우린 더이상 한계를 시험해보지 않는다고. 정말 슬펐어."

알아. 남편은 시간을 확정해달라고 요청한다.

"지금 아침 시간과 오후 시간 중 선택하세요. 오후에는 주변에 쌓인 눈에 석양이 비치는 것도 볼 수 있습니다."

지금이요, 나는 대답한다.

"한 명인가요, 두 명인가요?"

두 명, 지금이라면. 내가 뭘 하고 있는지 미처 생각할 새가 없다면. 미처 상자를 열어볼 틈이 없다면, 그래서 악령들이 튀어나와 날 겁 질리게 하기 전에 해치울 수 있다면. 높은 곳에 대해, 미지에 대해, 죽음에 대해, 삶에 대해, 극단적 감정에 대해 채 두려움을 느끼기 전에 끝난다면. 지금이 아니면 영원히 불가능하다.

"비행시간을 이십 분, 삼십 분, 한 시간 중에 택할 수 있습니다."

십 분 비행은 없나?

없다.

"1350미터와 1800미터 중 어느 곳을 선택하시겠습니까?"

나는 벌써 포기하고 싶어진다. 그런 정보들을 다 들을 필요는 없었는데. 물론, 가능한 한 가장 낮은 곳을 택하고 싶죠.

"여보, 그건 말이 안 돼. 아무 일도 일어나지 않을 거야. 그리고 일어난다 해도 위험은 똑같아. 21미터 높이에서, 그러니까 건물 7층 높이에서 떨어진다 해도 결과는 똑같을 거야."

콩시에르주가 웃었다. 나도 감정을 숨기려고 웃는다. 겨우 500미터도 안 되는 차이인데 뭐가 크게 다를 거라고 생각하다니, 바보 같기는.

콩시에르주가 전화기를 들고 누군가와 통화한다.

"1350미터에는 한 자리밖에 남지 않았답니다."

좀 전에 느꼈던 두려움보다 더 알 수 없는 것은 지금 느끼는 안도감이다. 오, 잘됐다!

차가 십 분 후에 호텔 앞에 도착할 것이다.

남편과 다른 사람들 대여섯 명과 함께 내 차례를 기다리며 허공 앞에 서 있다. 위로 올라오는 길에 나는 아이들을 생각했고 그애들이 부모를 잃을지도 모른다고 생각했다…… 그러다가 우리가 함께 뛰지는 않는다는 사실을 깨달았다.

우리는 특수 방한복과 헬멧을 착용했다. 헬멧은 왜? 그러니까, 1000미터가 넘는 높이에서 바닥으로 뛰어내리면서 바위에 부딪치더라도 두개골은 깨지지 말라고?

"헬멧 착용은 필수입니다."

완벽하군. 헬멧을 쓴다. 제네바 거리에서 자전거를 타는 사람들이 쓰는 것과 똑같다. 완전히 바보 같은 짓이지만 난 따지지 않는다.

앞을 본다. 우리와 협곡 사이에는 아직 눈 덮인 경사면이 있다. 처음 일 초 안에 비행을 중지시킬 수 있고, 그 경우 우리는 그 경사면에 착륙해 위로 걸어올라오면 된다. 반드시 끝까지 갈 필요는 없다.

비행기를 타는 걸 한 번도 두려워해본 적이 없다. 그건 언제나 내 삶의 일부였다. 하지만 문제는 비행기 안에 있을 때는 그게 패러글라이딩을 하는 것과 전혀 다를 바 없다는 생각이 들지 않는다는 점이다. 유일한 차이가 있다면 금속 외피가 방어막 같아서 보호받고 있다는 느낌을 준다는 것, 그뿐인데.

그뿐인가? 최소한 공기역학에 대한 내 미미한 이해를 바탕으로는 그런 것 같다.

나는 나 자신을 설득시켜야 한다. 그보다 더 나은 설명이 필요하다.

그보다 나은 설명이 있긴 하다. 비행기는 금속으로 만든다. 금속은 무게가 어마어마하다. 그리고 각종 수하물과 사람들, 여러 가지 장비와 수톤의 폭발성 연료까지 운반한다. 한편 패러글라이더는 가볍다. 바람을 타고 하강하고, 나무에서 떨어지는 이파리처럼 자연의 법칙을 따른다. 이 설명이 훨씬 그럴듯하다.

"먼저 갈 거야?"

물론, 그래야지. 만약 내게 무슨 일이 생기면 당신이 우리 아이들을 돌볼 테니까. 당신은 이런 정신 나간 아이디어를 낸 데 대해 남은 평생 죄책감을 느끼며 살아야 할 거야. 그리고 당신은 날 사시사철을 함께한 동반자로, 슬플 때나 기쁠 때나, 모험에서나 일상에서나, 항상 당신 옆을 지킨 사람으로 기억하게 되겠지.

"준비 다 됐습니다, 부인."

그런데 그쪽이 강사? 이런 일 하기에 너무 어리신 거 아니에요? 강사님 윗사람하고 갈래요. 난 이번이 처음이란 말이에요.

"전 열여섯 나이 제한을 넘어선 순간부터 지금까지 패러글라이딩을 해왔습니다. 지금까지 오 년간, 여기에서뿐만 아니라 전 세계 여러 곳에서 비행을 했고요. 걱정 마세요, 부인."

날 얕잡아보는 듯한 그의 말투가 거슬린다. 나이든 사람들과 그들의 두려움은 존중받아 마땅하다. 뿐만 아니라 그 존중은 말로도 표현돼야 한다.

"주의사항을 기억하세요. 한번 달리기 시작한 뒤엔 멈추지 마세요. 나머지는 제게 다 맡기시고요."

주의사항이라니. 우리를 이런 일에 아주 익숙한 사람처럼 대하며 기껏 설명해준 거라고는 위험한 상황은 중간에 멈추려고 할 때 발생한다는 사실뿐인데. 땅에 도달하면 두 발이 땅에 단단히 고정된 느낌이 들 때까지 계속 달려야 한다는 사실과 더불어.

내 꿈이 그것이다. 두 발을 땅에 단단히 고정하는 것. 남편에게 다가가 맨 나중에 뛰라고 말한다. 그래야 내가 어떻게 됐는지 그가 알 수 있을 테니까.

"카메라 가져가시겠어요?" 강사가 묻는다.

카메라는 60센티미터 정도 되는 알루미늄 막대에 고정할 수 있다. 아니, 안 가져가겠다. 우선, 난 사람들에게 보여주려고 이걸 하는 게 아니다. 그리고 카메라가 있으면, 공포를 극복하게 되더라도 경치를 감상하기보다 사진 촬영에 더 신경을 쓰게 될 것이다. 나는 그것을 십대 때 아버지와 함께 마터호른에 오르며 배웠다. 내가 툭하면 가던 길을 멈추고 사진을 찍자 아버지가 결국 화를 내셨다. "넌 이 아름다움과 웅장함이 필름의 그 조그만 사각 틀 안에 들어갈 거라고 생각하니? 네 마음속에 기록해. 네가 뭘 경험했는지 사람들에게 보여주려고 애쓰는 것보다 그게 더 중요한 일이니까."

이십일 년간 쌓인 지혜의 정점에 선 내 비행 파트너는 알루미늄 클립을 이용해 내 몸에 밧줄을 연결하기 시작한다. 글라이더에 의자가 달려 있다. 나는 앞에서, 그는 뒤에서 갈 것이다. 아직도 포기할 수는 있지만, 그새 난 완전히 달라졌다. 나는 완전히 무반응이 되었다.

우리는 정해진 위치로 간다. 그사이 스물한 살짜리 베테랑은 제 상관과 바람에 대한 의견을 교환한다.

그 역시 의자에 몸을 맨다. 머리 뒤로 그의 입김이 느껴진다. 고개를 돌려보니 뒤에 펼쳐진 광경이 맘에 안 든다. 흰 눈 위에 색색의 천조각들이 한 줄로 땅 위에 늘어서 있고 사람들이 그 천조각에 묶여 있다. 맨 뒤에 역시 자전거 헬멧을 쓴 남편이 있다. 그이도 별 선택의 여지가 없었던 듯, 내가 출발한 뒤 이삼 분 후면 뛰어내리게 될 것 같다.

"준비 완료. 달리세요."

나는 꼼짝도 하지 않는다.

"갑시다. 달리세요."

나는 하늘에서 이리저리 방향을 바꿔가며 날기 싫다고 일러준다. 부드럽게 내려가자고, 오 분만 비행해도 난 충분하다고 말한다.

"비행중에 말씀하시면 돼요. 어쨌든 어서요, 사람들이 줄 서 있잖아요. 이제 뛰어야 해요."

이제 내겐 자유의지란 없으므로 강사의 명령을 따른다. 허공을 향해 뛰기 시작한다.

"더 빨리요."

더 빨리 달린다. 부츠가 눈을 사방으로 튀긴다. 사실, 달리고 있는 것은 내가 아니라 음성 명령을 따르는 로봇이다. 나는 소리를 지른다. 두렵거나 신이 나서가 아니라 본능적으로. 쿠바인 주술사의 말처럼, 나는 다시 동굴 속 원시인으로 되돌아갔다. 우리는 거미와 벌레들을 무서워하며 이런 경우엔 비명을 지른다. 우리는 항상 비명을 질렀다.

갑자기 두 발이 땅 위로 떠오른다. 나는 의자에 몸을 고정한 벨트를 온 힘을 다해 붙잡고 비명을 멈춘다. 강사가 몇 초 정도 더 발을 구르고 난 직후, 우리의 진행 방향은 직선에서 벗어난다.

바람이 우리의 생명줄을 쥐고 있는 것이다.

* * *

처음 일 분 동안, 나는 눈을 뜨지 않는다. 높이에 대한, 산에 대한, 위험에 대한 개념을 아예 가질 수 없도록. 집에 가 있다고, 부엌에서 아이들에게 여행중 있었던 일들을 얘기해주고 있다고 상상하려 한다. 어쩌면 마을에 대해서나 호텔방에 대해서 얘기할 수도 있겠지. 아이들에게 너희 아빠가 술을 너무 많이 마셔서 호텔로 돌아가다가 넘어졌다고 말할 수는 없다. 위험을 무릅쓰고 패러글라이딩을 하러 갔다는 말도 할 수 없다. 그러면 저희들도 하고 싶어할 테니까. 더욱 심한 경우에는 저희들도 나름대로 날아보겠다고 우리집 꼭대기에서 뛰어내릴 수도 있다.

그러다 문득 내가 멍청한 짓을 하고 있다는 생각이 든다. 눈을 감고 있을 거라면 여기 왜 있는 거지? 내게 억지로 뛰어내리라 한 사람은 아무도 없는데. "여기에서 십 년을 일했지만 단 한 건의 사고도 없었습니다." 호텔 직원이 그렇게 말했지.

감았던 눈을 뜬다.

그리고 내가 본 것, 내가 느낀 것은 절대로 정확히 묘사할 수 없을 것이다. 아래로는 두 호수를 잇는 계곡이 있고, 그 사이에 마을이 있다. 나는 날고 있다. 허공에서 자유롭게. 바람을 따라 원을 그리며 날고 있기에 아무런 소리도 들리지 않는다. 이젠 주위의 산맥들이 너무 높거나 위협적으로 보이지 않고 오히려 다정해 보인다. 산을 하얗게 덮은 흰 눈 주위에는 햇빛이 반짝인다.

줄을 꽉 잡고 있던 손을 풀어, 양팔을 새처럼 활짝 펼친다. 내 뒤의 강사가 나의 변화를 눈치챘는지 하강하던 흐름을 멈추고, 내겐 완전히 균질대기처럼 보이던 공간의 보이지 않는 더운 기류를 이용해 위로 솟아오르기 시작한다.

눈앞에서 독수리 한 마리가 우리와 함께 대양을 항해하고 있다. 새는 한 쌍의 날개로 그 신비한 움직임을 조절하며, 아무런 힘도 들이지 않고 날고 있다. 독수리는 어디로 가고 싶은 걸까? 그저 즐기고 있는 걸까? 삶을 즐기고 제 주변을 둘러싼 이 모든 아름다움을 만끽하며?

독수리와 텔레파시로 대화를 하고 있는 느낌이다. 비행 강사도 독수리를 따른다. 독수리는 우리의 안내자다. 하늘로 계속 날아오르려면, 영원히 날아가려면 어디로 가야 하는지 우리에게 알려줘. 그날, 내 몸이 더이상 달릴 수 없을 때까지 계속해서 달리는 나를 상상했던 그때 니옹에서도 이런 느낌이 들었다.

그러자 독수리가 내게 말한다. "이리 와. 너는 하늘이고 땅이야. 바람이고 구름이야. 눈이고 호수야."

어머니 자궁 안에 있는 느낌이다. 완벽하게 안전한 느낌, 보호받는 느낌, 모든 것을 최초로 경험하는 느낌이다. 곧 나는 태어날 것이다. 지구의 땅 위를 두 발로 걷는 인간으로 되돌아갈 것이다. 하지만 지금 이 순간은 이 자궁 안에서 아무런 저항도 없이 몸이 실려가는 대로 모든 것을 내맡기고 있다.

나는 자유롭다.

그래, 나는 자유롭다. 그리고 독수리가 옳다. 나는 산이고 호수다. 내겐 과거도 현재도 미래도 없다. 나는 사람들이 '영원'이라고 부르는 것이 무엇인지 알게 될 것이다.

아주 짧은 순간 생각한다. 이렇게 하늘을 날아본 사람들은 모두 이런 느낌을 갖는 걸까? 하지만 그게 무슨 상관인가. 다른 사람들에 대해서는 생각하고 싶지 않다. 나는 영원 속에 떠 있다. 사랑하는 딸에게 말을 건네듯 자연이 내게 말을 건다. 산이 말한다. "너는 나의 힘을 가졌어." 호수가 말한다. "너에겐 나의 평화와 고요가 있어." 태양이 말한다. "나처럼 빛나렴. 너 자신을 뛰어넘어. 들어봐."

나는 귀를 기울인다. 자꾸만 떠오르는 생각들과 외로움과 밤의 공포와 변화에 대한 두려움, 모든 것이 그대로일 거라는 두려움에 갇혀 오랫동안 내 안에 억눌려 있던 목소리를. 위로 더 높이 올라갈수록 나 자신을 더 멀리에서 보게 된다.

나는 다른 세상, 모든 것이 완벽하게 제자리를 찾은 세상에 있다. 해치워야 할 일, 불가능한 욕망, 고난과 쾌락뿐인 삶에서 멀리 떨어진 곳. 내게는 아무것도 없고, 모든 것이 있다.

독수리가 계곡 쪽으로 방향을 틀기 시작한다. 양팔을 벌린 채 나는 독수리의 날갯짓을 따라한다. 누군가 지금의 나를 본다면 내가 누군지 몰라볼 것이다. 나는 빛이요, 공간이요, 시간이기 때문에. 나는 다른 세상에 있다.

그리고 독수리가 내게 말한다. "이것이 영원이야."

영원 속에서, 나는 존재하지 않는다. 우리는 그저 산과 눈, 호수와 태양을 창조한 '손'의 도구에 불과하다. 나는 시간과 공간을 거슬러 모든 것이 창조되는 순간으로 돌아가고, 별들은 뒷걸음질친다. 나는 그 '손'에 봉사하고 싶다.

느낌은 그대로인 채 여러 가지 생각이 나타났다 사라진다. 내 정신은 내 몸을 떠나 자연과 한데 섞였다. 아, 애석하다. 저 독수리와 나는 곧 저 아래 호텔 건너편의 공원에 도착하겠지. 하지만 앞으로 무슨 일이 일어나든 상관없다. 나는 지금 여기, 전무全無와 전부로 만들어진 자궁 안에 있는걸.

내 마음이 우주의 모든 구석을 채우고 있다. 이 모든 것을 나 자신에게 말로 설명하려 한다. 지금의 느낌을 기억할 방법을 찾아보려 한다. 그러나 곧 그런 생각도 사라지고 다시 한번 공허가 찾아와 모든 것을 채운다.

내 마음!

전에는 나를 둘러싼 우주가 광활해 보였다. 그리고 지금은 우주가 공간처럼 무한히 팽창한 내 마음속의 작은 점처럼 느껴진다. 도구다. 축복이다. 내 정신은 통제력을 유지하려 애쓰며 지금의 느낌을 조금이라도 설명해보려 하지만, 그 힘, 권능이 더 강하다.

권능. 영원을 경험하고 나니 내게 신비한 힘이 생긴 느낌이다. 나는 무엇이든 할 수 있다. 심지어 세상의 고난을 끝낼 수도 있다. 나는 하늘을 날며 천사들과 얘기하고 목소리와 계시를 듣는다. 그것들은 이내 잊히고 말겠지만 지금 이 순간만큼은 내 앞에 있는 독수리만큼이나 실재적이다. 지금의 느낌은 나 자신에게조차 설명할 수 없을 것이다. 하지만 그런들 어떠랴. 그건 미래의 일이고 아직 난 거기 도달하지 않았다. 나는 현재에 있으니까.

이성적인 정신이 다시 사라지고 감사의 마음이 생겨난다. 빛과 힘으로 가득찬 내 광활한 마음에 인사를 건넨다. 그 마음은 이미 일어난 모든 일과 이 삶이 다하는 날까지 앞으로 일어날 모든 일을 감싸안을 수 있다.

처음으로 어떤 소리가 들린다. 개 짖는 소리. 땅에 가까워지자 현실이 되돌아오기 시작한다. 곧이어 나는 내가 살고 있는 행성에 발을 디딜 것이다. 하지만 나는 그 무엇보다 넓은 내 마음으로 모든 행성과 모든 태양을 이미 경험했다.

이 상태에 머물고 싶지만 생각이 돌아오고 있다. 오른편으로 호텔이 보인다. 호수는 이미 숲과 작은 언덕들 뒤로 숨었다.

오, 하느님, 영원히 이렇게 머물 순 없을까요?

그럴 순 없어, 독수리가 말한다. 그 새는 곧 착륙할 공원까지 우리를 인도하고 이제 작별인사를 한다. 따뜻한 기류를 새로이 찾은 새는 날개를 펄럭이지도 않은 채 깃털로 바람을 조절하며 다시 가뿐하게 날아오른다. 독수리가 말한다. 영원히 이렇게 머무른다면 이 세상에서 살 수가 없을 거야.

그러면 어때? 나는 독수리에게 말한다. 하지만 합리적으로, 이성을 동원해 말한다. 영원을 경험했는데 내가 어떻게 이 세상에서 살 수 있겠니?

"길을 찾아." 이미 나지막이 들리지 않을 만큼 멀어져버린 독수리의 목소리가 들려온다. 그리고 독수리는 내 인생에서—영원히—사라진다.

강사가 뭔가 속삭인다. 발이 땅에 닿으면 달려야 한다는 걸 상기시키는 것이다.

눈앞에 풀밭이 보인다. 전에 내가 그리도 갈망하던, 단단한 땅을 밟는 일이 이제 어떤 것의 끝으로 바뀌고 있다.

정확히 무엇의 끝인 것일까?

두 발이 땅에 닿는다. 나는 잠시 달리고, 그동안 강사는 패러글라이더를 조절하고 있다. 잠시 후 그가 내게로 와 몸에 묶인 끈들을 푼다. 강사가 나를 본다. 나는 하늘을 응시한다. 보이는 것은 내 쪽으로 다가오는 색색의 패러글라이더들뿐이다.

내가 울고 있다는 것을 깨닫는다.

"괜찮으세요?"

고개를 끄덕인다. 내가 저 위에서 경험한 것을 그가 이해할 수 있을지 모르겠다.

그는 이해한다. 동반 비행을 하면서 일 년에 한 번쯤은 나와 똑같은 반응을 보이는 사람을 만난다고 한다.

"그게 어떤 느낌인지 제가 물으면 대답들을 못하시더라고요. 제 친구들도 그런 분을 간혹 만난다고들 해요. 어떤 사람은 충격 상태에 들어갔다가 발이 땅에 닿고 나서야 회복되는 것 같다고요."

정확히 반대다. 하지만 무엇도 설명하고 싶은 기분이 아니다.

그에게 '위안을 주는' 말을 해주어 고맙다고 말한다. 나는 위에서 경험한 것이 끝나지 않았으면 좋겠다고 말하고 싶다. 하지만 이미 모두 끝났다. 그리고 내게는 거기 앉아 누구에게 그 무엇도 설명할 의무가 없다. 그곳을 벗어나 공원 벤치에 앉아 남편을 기다린다.

울음을 멈출 수가 없다. 뒤이어 착륙한 남편이 함박웃음을 지으며 다가와 환상적인 경험이었다고 말한다. 나는 계속 울고 있다. 남편이 나를 안으며, 이제는 끝났다고, 애초에 원하지 않는 걸 억지로 시키지 말았어야 했다고 말한다.

그런 게 아니야, 나는 말한다. 날 그냥 놔둬줘. 조금만 있으면 괜찮아질 거야.

지원팀에서 나온 사람이 비행복과 부츠를 거둬가며 우리 외투를 넘겨준다. 나는 뚜렷한 의식이 없는 상태로 모든 일을 처리한다. 하지만 움직임 하나하나가 나를 다른 세상으로 되돌려놓는다. 우리가 '현실'이라고 부르는 곳, 내가 전혀 있고 싶지 않은 곳.

하지만 내겐 선택의 여지가 없다. 유일하게 할 수 있는 일은 남편에게 잠깐만 날 혼자 있게 내버려둬달라 부탁하는 것. 그이는 날씨가 추우니 호텔로 돌아가야 하지 않겠느냐고 묻는다. 아니, 난 지금 여기가 좋아.

그곳에서 삼십 분 동안 운다. 내 영혼을 씻어내는 기쁨의 눈물. 마침내 이제 영원히 세상으로 돌아갈 때가 되었음을 깨닫는다.

자리에서 일어나 호텔로 간 뒤, 남편이 운전하는 차를 타고 제네바로 간다. 라디오가 켜져 있다. 대화를 해야 한다는 압박감을 느끼지 않아도 되니 좋다. 두통이 점점 심해지는 것을 느끼지만 그것이 무엇인지 나는 안다. 굳어 있던 감정들이 서서히 풀리면서 그로 인해 막혀 있던 부분들에 다시 피가 돌게 된 것이다. 해방의 순간에는 통증이 따른다. 하지만 그건 항상 진리였다.

남편은 어제 내게 한 말에 대해 설명할 필요가 없다. 나는 오늘 내가 느낀 것에 대해 설명할 필요가 없다.

세상은 완벽하다.

한 시간만 지나면 올해도 지나간다. 시 당국이 제네바의 전통적인 새해 전야 축하 행사 예산을 대폭 줄이기로 했기 때문에 불꽃놀이의 규모가 예년보다 작을 것이다. 그래도 괜찮다. 나는 평생 수많은 불꽃놀이를 보았고 이제는 불꽃놀이가 어릴 적 느꼈던 흥분을 주지도 않으니까.

지난 삼백육십오 일을 그리워하게 될 거라고는 할 수 없을 것이다. 바람이 불었고, 천둥이 쳤고, 바다가 내 보트를 집어삼킬 뻔했지만 결국에는 대양을 건너 마른 땅에 도착했다.

마른 땅? 어떤 관계도 그것을 추구해서는 안 된다. 두 사람 사이의 관계를 죽이는 것이 바로 모험의 부족, 그 무엇도 이젠 새롭지 않다는 느낌이다. 우리는 서로에게 계속 예상 밖의 모습을 보여주며 살아야 한다.

시작은 언제나 성대한 파티다. 친구들이 오고, 주례는 그간 참석한 수백 번의 결혼식에서 되풀이했던 말, 예컨대 모래 위에 집을 짓지 말고 반석 위에 집을 지으라는 말을 한다. 하객들은 우리에게 쌀을 던지고 우리는 부케를 던진다. 독신녀들은 은근히 우리를 부러워하고 유부녀들은 우리가 동화책에서 읽은 것과는 전혀 다른 길에 들어서고 있음을 안다.

그리고 서서히 현실이 자리를 잡는다. 하지만 우리는 그걸 받아들이지 않는다. 우리는 배우자가 예전에 결혼식 제단에서 만나 반지를 교환했던 그 사람과 똑같은 모습으로 머물러 있기를 바란다. 시간을 멈출 수 있기라도 한 것처럼.

우리는 시간을 멈출 수 없다. 그래서도 안 된다. 우리를 변하게 하는 것은 지혜와 경험이 아니다. 시간도 아니다. 우리를 변하게 하는 것은 오직 사랑이다. 하늘을 날고 있을 때 나는 삶에 대한, 우주에 대한 내 사랑이 그 무엇보다 강하다는 것을 알게 되었다.

19세기에 이름 없는 젊은 목사가 쓴 설교문을 기억한다. 고린도인들에게 보내는 사도바울의 편지를 분석하며, 사랑이 커갈 때 그것이 드러내는 다양한 측면들에 대해 설파하는 글이었다. 그는 오늘날 우리가 접하는 영적인 글들의 다수가 인간의 한쪽 측면에만 호소하고 있다고 말한다.

그런 글들은 평화를 제시하지만 삶에 대해서는 이야기하지 않는다.

믿음에 대해서 논하지만 사랑은 망각한다.

정의에 대해 말하지만 계시에 대해서는 언급하지 않는다. 인터라켄의 허공으로 뛰어내렸을 때 내게 찾아와, 내 영혼에 스스로 파놓은 블랙홀, 그 검은 구렁으로부터 날 꺼내주었던 그런 계시 말이다.

오직 '진정한 사랑'만이 이 세상 어떤 종류의 사랑과도 겨룰 수 있다는 것을 내 마음이 언제나 분명하게 간직할 수 있기를. 모든 것을 줄 때는 아무것도 잃을 게 없다. 그러면 두려움과 질투와 무료함과 틀에 박힌 일상이 사라지고, 남는 것은 빛뿐. 두려운 허공이 아니라 서로를 가까이 이어주는 허공에서 나오는 빛. 항상 변화하며 그래서 더욱 아름다운 빛. 늘 바라지는 않더라도 생기면 받아들이고 살 수 있는 그런 놀라움으로 가득한 빛.

마음껏 사랑하는 것은 마음껏 사는 것이다.

영원히 사랑하는 것은 영원히 사는 것이다. 영원한 삶은 사랑과 결합된다.

우리는 왜 영원히 살기를 원하는가? 옆에 있는 사람과 하루를 더, 함께 살고 싶기 때문이다. 우리의 사랑을 받아 마땅하고 우리가 마땅하다고 생각하는 사랑을 줄 수 있는 누군가와 계속 함께하고 싶기 때문이다.

산다는 것은 사랑하는 것이기 때문이다.

개와 같은 애완동물을 사랑하는 마음도 인간의 삶을 정당화한다. 삶과의 이런 유대를 잃어버린다면 사람을 계속 살게 하는 모든 이유 역시 사라질 것이다.

일단은 사랑을 구하자. 그러면 다른 모든 것이 우리에게 다가

올 것이다.

십 년간의 결혼생활에서 나는 한 여자로서의 거의 모든 기쁨을 맛보았으며 부당한 일들도 감내해냈다. 하지만 뒤돌아보면 내가 생각하는 '진정한 사랑'을 미약하게나마 모방할 수 있었던 순간은 아주 적었을뿐더러 매우 짧았다. 일테면, 아이들이 태어났을 때, 남편과 함께 앉아 손을 잡고 알프스를, 또는 레만 호수의 거대한 분수를 바라보던 때. 하지만 그런 얼마 안 되는 순간들이 나의 존재를 정당화한다. 그런 순간들은 내게 삶을 지속할 힘을 주고 살아가는 나날에 기쁨을 주기 때문이다. 그것은 내가 삶에 아무리 슬픔을 끌어들이더라도 사라지지 않는 기쁨이다.

창가로 가서 도시 풍경을 바라본다. 올 거라던 눈은 내리지 않았다. 그래도 나는 지금까지의 새해 전야 중 오늘이 가장 낭만적인 날이라고 생각한다. 죽어가던 나를 사랑이 되살려주었기 때문이다. 인류가 멸종된다 해도 남는 것은 오직 사랑뿐이다.

사랑. 눈에 기쁨의 눈물이 차오른다. 아무도 우리에게 사랑을 강요할 수 없고, 우리도 타인에게 사랑을 강요할 수 없다. 우리가 할 수 있는 것은 사랑을 바라보고, 사랑과 사랑에 빠지고 사랑을 모방하는 것뿐이다.

사랑을 얻는 다른 방법은 없으며, 거기엔 그 어떤 신비도 없다. 타인을 사랑하고 우리 자신을 사랑하고 우리의 적을 사랑하면 우리 삶에서 부족한 것은 아무것도 없을 것이다. 텔레비전을 켜면 마주하게 되는 세상 곳곳에서 일어나는 일들, 그런 비극들 속에서도 만약 그곳에 조그마한 사랑이 존재한다면 우리는 구원으로 나아갈 수 있다. 사랑은 더한 사랑을 낳기 때문이다.

사랑할 줄 아는 사람은 진리를 사랑하고, 진리 속에서 기뻐한다. 머지않아 진리가 모든 것을 만회할 것을 알기에 그것을 두려워하지 않는다. 그들은 또렷하고 겸손한 정신으로 편견이나 편협함 없이 진리를 추구한다. 그리고 결국 자신들이 발견한 것에 만족한다.

'진실성'이란 말이 사랑의 이런 특성을 가장 잘 설명하는 단어는 아닐지 모르지만 다른 말이 떠오르지 않는다. 나는 가까운 사람들을 부끄럽게 만드는 진실성에 대해 말하는 것이 아니다. 진정한 사랑은 타인에게 나의 약점을 드러내는 것이 아니다. 내게 도움이 필요할 때 그런 사실을 두려움 없이 표현하는 것, 그리고 남들이 말한 것보다 상황이 낫다면 그에 기뻐하는 것이 진정한 사랑이다.

나는 정다운 마음으로 야코프와 마리안을 생각한다. 그들은 자신들도 모르는 사이에 나를 내 남편과 가족에게 돌려보내주었다. 올해의 마지막 날인 이 밤에 나는 그들이 행복하기를 소망한다. 이 모든 일이 두 사람을 가깝게 이어주었기를 소망한다.

나는 내가 저지른 불륜을 정당화하고 있는 것인가? 아니다. 나는 진리를 구했고, 마침내 찾았다. 나는 이런 경험을 한 다른 모든 이들 역시 진리를 찾았기를 소망한다.

더 사랑하는 법을 배우자.

그것이 이 세상에서 우리가 추구하는 목표가 되어야 한다. 사랑하는 법을 배우자.

삶은 우리에게 수없이 많은 배움의 기회를 베푼다. 모든 남자, 모든 여자가 날마다 사랑에 자신을 내맡길 좋은 기회를 만난다. 인생은 긴 휴가가 아니라 끊임없는 배움의 과정이다.

그리고 우리가 배워야 할 가장 중요한 것은 사랑하는 방법이다.

더 사랑하고, 또 더욱더 사랑하는 것. 언어, 국가, 견실한 스위스연방, 제네바, 내가 사는 거리, 가로등, 지금 내가 사는 집, 거실의 가구들…… 이 모든 것이 결국은 사라진다. 내 몸 역시 사라진다.

내가 저지른 실수들, 다른 이들을 고통스럽게 했던 결정들, 사랑이란 존재하지 않는다고 생각했던 순간들이 있었다 해도, 오직 한 가지, 나의 사랑만은 우주의 영혼에 영원히 새겨질 것이다.

창문에서 떨어져 아이들과 남편을 부른다. 우리 모두—전통대로—벽난로 앞 소파 위로 올라갔다가 자정이 되면 오른발을 디디며 바닥으로 내려오기로 한다.

"여보, 눈 온다!"

나는 다시 창문으로 달려가 가로등 불빛을 바라본다. 맞다, 눈이 온다! 아까는 왜 못 봤을까?

"우리 밖에 나가면 안 돼요?" 아이가 묻는다.

아직은 아니다. 우선 우리는 소파 위로 올라가 포도를 열두 알 먹을 것이다. 다가오는 한 해의 풍요를 기원하며 그 씨들을 보관할 것이고 그 외에도 조상들에게 배운 모든 것을 실천할 것이다.

그런 다음 밖으로 나가 삶을 축하할 것이다. 새해는 분명 멋진 한 해가 될 것이다.

지은이 **파울로 코엘료**

전 세계 168개국 80개 언어로 번역되어 1억 6500만 부가 넘는 판매를 기록한 우리 시대 가장 사랑받는 작가. 1986년, 산티아고 데 콤포스텔라 순례에 감화되어 첫 작품 『순례자』를 썼고, 이듬해 자아의 연금술을 신비롭게 그려낸 『연금술사』로 세계적 작가의 반열에 오른다. 이후 『브리다』 『베로니카, 죽기로 결심하다』 『피에트라 강가에서 나는 울었네』 『악마와 미스 프랭』 『11분』 『오 자히르』 『포르토벨로의 마녀』 『승자는 혼자다』 『알레프』 『아크라 문서』 등 발표하는 작품마다 전 세계적으로 엄청난 반향을 불러일으킨다. 2009년 『연금술사』로 '한 권의 책이 가장 많은 언어로 번역된 작가'로 기네스북에 기록되었다.

옮긴이 **민은영**

고려대학교 영어교육과를 졸업하고 이화여자대학교 통번역대학원에서 석사 학위를 취득했다. 현재 전문번역가로 활동하고 있다. 윌리엄 포크너의 『곰』, 아모스 오즈의 『친구 사이』 등을 우리말로 옮겼다.

문학동네 세계문학

불륜

1판 1쇄 2014년 7월 25일 | 1판 4쇄 2014년 8월 14일

지은이 파울로 코엘료 | 옮긴이 민은영 | 펴낸이 강병선

책임편집 김미혜 | 편집 김이선 김두리 손예린 염현숙 | 독자모니터 이수경
디자인 윤종윤 최미영 | 저작권 한문숙 박혜연 김지영
마케팅 정민호 이미진 김은지 양서연 | 온라인마케팅 김희숙 김상만 한수진 이천희
제작 강신은 김동욱 임현식 | 제작처 한영문화사(인쇄) 경일제책사(제본)

펴낸곳 (주)문학동네
출판등록 1993년 10월 22일 제406-2003-000045호
주소 413-120 경기도 파주시 회동길 210
전자우편 editor@munhak.com | 대표전화 031) 955-8888 | 팩스 031) 955-8855
문의전화 031) 955-1927(마케팅) 031) 955-3560(편집)
문학동네카페 http://cafe.naver.com/mhdn | 트위터 @munhakdongne

ISBN 978-89-546-2517-3 03870

www.munhak.com

자신의 생을 성취로 이끈 사람들,
치열한 열정으로 자신의 길을 개척한 이들이
소중한 이에게 추천하는 책!

연금술사

스페인으로 유학 갈 때 용기를 줬던 책. 책 속에는 양들을 버리지 못해 피라미드의 비밀을 알고 싶어도 떠나지 못하는 목동이 등장한다. 하지만 결국 이 목동은 용기를 내 그곳을 향해 떠난다. 여기서 '양'이 의미하는 현재의 욕심, 그것을 과감히 떨쳐버리고 떠날 용기를 내게 전해주었다. **손미나**(여행작가, 방송인)

연주여행을 위해 비행기에서 긴 시간을 보낼 때면 이 책을 거듭 손에 잡게 된다. 성악가로서 세계를 떠돌다보니 왜 난 이렇게 집시처럼 떠돌아다녀야 하는지 생각을 많이 했다. 그런데 연금술사를 읽고 나서 인생은 자아를 발견하기 위한 영원한 여행이라는 생각에 위안을 얻게 됐다. 내가 찾아 헤매던 답을 찾아준 책이라고나 할까. **조수미**(성악가)

인생에서 진정 찾고자 하는 것이 무엇인지 차분히 생각해볼 기회를 주는 책. 주인공 산티아고의 여정을 통해 그동안 잊고 지내던 인생을 살아가는 진리를 다시 한번 되새기게 된다. **한완상**(대한적십자 총재)

아름다운 문체, 결 고운 이야기, 마음을 움직이는 감동… 코엘료는 혼탁한 생의 현실 속에서도 참 자아를 지켜갈 수 있는 힘을 보여준다.
정진홍(서울대 종교학과 명예교수)